GERHARD LOIBELSBERGER
Alles Geld der Welt

GERHARD LOIBELSBERGER
Alles Geld der Welt
Ein Roman aus dem alten Wien

Immer informiert

Spannung pur – mit unserem Newsletter informieren wir Sie
regelmäßig über Wissenswertes aus unserer Bücherwelt.

Gefällt mir!

Facebook: @Gmeiner.Verlag
Instagram: @gmeinerverlag
Twitter: @GmeinerVerlag

Besuchen Sie uns im Internet:
www.gmeiner-verlag.de

© 2020 – Gmeiner-Verlag GmbH
Im Ehnried 5, 88605 Meßkirch
Telefon 0 75 75 / 20 95 - 0
info@gmeiner-verlag.de
Alle Rechte vorbehalten
3. Auflage 2020

Lektorat: Claudia Senghaas, Kirchardt
Herstellung: Mirjam Hecht
Umschlaggestaltung: U.O.R.G. Lutz Eberle, Stuttgart
unter Verwendung eines Bildes von https://commons.wikimedia.org/wiki/File:The_Kiss_-_Gustav_Klimt_-_Google_Cultural_Institute.jpg
Druck: GGP Media GmbH, Pößneck
Printed in Germany
ISBN 978-3-8392-2686-5

Für meine Frau Lisa, die mich gedrängt hat,
dieses Buch zu schreiben.

Verzeichnis der historischen Personen

Eduard von Bauernfeld (1802 – 1890): Schriftsteller, Hausdichter des Burgtheaters

Gustav Ritter von Boschan (1841 – 1873): Entrepreneur und Spekulant

Samuel Deutsch (1818 – 1873): Börsenagent und Spekulant

Elisabeth (Sisi) (1837 – 1898): Kaiserin von Österreich, Königin von Ungarn

Gustav Ritter von Epstein (1828 – 1879): Bankier und Industrieller

Cajetan Felder (1814 – 1894): Jurist, Wiener Bürgermeister

Georg Graf Festetics de Tolna (1815 – 1883): ungarischer Politiker

Ferdinand I. (1793 – 1875): Kaiser von Österreich, König von Ungarn

Franz Josef I. (1830 – 1916): Kaiser von Österreich, König von Ungarn.

Eduard Lasker (1829 – 1884): Jurist, deutscher Politiker

Erzherzog Karl Ludwig (1833 – 1896): Bruder des Kaisers, Protektor der Weltausstellung

Ferdinand Kürnberger (1821 – 1879): Schriftsteller und Feuilletonist

Karl Loibelsberger (1845 – 1927): Schriftsetzer, Metteur en page, Urgroßvater des Autors

Max Modern (1833 – 1873): Börsenagent und Spekulant

Johann Baptist Placht (1838 – ?): Bankier und Betrüger

Salomon Freiherr von Rothschild (1774 – 1855): Bankier und Industrieller

Ferdinand von Saar (1833 – 1906): Schriftsteller, Dramatiker, Lyriker

Eduard Sacher (1843 – 1892): Feinkosthändler, Restaurantbesitzer

Wilhelm Freiherr von Schwarz-Senborn (1816 – 1903): Generaldirektor der Weltausstellung

Adele Spitzeder (1832 – 1895): Betrügerin

Eduard Strauß (1835 – 1916): Komponist, Kapellmeister

Johann Strauß (1825 – 1899): Komponist, Kapellmeister, Walzerkönig

Moritz Szeps (1835 – 1902): Journalist, Herausgeber, Zeitungszar

Philipp Graf Stadion (1763 – 1824): österreichischer Außenminister und Finanzminister

Adolf Taußig (1840 – 1873): Bankkassier und Spekulant

Leopold Ritter von Wertheimstein (1801 – 1883): Bankier, Vizepräsident der Creditanstalt

Josephine von Wertheimstein (1820 – 1894): Salonière, Gattin von Leopold von Wertheimstein

Prolog

DA LAG ER NUN. Der alte Rosenstrauch. Kein Wimpernschlag, kein Schnaufer, kein Garnichts. Bleich und wächsern die Züge, der Körper in Totenstarre. Jetzt steht er vor Gott dem Herrn und wird Rechenschaft ablegen über sein Leben, dachte Heinrich von Strauch und musste lächeln. Reich, ja überreich, so konnte man die fünfundachtzig Lebensjahre seines Vaters mit Fug und Recht bezeichnen. Geboren als Sohn eines jüdischen Pfandleihers in Wien, hatte sich der junge Aaron Rosenstrauch emporgearbeitet zum allseits geachteten und mit allen irdischen Gütern gesegneten Bankier Antonius von Strauch. Dazu gehörte das Konvertieren zum katholischen Glauben ebenso wie die absolute Treue zum Kaiserhaus. Begonnen hatte alles im Jahr 1814. Wien war damals der Mittelpunkt Europas, wenn nicht gar der gesamten zivilisierten Welt. Auf Einladung des österreichischen Kaisers trafen sich hier die regierenden Fürsten Europas. Nachdem sie Napoleon niedergerungen hatten, galt es nun, das napoleonische Reich auszuweiden. In der blutig aufgebrochenen Karkasse des französischen Kaiserreiches wühlten nun mit gierigen Händen diejenigen, die den französischen Kaiser und seine einst so glorreiche Armee besiegt hatten. Es ging um die Neuordnung Europas. Und da nicht nur verhandelt, intrigiert, gefeilscht und debattiert, sondern auch gefeiert, getafelt und getanzt wurde, verschlang der Wiener Kongress ungeheuer viel Geld. Geld, das der österreichische Kaiser nicht hatte und das ausgeborgt werden musste. So kam es, dass der junge Geldverleiher Aaron Rosenstrauch zu einer Audienz bei Graf Stadion, dem seit Kurzem amtierenden kaiserlichen Finanzminister, gebeten wurde.

Letzten Oktober hatten sie sich bei einem Volksfest im Park des Palais Augarten kennengelernt. Als sie einander neuerlich von Angesicht zu Angesicht gegenüberstanden, hielt sich Graf Stadion nicht lange mit Begrüßungs- oder Höflichkeitsfloskeln auf, sondern kam sofort zur Sache:
»Rosenstrauch! Soweit ich mich entsinne, ist Er Geldverleiher, net wahr?«
»Jawohl, Exzellenz.«
»Ausgezeichnet. Ist Er liquid?«
»Die Geschäfte könnten schlechter gehen ...«
»Formidable! Dann kann Er ja dem österreichischen Ärar* hunderttausend Gulden leihen.«

Wann immer Antonius von Strauch in späteren Jahren diese Episode seinem Sohn, seiner Familie oder Freunden erzählte, machte er ein bekümmertes Gesicht und seufzte tief. Denn die gewaltige Summe von hunderttausend Gulden hatte er natürlich nicht verfügbar. Dennoch trieb er sie binnen einer Woche auf und ließ sie Graf Stadion zukommen. Ein Batzen Geld, den er zu einer Verzinsung von sieben Prozent an den Staat verlieh. Das war der erste entscheidende Schritt zur Gründung der späteren Privatbank A. Strauch. Ab diesem Zeitpunkt zählte er zum exklusiven Kreis der Finanziers des österreichischen Kaiserhauses sowie des österreichischen und ungarischen Hochadels. Der wirtschaftliche und gesellschaftliche Aufstieg des Aaron Rosenstrauch hatte begonnen. Und während Salomon Rothschild die politischen und privaten Aktivitäten des Fürsten Metternich finanzierte, lieh Aaron Rosenstrauch dem Grafen Stadion, dessen Sohn und dessen adligen Freunden Geld. Als die Rothschilds

---
* Staat

1817 das Adelspatent zugestanden bekamen und ein »von« in ihrem Namen führen durften, erblasste Aaron Rosenstrauch vor Neid. Als sie 1822 vom Kaiser schließlich sogar in den Freiherrenstand erhoben wurden, bekam er infolge von inbrünstig empfundenem Ärger und unermesslicher Missgunst einen leichten Schlaganfall. Sein Puls raste, sein Schädel war tagelang blutrot, Schwindel- und Ohnmachtsanfälle plagten seinen Körper, und als Folge zog er seit damals den linken Fuß etwas nach. Als er sich schließlich gesundheitlich erfangen hatte, begann er, Himmel und Hölle in Bewegung zu setzen, um ebenfalls in den Adelsstand erhoben zu werden. Himmel und Hölle im sprichwörtlichen Sinn, denn im Zuge seiner Bemühungen riskierte er sogar sein Seelenheil, indem er der Religion seiner Väter abschwor und vom jüdischen zum christlichen Glauben konvertierte. Eine Tat, die er wie folgt kommentierte:

»Ich will den Adelstitel. Auch wenn ich dafür muss schmoren Tausend Jahr in der Hölle.«

Da Aaron Rosenstrauch keine halben Sachen machte, ließ er er auch gleich seinen Namen ändern. Mit Bedacht wählte er Antonius als seinen christlichen Taufnamen. Schließlich war Antonius jener Heilige, an den man sich wendete, wenn man etwas Verlorenes zurückgewinnen beziehungsweise wiederfinden wollte.

»Möge der heilige Antonius mir allzeit beistehen, dass ich gutes Geld, was ich verleih', auch zurückbekomm'.«

Mit der Taufe verband er eine Änderung des Familiennamens. Er ließ die ersten beiden Silben streichen, und so wurde aus dem jüdischen Geldverleiher Aaron Rosenstrauch der katholische Bankier Antonius Strauch. Dieser Schritt erschloss ihm eine Reihe von neuen, vor allem magyarischen Kunden. Das war kein Wunder, schließlich wusste alle Welt, dass große Teile des ungarischen Adels antisemitische Ressentiments hegten. Eine Tatsache, die ihm ein ungarischer Magnat unverblümt ins Gesicht sagte:

»Ich mag keine Juden. Da Er sich aber hat taufen lassen, ist Er ein christlicher Jud' und somit unser Jud'.«

Das Konvertieren zum christlichen Glauben ermöglichte Antonius Strauch, Grundbesitz zu erwerben. Ein Recht, das Juden in Wien, mit wenigen Ausnahmen und Unterbrechungen, bis 1860 nicht zugestanden worden war und worauf sogar der mittlerweile steinreiche Salomon Rothschild jahrzehntelang hatte warten müssen. Erst 1843, als er zum Ehrenbürger der Stadt erklärt wurde, konnte Salomon Rothschild in Wien Grundbesitz erwerben. Antonius von Strauch hatte für Salomon Rothschilds Festhalten am mosaischen Glauben nur Kopfschütteln über. Während dieser als Jude sein Geld nur in Aktien und Wertpapiere anlegen konnte, investierte Strauch massiv in Immobilien. Dafür hielt er sich an der Börse zurück und verlieh auch nicht an Krethi und Plethi Geld, sondern nur an seine altbewährte adelige Klientel. Dies führte dazu, dass das Bankhaus A. Strauch bei Weitem nicht so gewaltige Dimensionen und Umsätze hatte wie das der Rothschilds. Antonius von Strauch arbeitete lieber leise und wenn möglich im Verborgenen. Seine Leidenschaft war das Horten von Immobilien. Immer wenn er eine Liegenschaft erworben hatte, murmelte er:

»Ich bin doch nicht meschugge, dass der Herrgott meine Geschäfte behindert. Ein Herrgott ist so gut wie der andere. Aber jede Immobilie ist und bleibt einzigartig.«

Als im Frühjahr 1848 die Revolution in Wien ausbrach, begleitete Antonius von Strauch die kaiserliche Familie in ihr Exil nach Innsbruck. Dort knüpfte er noch engere Kontakte zum kaiserlichen Hof, indem er den hohen Herrschaften in ihrer Not Finanzhilfe gab. Dies war ihm im Gegensatz zu Salomon Rothschild und anderen Wiener Bankiers möglich, da er mittlerweile ertragreiche Immobilien in Ober- und Niederösterreich sowie in der Steiermark besaß. Zu dieser Zeit lernte er auch den jungen Erzherzog Franz Josef kennen, der im Herbst 1848 als Regent die Nachfolge seines Onkels Ferdinand antrat.

»Ja, mein Herr Papa hat schon einen guten Riecher fürs G'schäft und die richtigen Freunderln gehabt«, seufzte Heinrich von Strauch, als er die harten, nunmehr leblosen Gesichtszüge seines Vaters anstarrte. Ein Klopfen an der Tür des Aufbahrungsraums riss ihn aus der Fortführung seiner Erinnerungen. Er strich mit der Hand über sein Gesicht, atmete tief durch und sagte leise:

»Ja, bitte.«

Die Tür wurde geöffnet, Jean, der Kammerdiener des Vaters, trat ein, verbeugte sich und sagte:

»Herr Baron, Ihr Herr Schwiegervater wünscht Sie zu sprechen.«

Heinrich von Strauch atmete erneut tief durch und dachte: Jössas na! Den hab' ich gerade noch gebraucht. Laut sagte er aber:

»Sag Er ihm, ich sei außer Haus gegangen.«

Jean verbeugte sich neuerlich und replizierte:

»Herr Baron, Sie mögen bedenken, dass Ihr Herr Schwiegervater von Ihrer Frau Gemahlin unterrichtet worden war, dass Sie hier seien und dass der Zeitpunkt günstig für einen Kondolenzbesuch sei.«

Möge, sei, seien ... Wie er diese Konjunktive hasste. Himmelherrgott, man hatte nicht einmal etwas Ruhe, wenn man Totenwache am Sterbebett seines Vaters hielt. Immer hieß es: Möge er doch, sollte er doch, wäre es angeraten. Mit ausdruckslosem Gesicht starrte er eine Zeit lang vor sich hin. »Ins Narrenkastl schaun« hatte sein Vater diese Angewohnheit genannt. Mein Gott, wie oft hatte er ihn deshalb gemaßregelt.

»Heinrich, reiß dich zusammen. Man schaut nicht ins Narrenkastl. Das tut man nicht. Das ist nichts als verlorene Zeit. Wenn dich wer so sieht, denkt er, du seist meschugge.«

Seist! Schon wieder so ein Konjunktiv. Er atmete neuerlich tief durch. Die Luft in der Kammer war stickig. Nicht zuletzt wegen der unzähligen Kerzen, die hier brannten und die zum Teil bereits verloschen waren. Der Rauch, den sie beim Absterben von sich gegeben hatten, war würzig und bitter und vermischte sich mit dem merkwürdigen Odeur, das vom Körper des Toten ausging.

Plötzlich musste er schmunzeln. Der Geruch ging nicht von dem Toten, sondern von seinem Frack aus. Da sein Herr Papa in den letzten Jahren an keinerlei Festivitäten mehr teilgenommen hatte, war das gute Stück lange Zeit verwaist im Kleiderschrank gehangen. Eingebettet zwischen Kampferkristallen und Lavendelbüscheln. Heinrich von Strauch schüttelte die Erinnerungen ab, räusperte sich und sagte:

»Er soll eintreten, der Herr Schwiegerpapa.«

Der 6. Oktober 1814 war ein strahlend schöner Herbsttag. Nach einem ausgiebigen Mittagessen mit seiner Mutter und seinen beiden jüngeren Schwestern zog sich Aaron Rosenstrauch in seine Kammer zurück. Er ließ sich auf der Récamière nieder, stopfte seine Meerschaumpfeife, entzündete den Tabak, lagerte die Beine hoch und blies kleine Wölkchen in die Luft. Er genoss es, heute nicht zu arbeiten. Das Geschäft – Pfandleihanstalt und Geldverleih –, das sein Vater aufgebaut hatte und das er nach dessen frühem Tod erfolgreich weiterführte, blieb heute geschlossen.

»G'schäft wird's heute nicht viel geben. Nur Tinnef. Und für Tinnef sperr' ich net auf. Zahlt sich net aus.«

Solche und ähnliche Entschuldigungen vor sich hin brabbelnd, lag er da, rauchte und erinnerte sich an den vergangenen Sonntag zurück. Unglaublich! Die große Hofredoute! Gut und gerne zehntausend Menschen drängten in die Räumlichkeiten der Hofburg. An die achttausend Wachskerzen beleuchteten die ungeheuren Säle. Die Estraden waren durchgängig mit Samt bedeckt. Der aus den Gemächern der kaiserlich-königlichen Burg führende Gang war mit Blumen und Gesträuchen geschmückt, der anschließende kleine Redoutensaal glich einem Feenhain. Durch eine Allee von Orangenbäumen gelangte man in den großen Saal, aus dem sich eine wahrhaft zauberische Aussicht in die kaiserlich-königliche Reitschule eröffnete. Diese edle Halle war zu einem Tanzsaal umgestaltet und in den Farben Blau und Silber dekoriert. Fünf- bis sechstausend Wachskerzen sorgten für eine wundervolle Beleuchtung. Auf dem Parkett tanzte eine dicht wogende Menschenmenge zu den Klängen eines hundertköpfigen Orchesters. Nach zehn Uhr abends kündeten Pauken und Trompeten die Ankunft der Allerhöchsten und Höchsten Herrschaften an. Der Kaiser von Russland und die Kaiserin von Österreich eröffneten den Zug. Es folgten paarweise der österreichische Kaiser und die russische Kaiserin, der König von Dänemark und die Großherzogin Beatrix, der König von Preußen und die Königin von Baiern, gefolgt vom König von Baiern und der Herzogin von Oldenburg und so weiter und so fort. Nachdem die Herrschaften die Säle mehrmals durchschritten hatten, geruhten sie von einer Estrade der Hofreitschule einem Ballett maskierter Kinder zuzusehen. Danach lustwandelten die Hoheiten bis nach Mitternacht durch die Säle. Das Fest selbst dauerte bis gegen Morgen fort. Die ganze Nacht hindurch wurden alle Arten von Speisen, Getränken und Erfrischungen auf das Reichlichste serviert. Lächelnd erinnerte sich Aaron Rosenstrauch an eine Unterhaltung mit einem Hofbeamten, die er erst gestern geführt hatte. Dieser beklagte lauthals, dass nach dem großen Fest ein Viertel von den zehntausend mit der kaiserlichen Krone geprägten Tee- und Eislöffeln fehlte. Rosenstrauch hatte ihn mit folgender Plattitüde getröstet:

»Ja, das ist Wien. Da kann man nichts machen.«

Genauso, wie man nichts dagegen machen konnte, dass die Hofbediensteten, die die Eintrittskarten zur Hofredoute den geladenen Gästen beim Eintritt abnahmen, diese sogleich an nicht geladene vor dem Tor wartende Wienerinnen und Wiener verkauften. So hatte auch Aaron Rosenstrauch Einlass gefunden. Den Kartenkauf tätigte er nicht aus Vergnügungssucht, sondern aus kaufmännischem Kalkül. Sein Bestreben war es gewesen, Herren des Adels kennenzulernen und sich ihnen bei dieser Gelegenheit als Geldleiher anzudienen. Leider war in dem Gedränge der Massen kein interessanter Kontakt zustande gekommen. Umso gespannter hatte er auf den heutigen Tag gewartet. Auf das Volksfest im Augarten. Auch hierher würden die Massen strömen, da der Eintritt in diesem Fall frei war. Aber im riesigen Park des Augartenpalais würden sich die Massen verlaufen. Und er, Aaron Rosenstrauch, würde sich gezielt in der Nähe der für die Souveräne und Berühmtheiten des Wiener Kongresses errichteten Tribünen herumtreiben. Knapp vor drei Uhr nachmittags stand er auf, schlüpfte in sein bestes Ausgehgewand, platzierte keck den Chapeau Claque* auf seinem Haupt, griff zum Spazierstock und verließ flotten Schrittes sein in der Nähe der Karmeliterkirche gelegenes Wohnhaus. Zehn Minuten später befand er sich inmitten einer Menschenmenge, die in den Park des Augartenpalais strömte. Gegen fünf Uhr kamen dann die Allerhöchsten und Höchsten Herrschaften mit ihrem Gefolge, und das Fest nahm seinen Lauf. Begleitet von militärischer Musik zogen vierhundert zum Fest geladene Invaliden der napoleonischen Kriege ein. Sie marschierten an der Hofloge vorbei und nahmen in eigens für sie errichteten Zelten Platz, wo sie bewirtet wurden. Darauf begannen Spiele aller Art. Von diversen Wettläufen über ein Rennen kleiner orientalischer Pferde bis hin zu Kunstreiter-Vorführungen und choreografierten gymnastischen Übungen. Links vom Schloss hatte

---

* Zylinder

man einen hundert Fuß* hohen Mast errichtet, auf dem ein hölzerner Vogel saß. Auf ihn schoss, sehr zum Gaudium der Zuschauer, eine Gruppe Tiroler Schützen mit Armbrüsten. Schließlich erhob sich auch ein Heißluftballon in die Lüfte. Der in dem Ballonkorb befindliche Aeronaut schwenkte, als er über die Köpfe der zwanzigtausend Menschen zählenden Menge schwebte, die Fahnen der in Wien anwesenden Regenten. In den verschiedensten Bereichen des Schlossparks spielten Orchester, in vier elegant dekorierten Zelten führten Böhmen, Ungarn, Österreicher und Tiroler in den malerischen Trachten ihrer Länder Nationaltänze auf. Die Allerhöchsten und Höchsten Herrschaften hatten mittlerweile die Tribünen verlassen, mischten sich ohne Begleitung unters Volk, beobachteten amüsiert das bunte Spektakel und plauderten auch mit den einfachen Menschen. Als es allmählich dämmerte, brachten die unzähligen herumschwirrenden Hofbediensteten hunderttausend Laternenlampen zum Leuchten. Sie schafften eine zauberhafte Atmosphäre, die durch ein Feuerwerk, das man vor dem Schloss abbrannte, noch märchenhafter wurde. Zu diesem Zeitpunkt machte Aaron Rosenstrauch die Bekanntschaft mit Philipp Graf Stadion, der bis vor Kurzem Außenminister des Kaisers war. Rosenstrauch plauderte mit ihm über die Faszination von Feuerwerken und über die Kosten all der Festivitäten des Wiener Kongresses. Graf Stadion warf einige Zahlen, die ihm bekannt waren, ein und äußerte seine Skepsis darüber, wie der Ärar all das wohl finanzieren wolle. Ohne Anleihen und Kredite werde es wohl nicht gehen, replizierte Rosen-

---

* circa 31 Meter

strauch und präsentierte dem Grafen seine Geschäftskarte. Auf feinstem Büttenpapier standen nur drei Worte: Aaron Rosenstrauch, Geldverleiher.

~⚜~

Der Kondolenzbesuch seines Schwiegervaters Johann Ritter von Nordberg war kurz und höflich. Heinrich von Strauch verspürte keinerlei Sympathie oder Mitgefühl. Nun, er hatte nichts anderes erwartet. Schließlich hatte sein Schwiegervater nur nach massivem Druck, den der alte Strauch ausgeübt hatte, der Vermählung seiner Tochter Liebtraud mit Heinrich zugestimmt. Den Druck seines Vaters hatte auch Heinrich zu spüren bekommen. Ihm war damals so gut wie nichts an der blutjungen Liebtraud gelegen. Seine Liebe galt den drallen Mädeln aus der Vorstadt. Ihre strammen Waden, neckischen Bäuchlein und prallen Tutteln* waren seine Passion. Die magere, anämische Erscheinung Liebtrauds sprach ihn ganz und gar nicht an. Obgleich er ihr zugestehen musste, dass sie dichte blonde Locken, ein ebenmäßig geschnittenes Gesicht sowie schlanke, elegant wirkende Arme und Beine hatte. Auch war das Mädel nicht ungebildet. Von ihrem sechsten Lebensjahr an war sie von einer strengen Gouvernante sowie von erstklassigen Hauslehrern erzogen worden. Aber genau dieser Umstand störte ihn. Liebtrauds Ausstrahlung war die eines Engels. Heinrich von Strauch bevorzugte aber weibliche Bengel: ungezogene, wilde, ordinäre Mädeln. Doch so eine heiratete man in seinen Kreisen nicht. Und da ihm sein Herr Papa mit dem

---
* Brüste

Entzug der finanziellen Alimentationen drohte, willigte er in die Heirat ein, die für ihn nichts anderes als eine strategische, pekuniäre Aktion war. Antonius von Strauch investierte anlässlich der Vermählung seines Sohnes eine hohe sechsstellige Summe in die Ziegelwerke und Schottergruben, die Liebtraud von Nordbergs Vater gehörten. Damit verhinderte er den Konkurs des alten Nordberg und übernahm gleichzeitig Anteile an dem Unternehmen. So wenig erfreulich die Ehe zwischen Liebtraud und Heinrich verlief, so positiv entwickelten sich die kommerziellen Belange der Nordberg Werke. Binnen weniger Jahre produzierten sie wieder satte Gewinne. Auch deshalb, weil Johann Ritter von Nordberg bei wichtigen Entscheidungen in seinem Unternehmen immer die Zustimmung des Baron Strauch einholen musste. Insofern war es nicht verwunderlich, dass ihn das Ableben des alten Strauch nicht sonderlich grämte. Nun gut, dachte Heinrich von Strauch, der Pietät und den Konventionen war Genüge getan. Er stand auf, rief Jean und befahl, die Kerzen, die rund um den Aufgebahrten ihr flackerndes Licht verbreiteten, zu löschen. Er spazierte durch die riesige Wohnung, die sich in der Beletage des Barockpalais befand, in dem sein Herr Papa gewohnt hatte. Plötzlich standen mit gebeugten Köpfen das persönliche Dienstmädel des Alten sowie die Köchin Ottilie, die er seit Kindheitstagen kannte, vor ihm. Beide machten höfliche Knickse.

Er wandte sich an das Dienstmädel:

»Bring' Sie mir Hut und Überzieher. Ich werd' jetzt was essen gehen. Ich verspür' nämlich einen zarten Appetit.«

Die Köchin drängte sich vor und verkündete diensteifrig:

»Gnä' Herr, ich moch Ihnen gern wos zum Essen. Sie müssen mir nur sagen, wos. Und Wein hamma a an guadn. Gell, Resi?«

Das Dienstmädel nickte, und während sie ihm in den Überzieher half, flötete sie:

»Soll i dem gnä' Herrn vielleicht einen Gumpoldskirchner aufmachen?«

Heinrich von Strauch winkte dankend ab, sah sich aber das Mädel erstmals genauer an. Sie hatte rote Backen, ein üppiges Dekolleté, pechschwarze Augen und ebensolches Haar. Das war ihm bisher bei den Besuchen seines Vaters glatt entgangen. Einem spontanen Impuls folgend, griff er ihr an den Hintern. Resi kreischte kokett. Heinrich von Strauch war äußerst angetan, denn für einige Sekunden hatte er ein wunderbar dralles Hinterteil in der Hand gehabt.

Als er hinaus auf die Bräunerstraße trat, drehte er sich um und blickte empor. Dieses barocke Palais, das sein Vater 1849 erworben hatte, würde er nun erben. Genauso wie die Dienstboten seines Vaters. Am liebsten würde er sie vor die Tür setzen, aber das gebührte sich nicht. Außerdem stellte Resis – die Kleine hieß doch Resi? – praller Hintern einen nicht zu unterschätzenden Teil des väterlichen Erbes dar. Bei seinem Eheweib würde er allergrößten Argwohn erwecken, wenn er nur die Köchin und die patschierliche* Resi in seinen eigenen Haushalt übernähmen täte. Also musste er auch den Kammerdiener, die

---

* fesche

Hausknechte, den Kutscher und alle anderen Dienstboten weiterbeschäftigen.

Als er den Graben überquerte, pfiff ihm eisiger Wind um die Ohren, und er beschloss, in das nächstgelegene Restaurant zu gehen. Er steuerte das barocke, von zwei mächtigen Atlanten flankierte Tor des Trattnerhofs an, durchschritt die Passage desselben und betrat die Restauration Zur großen Tabakspfeife. Er nahm nicht in dem von einem gewölbten Glasdach bedeckten Speisesaal, wo die der Restauration den Namen gebende große Pfeife in luftiger Höhe hing, Platz, sondern suchte sich einen freien Tisch in einem Stüberl. In diesem Raum war nur ein weiterer Tisch besetzt. An ihm saß ein etwa fünfzigjähriger Mann mit mächtigem Bart, der ihm auf eine Weise, die er nicht näher erklären konnte, bekannt vorkam. Beim erst nach einiger Zeit des Wartens erscheinenden Ober – eine Kellner-Unsitte, die in Wiener Lokalen seit jeher üblich war – orderte Heinrich von Strauch ein Krügel Bier. Er musste den Geruch von Kerzenrauch, Naphtalin und Kampfer, der ihm durch die Nase bis in den Rachen hineingekrochen war, fortspülen. Als der Ober mit dem Krügel daherkam, bestellte er eine Lungenstrudelsuppe und einen faschierten Rostbraten. Mit einer angedeuteten Verbeugung murmelte der Kellner »Bitte sehr, der Herr« und verschwand in Richtung Küche. Der andere Gast sah von seiner Zeitungslektüre auf, nickte ihm zu und sagte:

»Eine ausgezeichnete Wahl, die Sie da getroffen haben. Ich hatte auch den faschierten Rostbraten, und er war vorzüglich.«

»Sind Sie des Öfteren hier?«

»Wenn ich in der Stadt bin, schon. Es geht schließlich nichts über eine anständige Wiener Küche.«

Die sich anbahnende Unterhaltung wurde vom Ober, der die Suppe servierte, unterbrochen. Der andere Gast wünschte »Einen guten Appetit!«, und Heinrich von Strauch begann zu speisen. Er genoss die kräftige Rindssuppe, in der sich ein großes Strudelstück befand. Die Fülle war ein delikates Gemisch aus feinst geschnittenen Kalbslungenstücken, Butter, Bröseln, Eiern und allerlei Gewürzen. Vor allem der in der Fülle reichlich vorhandene Majoran entzückte seinen Gaumen. In der Zwischenzeit wurden dem Herrn am Nebentisch Palatschinken[*] serviert. Heinrich von Strauch bestellte sich ein zweites Bier und grübelte nach, wo er seinen Tischnachbarn schon einmal gesehen haben könnte. Dessen bärtiges Antlitz kam ihm so unglaublich bekannt vor. Dann wurde der faschierte Rostbraten serviert. Auf dem Teller vor ihm lag ein eingerolltes Rostbratenstück, das sich inmitten einer Sauce aus passiertem Wurzelwerk befand. Dazu wurden Nockerln[**] gereicht. Die in der Rolle enthaltene Fülle bestand aus faschiertem Rostbratenfleisch, das mit Rindermark, Zwiebeln, Sardellen, Kapern, ausgedrückten Semmeln sowie Limonischalen vermischt und verfeinert worden war. Ein wahres Gedicht! Er aß mit großem Appetit und nicht unbeträchtlichem Tempo. Sodass er schlussendlich gleichzeitig wie sein Nachbar mit dem Essen fertig war. Dieser hatte seine Palatschinken in aller Ruhe verspeist und dazu in der Zeitung geblättert. Heinrich von Strauch schnaufte zufrieden und seufzte:

---

[*] Pfannkuchen
[**] Spätzle

»So! Jetzt brauch ich ein Verdauungsschnapserl.«

Sein Tischnachbar blickte von seiner Lektüre auf und brummte:

»Das ist eine hervorragende Idee.«

Heinrich von Strauch, den nun wieder die Neugier überkam, wer sein Nachbar wohl sei, lud ihn auf einen Barack ein. Diese Einladung wurde mit einem freundlichen Nicken angenommen, und als der Ober die Schnäpse serviert hatte, erhob er sein Glas:

»Sehr zum Wohl! Ich heiß' übrigens Heinrich von Strauch. Prost!«

»Prost! Ich bin der Ferdinand Kürnberger.«

»Ah! Der Schriftsteller und Feuilletonist.«

Kürnberger nickte.

»Erst letzten Samstag habe ich einen Artikel von Ihnen gelesen. In der Presse war das …«

»Ja, ja, darüber, wie sich Wien derzeit verändert.«

»Sie haben bemäkelt, dass sich Wien in die falsche Richtung entwickelt.«

Kürnberger lächelte und replizierte:

»Und das in mehrfacher Hinsicht. Wien gehört ans Wasser!«

»Wie meinen S' denn das?«

»Nun, dass Wien ans Wasser gehört!«

»Sie glauben tatsächlich, die Stadterweiterung Wiens sollte sich zur Donau hin erstrecken?«

»Dass sich Wien derzeit nach der Landseite entwickelt, ist höchstens das erste, aber nimmermehr das letzte Wort der Stadterweiterung. Jede Stadt, welche an einem schiffbaren Fluss liegt, besitzt verhältnismäßig mehr Hafenleben als Wien. Die Landstadt Wien hat seit jeher eine kindische Furcht, sich die Füße nass zu machen. Ich kenne keine andere Stadt, die an einem Fluss liegt und die sich von diesem im Zug ihrer Erweiterungen fortbewegt.«

Nachdenklich orderte Heinrich von Strauch neuerlich eine Runde Schnaps, nachdem er Kürnberger der Ordnung halber gefragt hatte.

»Das ist ein sehr interessanter Denkanstoß, den Sie mir da gegeben haben. Ich bin nämlich Bankier und Bauherr. Vielleicht sollt' ich mir wirklich Gedanken über Bauprojekte machen, die an der Donau liegen.«

Kürnberger nickte und begann zu philosophieren:

»Wissen Sie, die paar Milliarden Ziegel, die in den letzten Jahren in Wien verbaut wurden, verherrlichen die Stadt noch lange nicht so wie die alten Erinnerungen, die mich zum Beispiel am Lugeck oder am Hafnersteig überkommen.«

Der Schnaps wurde serviert, die beiden Herren prosteten einander zu, während Heinrich von Strauch fragte:

»Sie sind nicht ständig in Wien?«

»Nein. Ich habe in den letzten Jahren in allen möglichen deutschen Städten gelebt. Aber von Zeit zu Zeit sehe ich die Alte gern.«

Kürnberger nahm einen Schluck Schnaps und fuhr dann fort:

»Mit der Alten meine ich meine Heimatstadt Wien.«

Jänner

Die Messerklinge näherte sich schwungvoll seinem Hals. Nur nicht bewegen. Nicht zucken. Nicht durchatmen. Das kalte Metall setzte oberhalb des Kehlkopfs an und glitt dann energisch seinen Hals hinab. Brennender Schmerz.

»Hab' ich Ihnen weh'tan? Nix is g'schehn. Ein kleines Ritzerl nur. Ein bisserl einen Schwamm drauf, und das Bluten is augenblicklich gestillt. So. Is' schon wieder in Ordnung.«

Heinrich von Strauch atmete tief durch, bevor er seinen Hals aufs Neue darbot und es ihm schien, dass er sich dem Barbier auf Leben und Tod überantwortete.

»Und, Herr Baron, wie laufen die Geschäfte?«

»Ausgezeichnet. Danke der Nachfrage.«

»Ich hätt' a bisserl was auf die Seite gelegt. Wollen der Herr Baron mir nicht endlich einmal ein paar Aktien verkaufen? Ich hab' Sie ja schon vor einigen Monaten einmal g'fragt. Aber da haben Sie sich taub gestellt.«

Strauch musste sich eisern beherrschen, um nicht das Gesicht zu verziehen und dadurch ein neues Ritzerl zu riskieren. Nein, seinem Barbier würde er auch in Zukunft kein einziges Wertpapier verkaufen. Da konnte er ihn noch so anflehen. Vor drei oder vier Jahren wäre das vielleicht erwägenswert gewesen, aber nicht heutzutage. Die Lage an der Börse war viel zu instabil. Dazu kam, dass die allermeisten Wertpapiere, mit denen an der Börse gehandelt wurde, nur einen Bruchteil ihres derzeitigen Kurses wert waren. Ein Faktum, das für ihn als Börsenfachmann und Spekulant evident, das aber dem normalen Bürger, der ein bisschen Erspartes im Sparstrumpf hatte, völlig unklar war. Also würde er dem

Mann, dem er mehrmals in der Woche seinen nackten Hals zum Rasieren darbot, keinesfalls etwas verkaufen. Mochte der ihn noch so bedrängen. Es war lachhaft, dass die einfachen Leute glaubten, die Bäume der Börse würden ad infinitum in den Himmel wachsen. Mit diesen Deppen, er konnte kein anderes Wort für sie finden, hatte er seit Jahren ein beachtliches Vermögen verdient. Wobei die Deppen, die vor etlichen Jahren eingestiegen waren, bis zum heutigen Tage erstaunliche Gewinne erzielen konnten. Ihrer Gier verdankte er seinen Erfolg. Denn seine Klienten gaben sich mit einmal erzielten Gewinnen nicht zufrieden. Im Gegenteil, sie konnten den Hals nicht voll genug bekommen. Und das hatte ihn dazu veranlasst, die Schlagzahl seiner geschäftlichen Aktivitäten zu erhöhen. In den letzten Jahren hatte er immer wieder neue Gesellschaften gegründet, deren Aktien er umgehend an die Börse gebracht und mit einem saftigen Emissionsaufschlag verkauft hatte. Obwohl die meisten dieser Gesellschaften vorerst keinerlei nennenswerte Geschäftätigkeit vorweisen konnten, waren ihm ihre Aktien aus der Hand gerissen worden. Wie die warmen Semmeln dem Bäcker in der Morgenstunde. Warum er diesen Irrwitz betrieb? Nun, er hatte bisher Glück gehabt. Die von ihm gegründeten Aktiengesellschaften entwickelten sich recht respektabel, obgleich ihre Gründung vorerst auf reiner Spekulation beruht hatte und sie anfangs meist über kein solides finanzielles Fundament verfügt hatten. Was ihn aber wirklich antrieb, war das Ausreizen der Möglichkeiten im großen Börsen-Spekulationsspiel. Er beherrschte nicht nur die Regeln, nach denen dieses Spiel ablief, er bestimmte sie zum Teil auch mit. Das gab ihm in guten Stunden ein Gefühl von Größe, Überlegenheit und Macht. In weniger guten Stunden, wenn der Gewissenswurm zu nagen begann, erschien ihm seine Tätigkeit eine perfide Rosstäuscherei zu sein, bei der er Gott und die Welt betrog. Aus seinem Beuschel* kroch in solchen Momenten ein unbehagliches Gefühl hinauf ins Gehirn, das ihn ganz desperat machte. Eine Verstimmung des Gemüts, die ihn im Laufe der letzten Monate immer öfters ereilte. Genauer gesagt seit dem Herbst letzten Jahres, als zahlreiche börsennotierte Werte zu wanken begonnen hatten und ein Zusammenbruch vor der Tür zu stehen schien. Doch plötzlich hatte sich das Blatt gewendet. Die kommende Weltausstellung und die damit verbundene Euphorie hatten die düsteren Wolken vertrieben, und er hatte die Anteile an einigen der von ihm gegründeten Gesellschaften mit stattlichem Gewinn verkaufen können. Trotzdem hatte Heinrich von Strauch seit damals immer wieder schlaflose Nächte. Er träumte, dass er völlig mittellos in einem Erdloch hauste und hungerte. Ungewaschen, in Fetzen gehüllt, mit wild wucherndem Haupt- und Barthaar. Wenn er aus diesem immer wiederkehrenden Albtraum hochschreckte und sich danach bis zum Morgengrauen im Bett hin- und herwälzte, beherrschte ihn ein Gedanke: Dass es nur eine Frage der Zeit sei, bis all die an der Wiener Börse notierten windschiefen, unterkapitalisierten Aktiengesellschaften als Leichen die Donau hinunterschwimmen würden.

---

* Hier: Bauch. Sonst: Lunge.

»So da! Fertig samma. Guad is gangen, nix is g'schehn.«

Er schreckte aus seiner Grübelei hoch. Mit Wohlgefallen registrierte er, dass die Haut seiner Backen glatt wie ein Kinderpopo war. Es folgte ein Seufzer der Entspannung, als der Barbier sein Gesicht zuerst mit kühlen Tüchern und dann mit Rasierwasser erfrischte.

»Und, Herr Baron, wollen S' mir nicht endlich einmal einige Ihrer an der Börse so erfolgreichen Papiere verkaufen?«

Heinrich von Strauch lächelte freundlich. Er erhob sich, gab dem Barbier ein großzügiges Trinkgeld, schlüpfte in seinen Überzieher, setzte den Hut auf und verabschiedete sich mit folgenden Worten:

»Legen S' Ihr Erspartes unter die Matratze. Da können S' ruhig schlafen. Und ein ruhiger Schlaf ist wichtig für eine ruhige Hand beim Rasieren. Beherzigen S' meinen Rat: Lassen S' die Finger von Börsenpapieren. Habe die Ehre!«

※

Dichtes Gedränge. Bettler, Dienstmädchen, noble Herren, Schusterbuben, Dienstmänner, Handwerker, Kleriker, freche Rotzer, gnädige Frauen, eitle Gecken, Blumenmädeln und Tagträumer. Zwischen ihnen bahnten sich Pferdefuhrwerke und Fiaker ihren Weg. Das Gedränge machte die Gäule nervös, und infolgedessen ließen sie jede Menge Pferdeäpfel fallen. Heinrich von Strauch war peinlich bemüht, in keine dieser übel riechenden Hinterlassenschaften hineinzutreten. Es wäre ja auch wirklich schade gewesen, seine Maßschuhe solchermaßen zu beschmutzen. Wo er doch auf dem Weg zu einem Termin in das Büro seiner Wohnbaugesellschaften, das in der Goldschmiedgasse lag, war. Nein, mit Pferdedung an den Sohlen wollte er ihn keinesfalls wahrnehmen. Deshalb tänzelte er wie ein junger Hupfer hin und her, wich einem Fuhrwerk aus, vermied mehrere Haufen von Pferdeäpfeln, rammte um ein Haar den üppigen Busen einer gnädigen Frau und hatte trotz all dem ein fröhliches Lächeln auf den Lippen. Ja, dieses Gedränge war ihm recht. Sehr recht sogar. Es war die Bestätigung dafür, dass seine Tätigkeit als Entrepreneur nicht nur äußerst gewinnbringend, sondern für die Stadt auch unverzichtbar war. Schließlich war er neben Bankier auch Bauunternehmer. Und sein Bestreben war es, ein neues Großwien zu erbauen. Mit mehr als einem Dutzend Bauprojekten, die er initiiert hatte, wollte er dazu beitragen, die Grenzen der Stadt zu sprengen. Wien brauchte Männer wie ihn. Gründer, die Kapital aufstellten und die mit diesem frisch akquirierten Geld die Stadt erweiterten, ausbauten und modernisierten. Jetzt oder nie wird das neue Wien gegründet. Und das Gedränge, durch das er sich in der Wipplingerstraße kämpfte, gab ihm recht. Wien war für die vielen Wiener zu eng geworden. Wien musste wachsen. Die Reichshaupt- und Residenzstadt platzte förmlich aus allen Nähten. Wie eine fette Matrone, die ununterbrochen Malakofftorten, Cremeschnitten und Konfekt in sich hineinstopfte und deren Fleisch an allen Rändern aus dem Korsett quoll. Gründer wie er würden der Stadt ein neues Kleid schneidern. Hunderte Bauprojekte waren in Planung. Und um die besten Baugründe gab es ein riesengroßes G'riss*.

⁜

»Ich wünsch dir einen wunderschönen guten Morgen!«
Ernst Xaver Huber begrüßte Strauch mit exzellent guter Laune, so wie es sich an einem sonnigen Wintervormittag gebührte. Huber und Heinrich von Strauch kannten einander seit einer kleinen Ewigkeit. Acht lange Jahre hatten sie gemeinsam im Akademischen Gymnasium die Schulbank gedrückt. Danach hatten beide ein Studium der Jurisprudenz begonnen, das Strauch jedoch nicht abschloss. Sehr bald interessierten ihn die Geschäfte der väterlichen Bank mehr als das Jusstudium. Also brach er es ab und absolvierte eine Banklehre. Da er sich bei Geldgeschäften erstaunlich geschickt anstellte, überantwortete Antonius von Strauch seinem Filius sukzessive ein immer größeres Pouvoir. Schließlich verlieh er ihm die Prokura und erlaubte ihm, selbst eine Bank zu gründen. Und hier kam Ernst Xaver Huber, genauer gesagt Dr. jur. Huber, ins Spiel. Er war in alle geschäftlichen Aktivitäten und Geldgeschäfte der H. Strauch Bankgesellschaft und später dann auch der H. Strauch & Cie Baugesellschaft sowie der zahlreichen weiteren Unternehmensgründungen involviert. Huber war, wie Wohlmeinende sagten, die rechte Hand Heinrich von Strauchs. Weniger Wohlmeinende nannten ihn schlicht und einfach Strauchs G'schaftlhuber.
Heinrich von Strauch war zufrieden. Die Entwürfe des jungen Architekten gefielen ihm und so sagte:

---
* Nachfrage

»Ernstl, lass ihm hundert Gulden für den Entwurf auszahlen. Seine Idee konveniert mir sehr. Ich bedanke mich und wünsche einen schönen Tag.«

Er machte eine dezente Verbeugung in Richtung Leo Hornegg und verließ das Zimmer. Huber bat den jungen Architekten, ihm in den Nebenraum zu folgen. Dort sagte er zu dem Kontoristen, der sich an einem Stehpult befand und schrieb:

»Gehen S', Navratil, holen S' hundert Gulden aus der Kassa. Der Herr von Strauch hat verfügt, dass wir unserem genialen Architekten einen Vorschuss gewähren. Meine Herren, das können Sie auch ohne mich erledigen, ich hab' noch zu tun. Ich empfehle mich.«

Navratil legte den Federkiel zur Seite, löschte mit einer Prise Sand das gerade Geschriebene ab und ging zu einem wuchtigen Tresor, den er mit einem Schlüssel öffnete. Navratil holte zehn Scheine aus dem Tresor, verschloss ihn, ging zu seinem Schreibpult, öffnete ein Buch und schrieb leise vor sich hin murmelnd:

»Dem Herrn Architekten Hornegg hundert Gulden ausgezahlt. Wien am 17. Januar 1873. So! Wenn Sie mir hier bitte die Übergabe quittieren.«

Er reichte Hornegg den Federkiel, und der kritzelte seine Paraphe in das Buch. Navratil nahm den Federkiel zurück, legte ihn mit Bedacht auf das Pult und begann, die Scheine nachzuzählen. Einen Zehnguldenschein ließ er danach in der Seitentasche seines Gilets verschwinden. Den Rest drückte er Hornegg in die Hand, der verlegen stammelte:

»Aber das ... das sind ... sind ja nur neunzig Gulden. Der Herr von Strauch hat mir ...«

»Psst!«, zischte Navratil. »Keinen Ton möchte ich mehr hören. Sonst gibt's keinen weiteren Auftrag.«

»Aber ...«

»Kein Wenn und kein Aber, mein lieber Hornegg. Ich war es, der Ihnen die Rutschen zum Herrn Doktor Huber gelegt hat. Und ich bin es, der dafür Provision kassiert. Also, bis bald, Herr Architekt!«

⁓⊙⁓

Heinrich von Strauch, der gerade das Bureau verließ, hatte Horneggs verdattertes Gesicht gesehen. Er packte den jungen Architekten am Unterarm und stieg mit ihm die Treppen hinunter.

»Das, was der Navratil gesagt hat, dürfen S' ruhig für bare Münze nehmen, mein lieber Hornegg. Wir werden uns bald, sehr bald wiedersehen.«

»Aber ...«

»Kein Aber, mein Lieber. Wissen Sie, was ich jetzt mache?«

»Nein, Herr Baron.«

»Ich kümmere mich um mein neuestes Projekt als Entrepreneur.«

»Sehr interessant, Herr Baron.«

»Das können Sie mit Fug und Recht sagen. Denn die von mir gegründete Niederösterreichische Wohnbaugesellschaft, deren Aktien ich zurzeit gerade an der Börse lanciere, wird Sie mit Arbeit eindecken.«

»Und? Wird sie auch bauen?«

Die beiden waren mittlerweile auf der Gasse angekommen. Es handelte sich um die Goldschmiedgasse, die vor zum Stock-im-Eisen-Platz führte. Strauch machte eine ausholende Geste in Richtung der gewaltigen Baustelle vor ihnen.

»Schaun Sie sich um! Das Gasslwerk hier, die Brandstatt und der Magaretenhof sind Geschichte. Hier im Herzen Wiens sprengen wir die verwinkelte Enge der alten Stadt und errichten neue moderne Häuser für neue moderne Menschen.«

»Was? Die Niederösterreichische Wohnbaugesellschaft baut hier in Wien?«

Strauch lachte, klopfte dem Architekten auf die Schulter, lüftete seinen Hut zum Gruß und sagte im Davoneilen:

»Aber nicht doch. Das ist pars pro toto eines der Projekte, an denen ich beteiligt bin. Und es gibt unzählige weitere. Wir alle bauen und bauen und bauen. Sie haben gar keine Vorstellung, mein Lieber, was wir alles bauen.«

︵◦︵

Sodom und Gomorrha, wohin das Auge blickte. Was bildete sich dieser junge Tutter eigentlich ein? Nimmt sich einfach, was immer sich ihm anbietet. Unverschämtheit so was! Diese Gier, diese unvorstellbare Gier, die diesen Menschen antrieb, war abstoßend. Aber offensichtlich nicht für die Weiber. Die witterten diese Gier und wurden ganz weich. Bozwach*, wie man so sagte. Als ob die Gier ein Aphrodisiakum wäre. Na ja, wahrscheinlich war sie tatsächlich eines. Als er selbst jünger war, war er

---
* weich wie Butter

auch gierig hinter den Weiberröcken her gewesen. Kaum eine hatte ihm auf die Dauer widerstehen können. Waren das Zeiten! Damals, als der alte Herr Baron hier in sein Palais eingezogen war und er seinem Dienstgeber zu verstehen gegeben hatte, dass man für so ein großes Haus eine große Schar Dienstboten benötigte. Das hatte dem alten Freiherrn von Strauch gar nicht geschmeckt. Denn Dienstboten kosteten Geld. Und Geld wurde gespart, nicht ausgegeben. Allerdings hatte er seinem Dienstherrn klargemacht, dass man in einem Palais nicht wie ein Kleinhäusler residieren konnte. Wer ein Palais hatte, hatte auch Dienstboten. Dieses Argument leuchtete Antonius von Strauch ein, und so hatte er ihm den Auftrag gegeben, Dienstboten anzuwerben. Wie hatte er diesen Auftrag genossen! Von einer Dienstbotenvermittlerin hatte er sich ein junges Mädel nach dem anderen schicken lassen. Die schiachn* Mädeln wurden immer gleich weggeschickt, nur die feschen durften zur Probe bleiben. Die Probe bestand darin, dass sie das Stiegenhaus aufwaschen, die Räume fegen, die Wäsche waschen und bügeln sowie in der Küche mit anpacken mussten. Wenn sie all das zu seiner Zufriedenheit verrichtet hatten, mussten sie dann auch noch herhalten. Joi, war das schön gewesen. In die jungen Hintern kneifen, die strammen Tutteln drücken und die Mädeln in einem stillen Winkel des riesigen Hauses pempern**. Nur die, die ihm mit dem nötigen Spaß an der Freud' zu Willen waren, wurden eingestellt. Am Ende hatte er dem Herrn Baron dann nicht nur fleißig arbeitendes Personal, sondern sich selbst auch einen klei-

---

* hässlichen
** Geschlechtsverkehr ausüben

nen Harem verschafft. Diese Erinnerungen machten ihn ganz kribbelig, obwohl sein Verlangen nach Weibern im Laufe der Jahre abgeklungen war. Nur manchmal packte es ihn noch. Nicht mehr bei einer jeden, aber bei manchen. Sein letztes heftiges Begehren hatte ihn vor zwei – oder waren es schon drei? – Jahren übermannt, als er die Resi eingestellt hatte. Mein Gott, dieses Mädel hatte noch einmal die Säfte in seinen fast schon ausgetrockneten Leib schießen lassen. Ja, die Resi hatte im Laufe der letzten Jahre bei ihm Wunder vollbracht. Aber das war nun vorbei. Seit der junge Herr Baron die Resi zu seiner persönlichen Leib- und Magenbediensteten gemacht hatte, hatte die ihn nicht mehr an ihren wunderbaren Hintern gelassen. Das freche Mensch hatte ihm sogar gedroht, dass sie dem jungen Herrn Baron erzählen würde, wie er sie über Jahre hinweg missbraucht hatte. So ein freches Luder! Am meisten giftete ihn der Umstand, dass der junge Herr Baron die Resi für die Pflege seiner Garderobe einsetzte. Damit konnte er sie jederzeit zu sich rufen, wenn er sich ankleidete. Dieser raffinierte Saukerl. Heute früh hatte er beobachtet, wie die Resi dem Herrn Baron beim Anlegen der Kleidung half. Dabei hatte sie sich vor ihm niedergekniet. Aber nicht, um zu beten! So eine Sauerei! Nein, er durfte gar nicht daran denken. Sonst würde er noch kribbeliger werden. Mein Gott! Er ballte die Fäuste und bebte am ganzen Körper. So konnte er nicht weiter seinen Dienst versehen. Er musste sich abreagieren. Wie ein junger Hund lief er die enge Dienstbotentreppe hinunter, riss die Küchentür auf und stürzte sich auf die Köchin. Die kreischte zuerst vor Schreck und gleich darauf vor Vergnügen. Sie hob ihren

Rock und präsentierte ihm ihr gewaltiges Hinterteil. Voll Gier packte er zu. Sodom und Gomorrha! Wunderbar …

∽☙∾

Splitternackt stand er hinter dem großen Paravent, während Resis zärtliche Patschhand ihn wusch. Bei so einer Bedienung brauchte Heinrich von Strauch wahrlich kein Badezimmer. Als er aus der teuren Mietwohnung im Heinrichshof ausgezogen und in das Barockhaus, das ihm sein Vater vererbt hatte, eingezogen war, hatte er kurz überlegt, hier im zweiten Stock ein komfortables Bad und ein modernes Water Closet einzurichten. Schlussendlich hatte er diese Modernisierungen nur in der Beletage, in der jetzt seine Frau und seine beiden Söhne wohnten, durchführen lassen. Er selbst war in das Stockwerk darüber gezogen. So hielt er die ungeliebte Familie auf Distanz und musste das Schlafzimmer nicht mehr mit seiner Frau teilen. Ja, das war gut! Er grinste verzückt, als Resi ihn hinten zwischen den Arschbacken und nach vorne greifend gründlich einseifte. Das tat wirklich gut. Es erinnerte ihn an seine Kindheit, die alles in allem nicht sehr glücklich verlaufen war. Einzig die regelmäßige Handwäsche, die ihm sein Kindermädchen angedeihen hatte lassen, war eine der wenigen schönen Erinnerungen. Allerdings hatte sie diese Körperpflegemaßnahme eingestellt, als der Bub beim Waschen regelmäßig eine Erektion bekam. Ab diesem Zeitpunkt musste er sich selbst waschen. Einen Umstand, den er sehr bedauerte. Von einer weiblichen Hand, die in einem Waschlappen steckte, gereinigt zu werden, liebte er. Jahrzehntelang hatte er auf diesen Genuss verzichten müssen. Nun aber, seit er das riesige Barockpalais seines Vaters samt dessen Dienstmädel geerbt hatte, hatte sich alles zu seinem Vorteil entwickelt. Er bewohnte ein ganzes Stockwerk mit Schlafzimmer, Ankleideraum, Speisezimmer, Rauchsalon, Arbeitszimmer und Dienstbotenkammerl. Hier hatte er Resi einquartiert, die seit dem Umzug als seine Kammerdienerin fungierte. Kammerdienerin? Heinrich von Strauch lachte auf, nicht zuletzt deshalb, weil Resi gerade seinen Brustkorb mit dem Waschlappen abrieb und er auf den Rippen kitzlig war. Er als Freiherr von Strauch leistete es sich, exzentrisch zu sein. Und da konnte sein Eheweib noch so sehr die Stirn runzeln und schnippische Bemerkungen machen. Auch dem ehemaligen Kammerdiener Jean und nunmehrigen Majordomus war die Missbilligung ins Gesicht geschrieben, wenn er sich in seinen Wohnbereich begab, um für Verpflegung, Getränke und Rauchwaren zu sorgen. Mehr durfte er für Heinrich von Strauch nicht machen. Reinigung und Pflege der Kleidung, das Zusammenräumen* der Zimmer, das Bettenmachen und das Ausleeren des Leibstuhls oblagen der Kammerdienerin. Resi hatte das Pouvoir, sich in seinen Wohnräumen frei zu bewegen und allen anderen den Zutritt zu verwehren. Sie war sein guter Geist. Von ihr ließ er sich, wenn er zu Hause war, nach Strich und Faden verwöhnen. Wie zum Beispiel in diesem Moment, in dem Resi mit großer Liebe und Sorgfalt ihn untenrum abtrocknete. Genussvoll schloss er die Augen und murmelte:

»Net aufhören … weitermachen … ja … so is brav.«

---

* Ordnung machen

»Die Herren wünschen zu trinken?«

Heinrich von Strauch blickte über den Tisch zu seinem Freund Gustav von Boschan und dem Zeitungsherausgeber Moritz Szeps und stellte folgende Frage:

»Wie wäre es mit einem trockenen Sherry? Bei der Kälte wärmt das den Magen.«

Boschan und Szeps nickten zustimmend, der Ober eilte davon. Strauch beugte sich über die Speisekarte, überflog sie und sagte jovial:

»Mein lieber Szeps, mein lieber Gustav, ihr seid heute meine Gäste. Also bestellt euch was Ordentliches. Einen Tafelspitz oder ein Beefsteak.«

Szeps erwiderte mit ironischem Lächeln auf den Lippen:

»Zu gütigst, Herr Baron. Aber wenn ich auf ein Beefsteak Gusto hab', kann ich mir das auch selbst leisten.«

»Ich wollt' Ihnen nicht nahetreten, mein Lieber. Selbstverständlich können Sie sich als Herausgeber des Neuen Wiener Tagblatts ein gutes Papperl* leisten. Ich hab' das vorher ja nur g'sagt, weil ich möcht', dass es Ihnen gut geht.«

»Sehr liebenswürdig, Herr Baron.«

Der Ober servierte den Aperitif und fragte:

»Zu speisen, die Herren?«

»Der Herr Herausgeber, der Herr von Boschan und meine Wenigkeit nehmen dreimal das Beefsteak. Dazu ein paar Braterdapferln, eine Buttersauce und ein Spiegelei drüber.«

»Wollen die Herrschaften Kohlsprossen** dazu?«

---

* Essen
** Rosenkohl

»Ja, warum denn nicht. A bisserl was Grünes am Teller ist immer fesch.«

Moritz Szeps räusperte sich und sagte leise:

»Verzeihen Sie, aber das ist mir a bisserl zu üppig. Ich nehm' einen Tafelspitz mit Apfelkren und Gerösteten.«

»Wünschen der Herr auch eine Schnittlauchsauce dazu?«

»Nein, nur Apfelkren.«

Nun schaltete sich Gustav von Boschan ein:

»Sei mir nicht bös', Heinrich, aber ich hab' heut' Lust auf Fisch. Deshalb nehm' ich die Forelle Müllerin mit Salzerdapferln.«

Der Ober notierte die Speisen und fragte dann:

»Wünschen die Herren eine Suppe?«

Szeps überlegte kurz und entschied sich für eine Bouillon mit Ei, Strauch und Boschan bestellten Frittatensuppe. Zur Begleitung der Speisen wurde ein halber Liter Weißer vom Nussberg geordert.

»Nun, was macht die Börse, Herr Baron?«

»Sie prosperiert, sie prosperiert. Die Geschäfte laufen glänzend. Und deswegen sitz ma ja auch zusammen.«

»Gründen S' am End schon wieder eine neue Gesellschaft?«

»Nicht irgendeine Gesellschaft, mein lieber Szeps.«

Heinrich von Strauch nahm einen Schluck vom Weißwein.

»Ich hab' gemeinsam mit meinem lieben Freund Gustav die Niederösterreichische Wohnbaugesellschaft gegründet. Sie geht dieser Tage an die Börse.«

»Ich hab' davon läuten gehört. Die Frage ist, was unterscheidet diese Baugesellschaft von den unzähligen anderen, die im Laufe des letzten Jahres gegründet wurden?«

Die Suppe wurde serviert, und Heinrich von Strauch ließ sich mit seiner Antwort Zeit. Er löffelte seine Frittaten, lobte den kräftigen Geschmack der Rindsuppe und wartete, bis Szeps seine Bouillon ausgelöffelt hatte. Boschan war als Erster fertig. Er legte den Löffel zur Seite und sagte in beiläufigem Tonfall:

»Nun, die Niederösterreichische Wohnbaugesellschaft unterscheidet sich in einem wesentlichen Punkt von anderen Neugründungen: Sie besitzt Grundstücke. Baugrundstücke.«

»Und wo?«

»Überall dort, wo Niederösterreich an das Wiener Stadtgebiet angrenzt: Matzleinsdorf, Margarethen, Meidling, Hietzing, Lainz und Ober-St. Veit. Und dazu besitzt sie Liegenschaften in Gloggnitz und St. Pölten. Alles in allem rund hunderttausend Quadratklafter[*].«

»Ich bin beeindruckt. Das ist ja einmal eine Baugesellschaft, die über einige reelle Werte verfügt. Und wer ist der Präsident des Verwaltungsrats?«

Nun schaltete sich Heinrich von Strauch in das Gespräch ein:

»Mein Freund Gustav.«

»Und warum nicht Sie?«

»Nun, ich steh' eh schon zu sehr im Rampenlicht. Ich möcht' mich nicht noch mehr exponieren.«

Der Tafelspitz, die Forelle und das Beefsteak wurden serviert. Die Herren aßen schweigend und mit Appetit. Danach orderte Heinrich von Strauch drei Stamperln Becherovka. Nachdem Szeps einen kräftigen Schluck davon gemacht hatte, fragte er:

---

[*] 1 Quadratklafter = $3,5979 \text{ m}^2$

»Wozu erzählen Sie mir das eigentlich?«
»Na, weil wir in Ihrem Blatt werben wollen.«
»Da müssen S' mit den für die Reklameannahme zuständigen Personen sprechen.«
»Kommt doch gar nicht infrage. Ich red' mit Ihnen, Sie machen mir einen anständigen Preis. Und alles Weitere geht mich nichts an.«
»Und was verstehen Sie unter einem anständigen Preis?«
»Einen günstigen. Was denn sonst?«

Alois Pöltl war ein ehrenwerter Mann, der das Handwerk des Barbiers nach allen Regeln der Kunst und darüber hinaus äußerst profitabel ausübte. Letzteres hatte mit der Lage seines Barbierladens zu tun, der sich in unmittelbarer Nähe zur Börse, in der Wipplingerstraße, befand. Zu seinen Kunden zählten Bankiers, leitende Bankangestellte und Beamte, Börsenagenten, Großhändler, aber auch Mitglieder des Adels sowie angesehener Bürgerfamilien. Tatsächlich gehörte es in gewissen Kreisen seit Jahren zum guten Ton, sich von Maître Pöltl rasieren und die Haare schneiden zu lassen. Kurzum, Pöltls Geschäfte liefen blendend, und so hatte er vor einigen Jahren um die Hand der Tochter eines seiner Kunden angehalten. Der betreffende Herr Papa ließ sich regelmäßig von Herrn Alois verschönern und kannte dessen wohlbestallte Situation. Also hatte er dieser Verbindung zugestimmt. Da der Barbier Alois Pöltl seinem Eheweib ein angemessenes Heim bieten wollte, hatte er eine prachtvolle Wohnung in einem eben erst errichteten Haus in der Mariahilfer Vorstadt bezogen. Bald danach kamen das erste, das zweite und schließlich das dritte Kind zur Welt. Alois Pöltl hatte nun drei hungrige Mäuler zu ernähren sowie eine Frau zu erhalten, die eine glühende Bewunderin der Kaiserin[*] und ihrer Schlankheit war. Das bedeutete, dass sie nach dem dritten Kind sich eine strenge Diät auferlegte und nach und nach schlank wie eine Gerte wurde. Alois Pöltl, der eher den weiblichen Rundungen als den Ecken und Kanten der weiblichen Anatomie zugetan war, musste dies mit Bedauern feststellen. Auch eine charakterliche Veränderung brachten die strikte Diät und das konsequente Fasten bei seiner Frau mit sich. Ehrenfrieda verhärtete in ihrer gesamten Art und wurde zu einer regelrechten Erbsenzählerin. Sie sparte, wo immer sie konnte, und hortete das Ersparte mit einer Wonne, dass es dem Alois Pöltl das Herz zusammenkrampfte.

»Und? Hast du heut' endlich den Baron Strauch gefragt?«

Alois, der nach einem langen Arbeitstag müde und hungrig heimgekommen war, schlüpfte in die Hausschuhe und schwieg bockig.

»Wann wirst du ihn endlich fragen?«

Nun schüttelte Alois den Kopf, zog die Schultern ein und schlurfte ins Esszimmer zum gedeckten Tisch. Er setzte sich, seine beiden älteren Töchter kamen und schmiegten sich an den Vater. Er streichelte zärtlich über ihre Köpfe und bemerkte mit Bedauern, dass es heute schon wieder Graupensuppe gab. Seine Frau goss ihm zwei Schöpfer in den Teller und zischte:

---

[*] Kaiserin Elisabeth von Österreich, genannt Sisi

»Wenn du nicht Manns genug bist, ihn zu fragen, dann werde ich es tun. Mir reicht es allmählich. Meine Schwester und ihr Herr Gemahl sind inzwischen Millionäre geworden. Und warum? Weil sie schon vor drei Jahren ihr Geld an der Börse angelegt haben.«

Alois löffelte hungrig die Suppe. Nachdem er den Teller geleert und somit den ersten Hunger gestillt hatte, lehnte er sich mit einem Seufzer zurück und sagte:

»Gar nix wirst du tun. Und wennst wirklich was tust, wird's nix fruchten.«

»Und warum nicht?«

»Weil ich den Herrn Baron heute neuerlich gefragt hab'.«

»Und was hat er geantwortet?«

»Zuerst hat er getan, als ob er meine Frage überhört hätte. Als ich dann die Rasur beendet hatte, hab ich ihn noch einmal g'fragt.«

»Ja und?«

»Nix und. Er hat bezahlt, mir einen Batzen Trinkgeld gegeben und sich verabschiedet.«

»Und er hat wirklich gar nix g'sagt?«

»Im Hinausgehen hat er schon was g'sagt, aber das wird dir net g'fallen.«

»Und was war das?«

»Dass ich die Finger von Börsenpapieren lassen soll.«

Der, den seine Mutter jahrelang Rotzpip'n genannt hatte, wälzte sich im Bett hin und her, gejagt von Ängsten zu versagen und verzehrt von Hass. Ein Hass, der seit vielen Jahren in ihm brodelte. Und manchmal, wenn er nicht einschlafen konnte, überkam es ihn mit aller Macht. Wie eine riesige Welle, die ihn erfasste und auf und davon trug. Er schwamm dann in einem Meer aus Gewalt, in dem geköpft, gemordet, verstümmelt und gehängt wurde. So wie damals, als er es als dreizehnjähriger Gymnasiast nicht mehr daheim aushielt, sondern hinausstürmte und sich unter die aufgebrachte Menschenmasse mengte. In diesem Meer von Zorn und Erregung, von blinder Wut und rasender Empörung schwamm er dahin und landete vor dem Kriegsministerium am Platz Am Hof. Hier tobte die Menge ganz besonders, hier wallte der Hass. Und plötzlich, als der Befehl an die vor dem Kriegsministerium aufgestellten Kanoniere erfolgte, ihre Kanonen in die Menge abzufeuern, gab es kein Halten mehr. Kartätschensplitter pfiffen ihm um die Ohren, aber das war ihm vollkommen gleichgültig. Gemeinsam mit Hunderten anderen wurden die Kanonenstellungen überrannt, und dann ging es hinein ins Kriegsministerium. Durchs Stiegenhaus rannten sie hinauf, durch Gänge und Säle. Weiter, immer weiter. Was ihnen im Weg stand, wurde zerschlagen, Soldaten worden niedergeprügelt. Hinauf in den vierten Stock. Und plötzlich wüstes Triumphgeschrei. Rundum hielt man inne. Er aber drängte sich in den Raum, aus dem die Brüllerei erklang. Und dann sah er das Unglaubliche: Aus dem offenen Kamin des Zimmers wurde der zappelnde und sich verzweifelt wehrende Graf Latour gezerrt. Kaum war der Kriegsminister aus seinem Versteck heraußen, begann ein Mann mit einer Eisenstange, auf ihn einzuschlagen. Latour schrie wie

eine Sau beim Abschlachten, die mit Orden geschmückte Uniform wurde zerfetzt und in Blut getränkt. Als sich der erste Furor gelegt hatte, schnappten die Revolutionäre den leblosen Körper und schleppten ihn durchs Treppenhaus hinunter auf den Platz. Die Menge tobte.
»Jetzt häng' ma die Kanaille auf!«
»Aufg'hängt wird!«
»Laternisieren ma ihn! Falloten* gehören laternisiert!«
Atemlos folgte er den Männern, die den leblosen Grafen quer durch die Menge schleiften und ihn schließlich am gegenüberliegenden Ende des Platzes an einer Gaslaterne aufhängten. Als dies vollbracht war, wurde eine Freudensalve in den Oktoberhimmel geschossen. Immer wenn diese Szenen vor seinem inneren Auge abliefen, bekam er einen Schweißausbruch. Sein Körper begann wie bei einem starken Fieberanfall zu zittern. Er knirschte mit den Zähnen, ballte die Fäuste, das Gesicht zu einer Grimasse verzerrt. Minutenlang durchlebte er Spasmen des Hasses.

Wenn sie schließlich abgeklungen waren, schlief er erschöpft ein. Begleitet von der glücklichmachenden Vorstellung, dass er alle Menschen, die er kannte, eigenhändig an Laternen aufknüpfen würde. Und nicht nur die, sondern die ganze Menschheit. Die ganze vermaledeite Packlrass**! Alle würde er laternisieren und zuallererst Heinrich von Strauch.

---
* Halunken
** Gesindel

Meister Pöltl wartete unausgeschlafen und ungeduldig auf den Baron Strauch. Seine Alte hatte ihm am Vorabend die Ohren mit Vorwürfen vollgesungen. Eine endlose Suada über die Chancen, die er verpasste, weil er sich weigerte, sein Erspartes an der Börse zu investieren. Im Gesicht ganz blass vor Zorn hatte sie gekeift:

»Wennst jetzt Effekten kaufst, kannst in kürzester Zeit zehnmal mehr verdienen als mit deiner nebbichen Friseur-Quetsch'n. Da! Da, lies!«

Die Herabwürdigung seines meisterhaft betriebenen Handwerks hatte ihn wie ein Schlag ins Gesicht getroffen. Schlussendlich hatte er sich widerwillig einen Artikel auf der Börsenseite des »Illustrierten Wiener Extrablatts« angesehen:

Der vorsichtige Kapitalist.
Vom Geldmarkt. – Im Handumdrehen ist der Geldstand auf einmal ein überaus flüssiger geworden und unterstützte die wiedererwachte Haussetendenz in wirksamster Weise ...

Auf seine Frage, was Haussetendenzen denn bedeutete, antwortete seine Frau:

»Das hat mir der Onkel Ferry erklärt: Eine Hausse ist dann, wenn die Kurse steigen. Wennst wirklich viel Geld an der Börse verdienen kannst.«

Pöltl hatte genickt und weitergelesen:

In dieser Woche alleine sind, zweier Subskriptionen nicht zu gedenken, die jungen Aktien der Industrial-Baubank, der Vorschußbank, der Pester Baubank, der Bau- und

Parzellirungs-Gesellschaft und der Salzburger Bank zu beziehen; außerdem folgende Einzahlungen zu leisten: Innerberger Hauptgewerkschaft, Graz-Köflacher-Bahn, Türkenlose, Transportgesellschaft, Nordwestböhmische Kohlengewerkschaft, »Haza«, Hochofen-Gesellschaft, Eisen- und Stahlgewerkschaft in Komotau und Prag-Wiener Waggon-Fabrikgesellschaft ...

Seine Frau hatte also recht. An der Börse war die Hölle los. Alle Welt investierte und verdiente sich eine goldene Nase. Dieser Artikel war die Ursache für eine von wirren Träumen geplagte Nacht gewesen. Nun, am nächsten Morgen, steckte die Zeitung zusammengefaltet mit der Börsenseite nach oben in seinem weißen Arbeitsmantel. Mit Mühe konzentrierte er sich auf das Frühgeschäft, das aus Börsenleuten und hohen Beamten bestand, die sich vor dem Beginn ihres Arbeitstages rasieren ließen. Danach flaute, so wie an jedem Vormittag, der Kundenandrang ab. Nun war die Zeit gekommen, um die von seinem Lehrbuben Schurli gebrachte Melange zu schlürfen, darin ein mürbes Kipferl einzutunken und voll Ungeduld auf das Erscheinen des Herrn Barons zu warten. Endlich, gegen halb elf Uhr am Vormittag, betrat er das Geschäft und Pöltl atmete mehrmals kräftig durch. Als Heinrich von Strauch es sich auf dem Barbierstuhl bequem gemacht und er ihm einen frischen blütenweißen Umhang umgelegt hatte, fragte er leise:

»Darf ich dem Herrn Baron etwas zeigen?«
»Die neueste Bartmode aus Paris?«
»Nein, nein! Ganz was anderes.«
»Ein neues Rasierwasser?«

Vorsichtig applizierte Pöltl die warmen, feuchten Tücher auf seinem Gesicht und flüsterte:
»Es betrifft Ihr Gewerbe.«
»Wollen S' umsatteln und Bankier werden?«
»Nein, um Gottes willen! Ich möchte Ihnen nur diesen kurzen Artikel zeigen. Der ist über die Börse.«
Und schwuppdiwupp drückte Pöltl seinem überraschten Kunden das zusammengefaltete »Illustrierte Wiener Extrablatt« in die Hand. Heinrich von Strauch warf einen erstaunten Blick darauf, überflog den Artikel und legte das Blatt kommentarlos zur Seite. Dann lehnte er sich zurück, stieß einen kleinen Seufzer aus, schloss die Augen, und der Barbier begann mit dem Einseifen und mit dem Rasieren. Pöltl legte sich heute besonders ins Zeug. Mit noch mehr Sorgfalt, als er es normalerweise zu tun pflegte, schabte er Heinrich von Strauchs Bartstoppeln am Kinn und an den Wangen ab. Liebevoll schnipselte er den Moustache zurecht und fassonierte mit Bedacht die Koteletten des Herrn Baron. Als er schließlich dessen Gesicht mit kalten, feuchten Tüchern erfrischte, öffnete Heinrich die Augen und fragte lächelnd:
»Sie wollen sicher wissen, was ich vom derzeitigen Börsenaufschwung halte. Nicht wahr?«
»Genauso ist es. Weil ... weil ...«
»Ihre Freunde und die Mitglieder Ihrer Familie alle an der Börse mitspielen. Ist Ihnen eigentlich das Prozedere der Gründung einer Aktiengesellschaft klar?«
»Na ja ... Es finden einige Personen zusammen, die die Idee zu einer Gesellschaft haben, einen Plan derselben ausarbeiten, einen Gesellschaftsvertrag entwerfen, die Gesellschaft mit Kapital ausstatten und ...«

»Langsam, langsam, mein lieber Maître Pöltl! Grundsätzlich haben Sie recht. Aber die Gründer oder Entrepreneurs, wie man zu sagen pflegt, sind heutzutage in den seltensten Fällen daran interessiert, das Aktienkapital selbst aufzutreiben, vollständig zu zeichnen und einzubezahlen. Heute wird meist folgender Weg beschritten: Die Entrepreneurs bringen kein oder minimal Kapital ein. Sie legen vielmehr das Aktienkapital ihres Projektes öffentlich zur Zeichnung auf, machen massiv Reklame und laden zum Beitritt der noch zu gründenden Gesellschaft ein. Eine auf diese Weise errichtete Aktiengesellschaft hat demnach zwei Gründungen durchgemacht: eine Primitivgründung unter den Entrepreneurs und die Zeichnung aufgrund des Projektes.«

»Ja, aber wenn genug Kapital von den Anlegern eingezahlt wird, dann ist diese Gesellschaft doch lebensfähig und kann Gewinne machen, an denen dann die Aktionäre beteiligt sind.«

»Theoretisch ja. In der Praxis geschieht Folgendes: Das Produkt der Gründung, die Aktie, wird zu einem Gegenstand der Agiotage. Schon der Gründer oder Entrepreneur trachtete – und das ist laut Gründervertrag völlig legal –, weniger für eine Aktie zu bezahlen als jeder fremde Aktionär. Dadurch gibt es eine Kursdifferenz, an der der Entrepreneur verdient. Er liefert weniger an die Aktiva der gegründeten Gesellschaft ab als die fremden Aktionäre. Die junge Aktie hat somit zwei verschiedene Kurse: den Gründerkurs und den Emissionskurs. Übernimmt ein Bankhaus oder ein Syndikat von Börsengrößen die Einführung der Aktien, so entsteht noch ein Kurswert, zu dem diese Börsenkräfte die Aktien übernehmen. Mit der Einführung an der Börse wird die Aktie dann Gegenstand einer weiteren Reihe von Geschäften, bei denen es stets um Agiogewinn geht. Der ganze Gründungs- und Emissionsapparat wirkt dabei mit, den Aktienkurs hinaufzutreiben. Dies geschieht mit Reklame aller Art, mit Unterstützung durch die Presse und durch Agenten sowie durch Scheinspekulationen. Das Schicksal des auf diese Aktien gegründeten Unternehmens interessiert niemanden. Es interessiert einzig das Schicksal der Aktie und das Steigen ihres Kurswertes. Und da in der Regel dann viel mehr Personen an der Aktie interessiert sind, als es tatsächlich Aktien gibt, kommt es auf den Besitz der Aktien selbst gar nicht an.«

»Aha! Wie ist das zu verstehen?«

»Es kommt einzig und alleine auf die Kursdifferenz an. Der Haussespekulant kauft, um an einem bestimmten Liefertag wieder zu verkaufen. An diesem Tag verzichtet er aber auf die Lieferung der gekauften Aktien und lässt sich den Differenzbetrag, um den die Aktie seit dem Tag des Kaufes gestiegen ist, ausbezahlen. Der Baissespekulant verkauft die Aktie, die er gar nicht besitzt, auf Lieferung und rechnet damit, dass ihr Kurs bis zum Lieferungstag gefallen ist. Wenn dies zutrifft, liefert er aber nicht, sondern lässt sich die Differenz zwischen dem höheren Vertragsabschlusskurs und dem niedrigeren Kurs am Lieferungstag ausbezahlen. Diese sogenannten Differenzgeschäfte drehen sich manchmal um zehnmal mehr Stücke, als von dem Spekulationspapier überhaupt vorhanden sind.«

»Mir schwirrt der Kopf.«

»Sehen Sie, mein lieber Maître Pöltl, deshalb sollten Sie ein vorsichtiger Kapitalist sein.«
»Und wie geht das?«
»Bewahren Sie Ihre Ersparnis daheim unter der Matratze auf. Spielen S' auf keinen Fall an der Börse mit.«
»Aber das tun doch alle!«
»Ohne dass ihnen bewusst ist, dass der Kapitalismus grausamer als das grausamste Raubtier ist.«

※

Versonnen spielte er mit dem dichten Busch ihres Achselhaares. Er genoss die sanfte Strenge des Schweißes, die aus ihrer Achselhöhle strömte und die sich auf eine betörende Art mit dem sonst eher süßlichen Aroma ihres entspannt daliegenden nackten Körpers verband. Antonia Kotcheva lag auf dem Rücken und atmete gleichmäßig. Hin und wieder entwich ihrem leicht geöffneten Mund ein zarter Schnarchlaut. Das Mädel ist ein Wunder an Natürlichkeit, dachte er. Sie war bei Weitem nicht so erfahren wie zum Beispiel seine Kammerdienerin oder wie die Huren in den Freudenhäusern am Spittelberg. Das war schon außergewöhnlich. Jedes Mal, wenn er sie besuchte, trat er in eine andere Welt ein, die bodenständiger und simpler war als die, in der er selbst lebte. Antonia war unverdorben und hatte eine fast kindliche Freude am Liebesakt. Er ließ ihr Achselhaar durch Daumen und Zeigefinger gleiten und dachte an den heutigen Tag zurück. Mein Gott! Er hatte den Schritt vollzogen. Den entscheidenden. Heute hatte er die von seinem Vater geerbte Privatbank in eine Aktiengesellschaft umgewandelt. Die Gründungsversammlung hatte in den Geschäftsräumen der A. Strauch Bank stattgefunden, die ein stattliches Vermögen in die neu gegründete Strauch & Compagnon Bank-Actiengesellschaft einbrachte. Damit verfügte diese Neugründung im Gegensatz zu den meisten anderen frisch gegründeten Banken über eine solide finanzielle Basis. Umso mehr auch deshalb, da Heinrich von Strauch den Baron Epstein als Teilhaber gewinnen konnte. Einen Privatbankier alten Schlags, der ebenfalls beträchtliche finanzielle Mittel in die neue Gesellschaft eingebracht hatte. Ein weiterer Teilhaber war sein alter Freund Huber, den er zum Generaldirektor der neuen Gesellschaft gemacht hatte. Für den lieben Ernstl hatte es bei dieser Gründung keine Ausnahme gegeben, und so hatte der zweihunderttausend Gulden einbringen müssen. Nicht in Form von irgendwelchen windigen Papieren oder stark überbewerteten Grundstücken, sondern bar. Ihm war durchaus bewusst gewesen, dass das Aufbringen dieser Summe für den Ernstl eine nicht zu unterschätzende Hürde dargestellt hatte, aber er hatte sie gemeistert. Als Anerkennung dafür und nach Rücksprache mit Baron Epstein hatte er seinem Schulfreund die Führung der neuen Aktiengesellschaft überantwortet. Eine Lösung, die ihm sehr behagte. Ernstl würde die Geschäfte führen, und er würde ihm dabei als Vorsitzender des Verwaltungsrates auf die Finger sehen und die Grundzüge der Geschäfte der Bank festlegen. Alles andere würde der Ernstl erledigen. Und dabei sehr gut verdienen. Heinrich von Strauch drehte sich etwas zur Seite, betrachtete die groß und flach daliegende linke Brust Antonias, die von einer wohlgeformten rötlich glänzenden Brustwarze gekrönt war. Wie Pudding mit einer Kirsche darauf, dachte er und begann, an der Brustwarze zu lecken. Antonia stöhnte mehrmals, drehte sich zu ihm, und er vergrub seinen Kopf zwischen ihren Brüsten.

Draußen plätscherte das Wasser in die Badewanne, und er hörte Antonia fröhlich vor sich hin summen. Er selbst verspürte keinerlei Lust aufzustehen. Nein, er spann lieber die Gedanken fort, bei denen er zuvor unterbrochen worden war. Als Gründungsmitglied hatte der Ernstl die Aktien der neuen Bank wesentlich günstiger bekommen, als alle zukünftigen Käufer sie bekommen würden. Da Heinrich von Strauchs Bank und Epsteins Bank heute ein Syndikat zur Einführung der Aktien gegründet hatten, würde der Ernstl als Teilhaber der neu gegründeten Bank am Kurswert der Aktien mitschneiden. Ja, der Ernstl wird bald seine zweihunderttausend investierten Gulden zurückverdient haben. Und ich, ich werde kaum Arbeit haben. Der Ernstl wird alles regeln, und ich werde mir eine goldene Nase verdienen.

»Einzi! Magst zu mir in die Badewanne kommen?«

Sein schläfriges Gehirn gaukelte ihm Millionen von verdienten Gulden vor. Eine Vision, aus der er sich nicht herausreißen lassen wollte. Er antwortete:

»Ich schlaf schon.«

Heinrich von Strauch wälzte sich im Bett mehrmals herum, bis er schließlich kommod auf dem Bauch lag und ins Reich der Träume hinüberglitt. Dabei stellte er sich vor, wie ihm morgen seine Kammerdienerin mit sanfter, kundiger Hand Antonias Liebessäfte vom Körper waschen würde.

⁂

Ernst Xaver Huber spazierte vergnügt und leise vor sich hin pfeifend durch die Innenstadt. Der eben stattgefundene Notarbesuch hatte sein Leben verändert. Und zwar in die richtige Richtung. Endlich hatte Heinrich von Strauch ihn zum Teilhaber gemacht. Miteigentümer der neu gegründeten Strauch & Compagnon Bank-Actiengesellschaft, die aus der Fusion der beiden Banken von Strauch Vater und Strauch Sohn entstanden war. Es ist auch Zeit geworden. Schließlich war er das Arbeitstier, das die tägliche Knochenarbeit, die nun einmal zur Leitung einer Bank, der angeschlossenen Maklerfirmen sowie der Baugesellschaften und Industriebeteiligungen gehörte, leistete. Heinrich von Strauch hingegen war eher der Lebemann und Faulpelz, der die Früchte von Hubers Arbeit genoss und außer einigen Ideen sowie zahlreicher gesellschaftlicher Kontakte nicht viel einbrachte. Kurzum: Ohne ihn, dem lieben Ernstl, lief im Strauch'schen Imperium gar nichts. Und weil dem so war, hatte Heinrich von Strauch ihn nun mit zehn Prozent an der frisch fusionierten Bank beteiligt. Huber hatte erreicht, was ihm seit seinem Eintritt in das Familienunternehmen der Strauchs vorgeschwebt war: nicht nur Handlanger, sondern auch Teilhaber zu sein. Ja, er hatte sogar durchsetzen können, dass er im neuen Firmennamen aufschien. Natürlich nicht mit seinem Familiennamen, aber immerhin als Compagnon. Und so spazierte er wohlgelaunt durch die von einer fahlen Wintersonne beleuchtete Stadt, in der an allen Ecken abgerissen und gebaut wurde. Fast wäre er im Überschwang der Glücksgefühle an dem Laden vorbeigegangen, über dessen Eingang eine gusseiserne Schere im kalten Wind schaukelte. Auf den Scheiben des Geschäftes stand in großer, mit allerlei Arabesken versehenen Schrift: »Salon Pöltl Barbier & Friseur«. Huber blieb stehen, fuhr sich mit der Hand über Oberlippe und Kinn und erinnerte sich an den heutigen Morgen. Er hatte verschlafen und war deshalb nicht dazu gekommen, sich zu rasieren. Überhaupt hatte er aus reiner Sparsamkeit bisher nie einen Barbier aufgesucht, sondern immer selbst zu Seife, Pinsel und Rasiermesser gegriffen. Aber nun, als Teilhaber einer renommierten Bankgesellschaft, sollte er seine bisherigen Gewohnheiten überdenken. Es war Zeit, sich etwas Luxus zu gönnen, dachte er, während er mit seiner Rechten über die bartstoppeligen Hautpartien rund um seinen Mund fuhr. Er zupfte am mächtigen Backenbart, der sein Gesicht umgab, und registrierte mit Unbehagen, dass dieser in den letzten Tagen über die Maßen gewuchert war. Er sollte also dringend zur Schere greifen, um den Wildwuchs zurechtzustutzen. Etwas, worauf er bisher wenig Lust gehabt hatte. Damit war es vorbei, beschloss Huber und betrat erhobenen Hauptes und frischen Mutes den Barbiersalon. Meister Pöltl, ein kleiner quirliger Mann mit einem waagerecht links und rechts wegstehenden Schnurrbart und kunstvoll frisiertem Lockenkopf begrüßte Huber in dienstbeflissenem Tonfall:

»Wünsche einen wunderschönen guten Tag, Euer Gnaden. Bitte kurz Platz zu nehmen. Stehe in Kürze zu Diensten.«

Huber nahm auf einem der Fauteuils im Salon Platz, während der Meister einem wohlbeleibten Mann mit klappernder Schere dessen schütteres Haar fassonierte. Huber entspannte sich, schnupperte mit Wohlbehagen die von diversen Rasier- und Haarwässern geschwängerte Atmosphäre, faltete die Hände über dem Bauch zusammen und atmete tief durch. Endlich einmal an nichts Geschäftliches denken. Doch dieser Augenblick der Entspannung war schnell zerstört, als der Wohlbeleibte zu dozieren begann:

»Dank meines untrüglichen G'spürs für die Börse hab ich Ende des letzten Jahres dreißigtausenddreihundertfünfundvierzig Gulden lukriert. Lauter erstklassige Papiere, in die ich mein Geld angelegt hab'. Und wissen Sie was, ich verputz' das Geld nicht. Nein, ein Alzerl* nehm' ich mir fürs Vergnügen, und den Rest investier' ich neuerlich. Weil man das Heu ernten muss, solange es geht. Ich sag' Ihnen, mein lieber Pöltl, wir erleben zurzeit eine Jahrhunderthausse. Und die wird anhalten, weil ja auch noch die Weltausstellung kommt. Da werden die Aktienkurse erst recht den Plafond durchbrechen. Eine Million! Eine Million Besucher wurden für die Weltausstellung prognostiziert. Wissen Sie, was das heißt? Dass gebaut wird ad infinitum. Deshalb investiert ein jeder, der g'scheit ist, in Baugesellschaften. In fünfzehn solcher Gesellschaften habe ich mittlerweile mein Vermögen gesteckt. Und wissen Sie was? Es trägt ungeahnte Früchte. Natürlich nicht eine jede Gesellschaft. Aber alle tragen ihr Scherflein zum Wachstum meines Wohlstands bei. Die einen mehr, die anderen weniger.«

---

* ein bisschen

Pöltl legte die Schere zur Seite und griff zu einer Glaskaraffe, aus der er einige Spritzer Lotion auf das sehr lichte Haar seines Kunden verteilte. Dann begann er gefühlvoll, den Schädel des beleibten Mannes zu massieren. Der schloss genussvoll die Augen, und Pöltl seufzte:

»Wissen S', ich bin halt a bisserl misstrauisch, was die Börse betrifft. Ein guter Kunde von mir, der Baron von Strauch, hat mir erst unlängst wieder geraten, mein mühsam Erspartes nirgendwo sonst hin als in meinen Sparstrumpf zu stecken.«

Ernst Xaver Huber wurde aus seinen Gedanken gerissen. Da schau her! Heinrich von Strauch lässt sich hier rasieren. Na, dann bin ich als sein neuer Kompagnon ja bestens aufgehoben. Einem Impuls folgend, räusperte sich Huber, stand auf und machte eine angedeutete Verbeugung vor den beiden Herren:

»Erlauben Sie, dass ich mich vorstelle: Dr. Ernst Xaver Huber mein Name. Direktor und Miteigentümer der Strauch & Compagnon Bank-Actiengesellschaft.«

Dem Friseurmeister fiel fast der Spiegel aus der Hand, den er dem Wohlbeleibten gerade vor die Nase hielt, damit dieser den Sitz seiner Frisur überprüfen konnte. Der Dicke erhob sich schnaufend und schüttelte Huber die Hand:

»Müller. Hofrat Bonifazius Müller. Sehr angenehm, Herr Direktor.«

»Das Vergnügen ist ganz auf meiner Seite. Erlauben Sie, dass ich Ihnen meine Visitenkarte überreiche? Ich habe beiläufig mitgehört, dass Sie ein ganz engagierter Anleger sind, Herr Hofrat. Schaun S' doch einmal bei mir in der Bank vorbei. Ich glaub', ich hätte da einige ganz ausgezeichnete Börsentipps für Sie.«

»Das klingt ja sehr interessant. Wie wär's denn mit Freitagnachmittag? Da geh ich immer etwas früher aus dem Ministerium weg.«

»Ausgezeichnet. Nach dem Mittagessen? So um halb drei?«

»Wunderbar. Ich freu' mich.«

Hofrat Müller zahlte, verabschiedete sich und verließ wohlgelaunt den Salon. Huber nahm auf dem Barbierstuhl Platz, atmete tief durch und schloss vor Genuss die Augen, als der Barbier feuchte, warme Tücher auf seine Wangen und seine Mundpartie legte.

»Wie wünschen denn der Herr Direktor die Rasur?«

»Na, ganz normal. Der Backenbart gehört gestutzt.«

»Wünschen der Herr Direktor den Backenbart nach neuester Mode geschnitten?«

»Wie wär das denn?«

»Nun, da müssten wir a bisserl mehr schneiden. Der Elegant[*] trägt heutzutage kleinere Bartkoteletten, als es der Herr Direktor derzeit tut. Außerdem würde ich Euer Gnaden empfehlen, sich eine Moustache wachsen zu lassen. Kleine Bartkoteletten und dazu ein fescher Moustache sind der dernier cri.«

»Na, dann mach ma das halt.«

Pöltl entfernte die warmen Tücher, griff zu Seife und Pinsel und begann die zu rasierenden Stellen einzuseifen. Dabei sparte er mit Bedacht die Oberlippe seines Kunden aus, dort, wo in Zukunft ein Moustache sprießen sollte. Danach hörte Huber, wie der Barbier

---
[*] modebewusster Mann

das Rasiermesser schleifte. Zurückgelehnt, den nackten eingeseiften Hals einem fremden Mann entgegenreckend, fühlte sich Ernst Xaver Huber plötzlich unwohl. Als aber die scharfe Klinge von sicherer Hand geführt über seine Gesichtshaut glitt, entspannte er sich. Zwischendurch kam an seinem Backenbart auch die Schere des Meisters zum Einsatz, und als das Verschönerungswerk vollbracht war, staunte Huber. Mit den massiv zurechtgestutzten Bartkoteletten, dem frisch und fröhlich sprießenden Moustache auf seiner Oberlippe und den glatt rasierten, vom Einsatz eines wunderbar duftenden Rasierwassers prickelnden Stellen der Gesichtshaut fühlte Ernst Xaver Huber sich wie neu geboren. Das war nicht mehr das alte, von einem Rauschebart umgebene Gesicht eines hart arbeitenden Bankbeamten, sondern das elegante Gfrieß* eines Entrepreneurs. Während er sich von seinem Spiegelbild kaum losreißen konnte, räusperte sich Meister Pöltl im Hintergrund und sagte in schmeichelndem Tonfall:

»Fesch. Sehr fesch schaut er aus, der Herr Direktor.«

Huber nickte zufrieden, stand auf, vereinbarte für den übernächsten Morgen einen Termin, zückte sein Portemonnaie, und im Zuge des Bezahlvorganges sagte Pöltl plötzlich:

»Ich täte Euer Gnaden gerne etwas fragen.«

»Worum geht's denn?«

»Ums Geld. Ums liebe Geld.«

»Na, da sind S' bei mir an der richtigen Adresse. Wollen S' am Ende gar ein bisserl was in Aktien anlegen?«

»Meine Frau drängt mich so. Viel hab' ich ja nicht …«

---

* Gesicht

»Aber ich bitt' Sie. Niemand muss heute viel Geld haben, um an der Börse zu investieren.«

»Ah so?«

»Es ist ganz einfach: Sie haben ein bisserl eigenes Geld, und dazu nehmen Sie einen Kredit zu, sagen wir … fünf Prozent … auf. Alles zusammen geben Sie mir, und wir machen ein sogenanntes Kostgeschäft.«

»Ein Kostgeschäft?«

»Jawohl. Sie kaufen mit dem eigenen und dem geborgten Geld Aktien. Diese Papiere geben Sie der Strauch & Compagnon Bank-Actiengesellschaft in Kost. Das heißt, Sie zahlen ein halbes Prozent per Woche dafür, dass wir die Papiere auszahlen und so lange aufheben, bis sie ihren Wert vervielfacht haben. Dann verkaufen Sie die Papiere, zahlen den Kredit zurück und streichen den Gewinn ein.«

»Und das funktioniert?«

»Ich bitt' Sie! Viele, die an der Börse investieren, machen das nicht mit ihrem eigenen Geld.«

»Ja, ich weiß, ich weiß.«

»Na also. Besprechen S' das Kostgeschäft in Ruhe mit Ihrer Frau Gemahlin und red' ma das nächste Mal weiter. Ich empfehle mich und wünsche einen schönen Tag.«

»Das wünsche ich Ihnen ebenfalls, Herr Direktor. À bientôt! Und danke für Ihren Rat. Herzlichen Dank. Danke, danke.«

~~~

Müde kam Alois Pöltl am Abend nach Hause. Anders als sonst wieselte Ehrenfrieda herbei und half ihm aus dem Mantel. Auch die Hauspatschen standen schon da. Als er nach seinem Hausmantel fragte, schüttelte sie den Kopf und reichte ihm die elegante Hausjacke, die er normalerweise nur zu Weihnachten, Ostern und an seinem Geburtstag tragen durfte.

»Was ist denn los, Frieda?«

Sie antwortete flüsternd:

»Wir haben Besuch. Der Onkel Ferry ist da.«

Oberst Ferdinand Ritter von Wiesner, der jüngere Bruder von Ehrenfriedas Vater Albrecht Wiesner, war ein Kriegsheld. Ein schneidiger Dragoner-Offizier, der im 1866er Krieg unzählige Preussen massakriert und im Zuge der Kampfhandlungen ein Bein verloren hatte. Zum Dank für seine militärischen Verdienste hatte er den Orden der Eisernen Krone erhalten und war in den Ritterstand erhoben worden.

Und das nach einem langen Arbeitstag!, dachte Alois. Aber Selbstmitleid oder gar Flucht waren keine Option. Also stand er auf, atmete tief durch und straffte seine Haltung. Dann marschierte er zum Wohnzimmer, öffnete zackig die Tür, trat ein, stand stramm und schnarrte:

»Gott zum Grußes, Herr Oberst. Servus, lieber Ferry.«

»Servus, Loisl. Steh kommod und nimm bitte Platz.«

Er führt sich auf, als wenn er der Herr im Hause wäre, schoss es Pöltl durch den Kopf und setzte sich, ohne zu antworten. Umgehend ärgerte er sich wieder, da der Oberst seiner Nichte befahl:

»Ehrenfrieda! Nachdem du mich aufs Vortrefflichste versorgt hast, kümmer' dich jetzt bitte um das leibliche Wohl deines Gatten.«

In Pöltl stieg Wut hoch. Wie komme ich dazu, dass ich mir in meinem Haus dieses Theater bieten lassen muss?

Doch Ehrenfrieda machte vor ihrem Onkel einen Knicks und flötete:

»Jawohl, Onkel Ferry.«

Sie schenkte den beiden Herren aus einer am Tisch stehenden Karaffe Rotwein ein und verschwand in Richtung Küche. Pöltl erhob sein Glas, knurrte »Sehr zum Wohl« und nahm einen kräftigen Schluck. Der Oberst tat es ihm gleich, ließ den Wein über die Zunge rollen, schluckte und verkündete mit Kennermiene:

»Gar nicht so übel, der Rote, den du da zu Hause hast.«

»Der ist aus Sooß.«

»Wir Stabsoffiziere bevorzugen halt einen Vöslauer. Im Kasino hat's immer nur Vöslauer gegeben.«

Alois' Wut, die gerade am Abklingen war, kochte neuerlich hoch. Er nahm noch einen Schluck und wollte gerade dem Oberst eine gepfefferte Antwort geben, als Ehrenfrieda das Zimmer betrat und ihrem Mann einen dampfenden Teller Rindsuppe, in der zwei strahlend weiße Grießnockerln schwammen, servierte. Er schluckte seinen Ärger hinunter und begann hungrig wie ein Wolf, die Suppe zu löffeln. Wunderbar! Frieda war einfach eine gute Köchin. Während er aß, schwieg der Oberst. Er trank sein Glas leer, und Ehrenfrieda schenkte nach.

»Der scheint dir ja trotzdem zu schmecken. Obwohl's kein Vöslauer is' …«

»Ich sagte ja bereits: gar nicht so übel. Und im Übrigen: Variatio delectat.«

Alois zuckte zusammen. Dieser Hieb hatte gesessen. Latein! Das hatte er in der Grundschule natürlich nicht gelernt. Damit konnten ihn die besseren Herrschaften immer in Verlegenheit bringen, was hin und wieder in seinem Salon vorkam. Neulich, als er dem Ritter von Boschan den Bart massiv stutzte, hatte dieser listig gezwinkert und gemurmelt: »Per aspera ad astra.« Dafür hatte Alois ihm dann beim Rasieren der Kinnpartie einen ordentlichen Schnitt verpasst. Und auch jetzt hätte er am liebsten sein Rasiermesser gezückt. Zum Glück servierte Ehrenfrieda nun das Hauptgericht: Fleischlaberln* mit Erdäpfelpüree und knusprigen Zwiebelringen. Wie das duftete! Mit Begeisterung begann Pöltl zu essen und dachte sich: Der Oberst soll mir den Buckel runterrutschen!

Nach der Mahlzeit lehnte er sich wohlgesättigt zurück und zündete sich eine Virginier an. Der Oberst nuckelte an seiner Pfeife, während man Frieda gemeinsam mit dem Dienstmädel in der Küche rumoren hörte. Alois genoss die Stille, die allerdings nicht lange dauerte. Denn der Oberst griff in die Innentasche seines Sakkos und legte die aktuelle Ausgabe der »Österreichisch-ungarischen Wehr-Zeitung« auf den Tisch. Er begann zu blättern, faltete die Zeitung zusammen und legte Alois eine Seite vor die Nase, auf der zwei riesengroße Inserate prangten. Das obere hatte die Überschrift *Domus, Gesellschaft zur Erbauung billiger Wohnungen*. Des Oberst Zeigefinger tippte aber auf die untere Anzeige, deren Titel folgendermaßen lautete: *Ohne Risico höchste Fructificirung von Baargeld*. Alois schluckte, plötzlich wurde ihm klar, woher der Wind wehte. Da er sich bis-

---
* Frikadellen

her standhaft geweigert hatte, sein Erspartes in irgendwelchen Effekten anzulegen, fuhr Frieda nun schwere Geschütze auf. Sie hatte ihren Onkel Ferry eingeladen, um seine Kapitulation zu erzwingen. Der Oberst beugte sich vor, blickte Alois in die Augen und sagte in väterlichem Tonfall:

»Das solltest du dir anschauen. Das ist einmalig. So eine Gelegenheit gibt's vielleicht nie wieder. Ich weiß, dass du ein fleißiger Mann bist und dass du einiges Geld im Sparstrumpf hast. Das liegt dort tot herum und arbeitet nicht. Geld muss arbeiten, mein lieber Alois. Vertrau mir. Ich habe vor zwei Monaten bei diesem Bankhaus mein bescheidenes Vermögen angelegt. Und weißt du was? Monatlich, genauso wie es hier geschrieben steht, werden mir die Zinsen in bar ausgezahlt. Es ist wie ein Wunder.«

Voll Widerwillen nahm Alois die Zeitung und las:

J. B. Placht
Bankhaus für Fonds-Spekulationen an der k. k. Wiener Börse
Übersicht des Standes: Laut programmmäßiger Kundmachung vom 18. Jänner sind für Kost- und Prolongations-Geschäfte bis 17. Jänner:
eingegangen Oe. W. fl. 1.797.718,22
rückgezahlt Oe. W. fl. 954.761,19
daher verbleiben Oe. W. fl. 842.957,08
welche ein 20perzentiges Erträgniß erzielten, daher auch alle vom 10. Jänner bis 17. Jänner gemachten Einlagen mit diesem Zinsfuße berechnet werden.

Der Oberst zog an seiner Pfeife, nahm einen Schluck Rotwein, lehnte sich zurück und sagte:

»Da! Schau, was da steht: *Bis 200 fl. erfolgt die Rückzahlung ohne Kündigung a vista.* Und das ist nicht nur Reklame! Das stimmt alles, was da drinnen steht in diesem Inserat. Schau mich an: Ich hab' am 20. Dezember zweihundert Gulden beim Bankhaus Placht eingezahlt. Heute am 20. Jänner war ich dort und hab' zweihundertvierzig Gulden kassiert. Bar auf die Hand! Mein Gott, Alois!«

»Aber Kostgebühren hast zahlen müssen.«

»Ja eh. Aber die fallen net so ins Gewicht. Alles in allem war das a schöner Rebbach.«

Februar

Mit Genuss schob Heinrich von Strauch den Löffel mit dem letzten bisschen Ei in den Mund. Dann stellte er die Schale, in der ihm die zwei Eier im Glas serviert worden waren, auf das Tablett, das vor ihm auf dem Bett thronte. Er gähnte herzhaft und streckte sich. Im Salon hörte er die Pendeluhr schlagen und zählte mit. Konnte es sein, das es schon elf Uhr vormittags war? Er grinste zufrieden und bedauerte, dass er nun aufstehen musste. Um ein Uhr hatte er ein Mittagessen mit dem Ernstl Huber und dem Baron Epstein. In dieser Besprechung sollte festgelegt werden, welche begleitenden Maßnahmen anlässlich der Börseneinführung der Strauch & Compagnon Bank-Aktien zu ergreifen wären. Es ging um die Unterstützung durch die Presse, durch Agenten und um Scheinspekulationen. Kurzum, sie wollten das ganze Register an Maßnahmen ziehen, um den Preis der Aktie in lichte Höhen zu treiben. Eine langweilige Angelegenheit, dachte er und gähnte.

Es klopfte an seiner Schlafzimmertüre, Jean trat ein. Der Majordomus verbeugte sich und fragte:

»Darf ich abservieren, Euer Gnaden?«

Heinrich von Strauch nickte. Eigentlich wäre es jetzt ganz wunderbar, sich rüberzudrehen und noch ein Randerl zu schlafen. Jean hob das Tablett weg, trat einen Schritt zurück und sagte leise:

»Vielleicht sollten Euer Gnaden jetzt aufstehen.«

»Warum sollt' ich das?«

»Weil die Rotunde unten am Weltausstellungsgelände eingestürzt ist.«

Mit einem Schlag war er hellwach. Kerzengerade saß er im Bett und starrte in das lederne, von unzähligen Furchen und Falten gezeichnete Gesicht, in dessen Mitte

eine einstmals zertrümmerte und nun stupsartige Nase saß. Wie eine Bulldogge sieht er aus, dachte Heinrich von Strauch. Unberechenbar und bissig. Laut sagte er aber:
»Wer verbreitet so einen Blödsinn?«
»Na, die Leut'.«
»Welche Leute?«
»Na, unten auf der Straße alle. Ganz Wien redet davon, Euer Gnaden.«
Heinrich von Strauch atmete tief durch und schloss kurz die Augen, um nachzudenken. Dann befahl er:
»Hol' Er mir einen Dienstmann und ruf Er mir einen Fiaker.«
Dann wandte er sich von Jean ab und rief:
»Resi! Wo bist du? Bring mir auf der Stelle mein Gewand. Und mein Schreibzeug!«
Die Tür zum Vorzimmer wurde geöffnet, Resi eilte herbei, machte einen artigen Knicks und flötete:
»Was für ein G'wand wollen S' denn heute anziehen, gnädiger Herr?«
Er betrachtete Resis bakschierliche Erscheinung und bekam unglaubliche Lust, sie zu sich ins Bett zu ziehen. Doch er beherrschte sich und replizierte:
»Etwas Legeres.«
»Aber Sie treffen sich doch mit dem Baron Epstein heut'.«
»Daraus wird nix. Also hurtig. Bring mir das Schreibzeug und mein G'wand. Aber das Schreibzeug zuerst!«
Im Nachthemd saß er wenig später auf der Bettkante und kritzelte auf einen Bogen Briefpapier folgende Nachricht:

Lieber Ernstl,

wie man hört, ist die Rotunde eingestürzt. Als Mitglied des Finanz-Comités der Weltausstellungs-Commission halte ich es für meine Pflicht, mir ein Bild von der Lage zu machen. Bitte führe die Unterredung mit Baron Epstein ohne mich. Was immer Ihr an Maßnahmen beschließt, Ihr habt meinen Sanctus.

Dein Heinrich

PS: Bitte richte dem Herrn Baron aus, dass ich ihn herzlich grüßen lasse und ich mich für mein Fernbleiben entschuldige.

Er faltete den Bogen zusammen, steckte ihn in ein Kuvert, entzündete eine Kerze, ließ das Wachs schmelzen und auf die Rückseite des Kuverts tropfen, um dann sein Wappen in das weiche Wachs zu pressen. Als er dies erledigt hatte, waren Unterwäsche und Socken bereits neben ihm auf dem Bett. Vor dem Bett stand Resi mit Hose, Hemd und Sakko. Gerade als er pudelnackt in die Untergatte* steigen wollte, klopfte es. Ungeniert rief er: »Wer stört?«

Jean öffnete die Tür und meldete ohne mit der Wimper zu zucken: »Euer Gnaden, der Dienstmann is' da.«

Heinrich von Strauch schlüpfte in die Unterhose, griff nach dem Brief auf seinem Nachtkästchen und befahl: »Gib Er diesen Brief dem Dienstmann. Er soll ihn dem Oberkellner Franz im Restaurant Sacher persönlich überbringen und ihm ausrichten, dass er den Brief dem Herrn Direktor Huber geben soll, der heute für ein Uhr Mittag einen Tisch reserviert hat. Hat Er verstanden?«

»Jawohl, Euer Gnaden.«

---

* Unterhose

»Gut. Er kann gehen. Resi, komm, zieh mir die Socken an!«

※

»Wo geht's hin, Euer Gnaden?«
»Zum Weltausstellungsgelände im Prater.«
»Am End' gar zur Rotunde? Die soll eing'stürzt sein.«
»Hat Er das auch schon gehört?«
»Ganz Wien red' von nix anderem.«
Der Fiakerkutscher schloss den Wagenschlag hinter ihm.
»Also dann, fahr' ma, Euer Gnaden!«
Der Fiaker ruckelte los, und Heinrich von Strauchs gute Laune, die er noch vor einer halben Stunde gehabt hatte, war perdu. Nun hatte sich in seinem Inneren ein gewaltiges Sorgengewitter zusammengebraut. Eine riesige schwarze Wolkenwand, die ihn niederdrückte. Wenn die Rotunde, das zentrale Bauwerk der geplanten Weltausstellung, tatsächlich eingestürzt war, dann gute Nacht. Dann konnte die Weltausstellung keinesfalls mehr wie geplant am 1. Mai ihre Pforten öffnen. Das würde katastrophale Folgen für die gesamte Wirtschaft und natürlich auch für die Börse haben. Und das ausgerechnet jetzt, wo die Aktien seiner Bank an der Börse lanciert würden. Nicht auszudenken, wenn die Aktien in einen Baisse-Strudel gerieten und nicht nur seine Bank, sondern auch seine Baugesellschaften sowie seine Maklerbank und die Büros seiner Agenten mit in den Abgrund rissen. Heinrich von Strauch begann zu schwitzen, obwohl es ein sehr kalter, wenngleich auch sonniger Wintertag war. Angst. Nackte

Angst hatte ihn gepackt. All das, was sein Vater über Jahrzehnte aufgebaut hatte, würde er in einem halben Jahr verspielt haben. Niemand würde mehr mit ihm Geschäfte machen. Er wäre ein lebendiger Leichnam, ein Aussätziger, den alle mieden. Schüttelfrost erfasste ihn, und er verschränkte die Arme vor der Brust. Er zog den Kopf ein und wärmte seinen Nacken im Pelzkragen seines Mantels. Er schloss die Augen, zog den Zylinder tief ins Gesicht und verkroch sich in einer Ecke des Fiakers. Schließlich hörte er den Kutscher:

»Euer Gnaden, die Rotunde steht noch. Das is alles a riesengroßer Blödsinn, was da g'redet worden is.«

Heinrich von Strauch erwachte aus einer Schockstarre und schaute beim Fenster hinaus. Und tatsächlich: Vor ihm ragte das gewaltige stählerne Kuppelgerüst der Rotunde unbeschädigt in den strahlend blauen Winterhimmel. Der Fiaker fuhr im Schritttempo, da er sich den Weg durch Tausende Schaulustige bahnen musste, die zu Fuß in den Prater gegangen waren, um die eingestürzte Rotunde zu begaffen. Die Menschenmenge stand da und starrte das unbeschädigte Bauwerk an, als ob es das achte Weltwunder wäre. Er ließ den Kutscher anhalten und stieg aus. Den Kopf hoch erhoben, den Blick auf das Stahlskelett der Kuppel gerichtet, bahnte er sich einen Weg durch die Menge. Hinter sich hörte er den Kutscher rufen:

»Euer Gnaden, was is jetzt? Sie müssen noch die Fuhr bezahlen.«

Ohne sich umzudrehen, rief er:

»Wart' Er da! Wir fahren wieder zurück.«

Erhaben und unversehrt stand sie da: die Rotunde, das Wahrzeichen der Weltausstellung. Das Symbol des wirtschaftlichen Aufschwungs Österreich-Ungarns. Unbeirrbar – einem Schlafwandler gleich – ging Heinrich von Strauch auf das gigantische Bauwerk zu. Plötzlich hörte er eine Mädchenstimme neben sich:

»Aua! Sie Grobian, Sie!«

Wie aus einem Traum erwachend, schüttelte er den Kopf und sah in das ganz entzückende Gesicht eines Mädels, das ärgerlich die Brauen zusammenzog. Gentleman, der er war, murmelte er:

»Oh, pardon.«

»Das hilft ma nix. Sie trampeln auf meinen Zecherln umadum und sagen dann nur oh, pardon!«

Entzückend die Kleine, dachte er und sagte höflich: »Verzeihen Sie vielmals. Ich wollt' Ihnen wirklich net wehtun.«

»Das haben S' aber. Der ganze Haxen tut ma weh. So arg sind S' mir auf die Zech'n g'stiegen.«

»Das tut mir aufrichtig leid. Darf ich Ihnen meinen Arm anbieten? Damit ich Sie stützen kann.«

»Das ist wohl das Mindeste, was Sie tun können.«

»Was erwarten Sie denn?«

»Na, dass Sie mich mit an Fiaker heimfahren. I kann kaum hatschn*.«

»Es ist mir eine Freude, Sie heimzubringen. Kommen S', mein Fiaker steht da hinten irgendwo.«

Die Kleine, sie hieß übrigens Rosalia, nannte eine Adresse in der nahen Leopoldstadt, und Heinrich von Strauch befahl dem Kutscher, zuerst dorthin zu fahren. Entspannt sah er beim Fenster hinaus und genoss die Fahrt

---

* mit Mühe gehen

durch den wunderschönen Wintertag. Auch das Mädel bereitete ihm Vergnügen. So eine kleine freche und wirklich hübsche Person! Als sie über den Praterstern fuhren, sagte er plötzlich:

»Mein Fräulein, was halten S' davon, wenn ich Sie noch ein bisserl spazieren führe? Fahr ma doch die Prater Hauptallee entlang bis zum Lusthaus. Heut' is so schön, das ladet zu einer Spazierfahrt ein.«

»Sie sind ja ein ganz ein Schlimmer. Zuerst trampeln S' auf mir umadum, und jetzt wollen S' mit mir spazieren fahren ... Na, von mir aus. Fahr ma!«

Er machte ein Fenster des Fiaker-Coupés auf und rief nach vorn:

»Umdrehen, umdrehen! Wir machen noch einen kleinen Ausflug in die Prater Hauptallee zum Lusthaus.«

Nach einigen Sekunden drosselte der Fiakerkutscher den Trab seiner Pferde und rief:

»Sehr wohl! Ganz wie Euer Gnaden wünschen!«

Der Fiaker wendete und fuhr in die Prater Hauptallee. Hier herrschte reger Kutschenverkehr, denn auch andere wohlbestallte Herrschaften hatten an diesem strahlend schönen Tag Lust auf eine kleine Praterpartie bekommen. Er fixierte das Mädel vis-à-vis. Wie alt sie wohl war? Achtzehn, neunzehn oder gar schon zwanzig? Sie hatte eine kindliche Figur, die Mimik ihres Gesichtes war aber die einer Erwachsenen. Als sie merkte, dass er sie beobachtete, streckte sie ihm plötzlich einen Fuß hin. Dabei rutschte ihr Rock nach oben, und er hatte freien Ausblick nicht nur auf ihre Stieflette, sondern auch auf ein wohlgeformtes Damenbein, das fein bestrumpft war.

»Da! Da, schaun S' her! Da sind Sie mir draufgestiegen. Wie ein Elefant. Meine Zecherln sind ganz marod.«

Sie zog das Bein ein, bückte sich, schnürte ihre Stiflette auf und ließ sie auf den Boden der Mietdroschke fallen. Dann legte sie ihren bestrumpften Fuß ungeniert in Heinrich von Strauchs Schoß.

»Zur Wiedergutmachung müssen S' mir jetzt meine Zecherln massieren. Aber vorsichtig! Sie ungestümer Elefant, Sie!«

Er betastete den zarten Frauenfuß und dachte sich: O, là là! Er streichelte zuerst die Zehen, dann den Rist und die Ferse, schließlich die Wade hinauf zum Schenkel.

Plötzlich gurrte das Mädel:

»Wo haben S' denn Ihre Finger? Mein Fuß ist weiter unten und net dort, wo Sie jetzt sind.«

»Und was ist, wenn mir das sehr gefällt. Das Platzerl, wo ich jetzt bin?«

»Sie sind ein Wüstling! Ein ganz ein Schlimmer!«

Statt ihm aber ihr Bein zu entziehen, lehnte sie sich zurück und ließ ihn weitermachen. Plötzlich hielt er inne, öffnete das Coupéfenster und rief nach vorne: »Beim nächsten Seitenweg biegen wir bitt' schön ab. Fahr' ma einfach ein bisserl in die Au hinein. Dorthin, wo net so viel Verkehr ist.«

»Wie Euer Gnaden wünschen.«

Als der Fiaker mitten in der Au zu stehen kam, weit weg von der stark befahrenen Hauptallee, stieg Henrich aus, ging zum Kutscher, holte einen Fünfguldenschein aus seinem Portemonnaie und befahl ihm:

»Gehen S' doch a Viertelstund' spazieren. Dafür bekommen S' die fünf Gulden extra.«

Der Fiaker kletterte von seinem Kutschbock, schnappte den Schein und sagte grinsend:

»Stets zu Diensten, Euer Gnaden.«

Und während er die beiden erhitzten Rösser mit Kotzen* abdeckte, war Heinrich von Strauch schon wieder drinnen im Coupé, wo er umgehend damit fortfuhr, Rosalias bezaubernde Waden und Schenkel zu erkunden.

Später, als die tief stehende Wintersonne die kahlen Bäume des Praters lange Schatten werfen ließ, ging es in gemächlicher Fahrt die Prater Hauptallee zurück. Er hatte seinen Kopf an Rosalias Brust gelehnt und gab sich einem Tagtraum hin. Das Mädel kraulte ihn am Kopf. Eine Liebkosung, die ihm sehr behagte. Schließlich beugte sie sich zu ihm. Aber statt ihm ein Busserl auf die Wange zu geben, flüsterte sie ihm ins Ohr: »Dem Fiaker hast du fürs Spazierengehen fünf Gulden gegeben. I hätt' gern zehn Gulden, gell? Weil i ja einiges mehr geleistet hab' als der.«

Heinrich von Strauch musste lachen. Ihre Chuzpe gefiel ihm. Und so zwickte er den weiblichen Frechdachs in die Seite und replizierte:

»Wo du recht hast, hast du recht.«

Liebtraud von Strauch war aufgeregt. Dieser Gemütszustand hielt bei ihr nun schon seit Tagen an. Genauer gesagt seit jenem Nachmittag, als ihre liebe Freundin Helene von Dombusch sie nachmittags besucht hatte.

---

* Pferdedecken aus einem groben Wollstoff

Und als sie so dasaßen und über mehr oder weniger Belangloses plauderten, war es plötzlich aus Liebtraud herausgeplatzt. Die Klage, dass ihr Herr Gemahl überhaupt keine Notiz mehr von ihr nähme und dass sie sich völlig einsam und darüber hinaus auch nutzlos fühle. Helene hatte nach Liebtrauds Klage eine Zeit lang geistesabwesend an ihrem Tee genippt und nichts gesagt. Das führte dazu, dass die Hausherrin befürchtete, ihre Offenheit sei der Freundin peinlich. Als sie sich dafür entschuldigen wollte, antwortete diese plötzlich:

»Geschätzte Liebtraud, nach kurzem Nachdenken bin ich zu dem Schluss gekommen, dass Sie etwas Neues wagen müssen. Etwas, das Sie mit Freude erfüllt und das eine sinnvolle Tätigkeit darstellt. Mein Vorschlag: Machen S' doch einen Salon.«

Dieser freundschaftliche Rat hatte Liebtraud zutiefst aufgewühlt. Ihre ersten Reaktionen waren eine Mischung aus Begeisterung und Zweifel. Hatte sie die nötige Bildung und geistige Größe, um einen Salon führen zu können? Würde sie einer Frau von Wertheimstein jemals das Wasser reichen können? Oder war ihr Wunsch, einen eigenen Salon ins Leben zu rufen, nur ein Anfall von Größenwahn und Selbstüberschätzung? Andererseits hatte ihr Vater seinerzeit, um der geliebten Tochter ein solides geistiges Fundament für ihr zukünftiges Leben zu gewährleisten, die besten Lehrer ins Haus geholt. Ja, sie hatte Latein gelernt und konnte sowohl Cicero als auch Tacitus oder Ovid zitieren. Sie war in Französisch unterrichtet worden und hatte später dann sowohl Voltaire als auch die Komödien Molières im Original gelesen. Apropos Molière: Da fiel ihr Eduard von Bauernfeld ein.

Der war ihrem Urteilsvermögen nach so etwas wie ein österreichischer Molière. Den könnte sie doch einladen! Der würde vielleicht aus einem seiner neuen Stücke rezitieren. Andererseits war Bauernfeld Stammgast im Salon der Frau von Wertheimstein. Aber all das wollte sie nicht alleine entscheiden. Nein, das musste sie unbedingt mit Heinrich besprechen.

Heinrich von Strauch biss in ein resches Buttersemmerl, griff mit schläfriger Zufriedenheit zum Kaffeehäferl, machte einen Schluck und stutzte. Hatte da jemand geklopft? Er kaute weiter und vernahm neuerlich ein leises Klopfen. Wer war das in aller Herrgottsfrüh? Nachdem das leise Klopfen ein drittes Mal erklungen war, rief er verärgert: »Wer stört?«

Vorsichtig wurde die Schlafzimmertür geöffnet, und zu seinem maßlosen Erstaunen sah er Liebtraud in der Tür stehen.

»Du hier? Was willst du?«

»Verzeih bitte mein Eindringen in deine Privatsphäre. Ich möchte dich nicht lange stören. Ich hab' nur eine Frage an dich.«

»Brauchst du Geld? Wenn dem so ist, wende dich bitte an den Ernstl. Der soll dir geben, was du brauchst.«

»Darum geht es nicht.«

»Ah so? Na, jetzt machst mich aber neugierig. Also, sprich!«

Liebtraud trat einige Schritte näher, senkte den Kopf und sagte leise:

»Ich möcht' … ich tät' … ich würd' … so gern einen … einen Salon ins Leben rufen.«

Henrich war verblüfft. Seine Frau wollte eine Wiener Salonière werden? Da musste er einen kräftigen Schluck Kaffee nehmen. Wie zum Kuckuck ist sie auf diese Idee gekommen? Andererseits: Eine ganze Reihe Bankiers hatte Frauen, die einen Salon führten. Vielleicht war das gar keine so schlechte Idee. Und so antwortete er:

»Na, dann mach ma einen Salon. Meinen Segen hast. Und was das Praktische und das Finanzielle betrifft: Wende dich bitte an den Ernstl.«

Mit fahrigen Bewegungen blätterte er die »Deutsche Zeitung« durch, unkonzentriert und gelangweilt. Doch plötzlich hielt er inne. Denn die Überschrift eines Artikels erhaschte seine Aufmerksamkeit:

Wiener Weltausstellung.

Heute, nachdem sich endlich der General-Director Baron Schwarz herbeigelassen hat, gegenüber dem Drängen des Parlaments und des Ministeriums ein Präliminare* der Gesammtkosten der Weltausstellung vorzulegen, ist man erst in der Lage, sich eine Vorstellung von der Art der Manipulation zu machen, wie sie da unten in dem Bureau der Direction der Weltausstellung beliebt wurde. Die Zahlen dieses Präliminares sprechen es deutlich aus, daß man ohne jeden richtigen Kostenüberschlag geradezu ins Blaue hineinarbeitete und, erst als die von der Volks-

---
* hier: Vorschau

vertretung votierte Summe von sechs Millionen Gulden längst verausgabt und man schon gezwungen war, eine Anleihe von 400.000 fl.* bei der Creditanstalt aufzunehmen, zu Kreuze kroch und eingestand, man habe sich verrechnet und bitte um weitere 9,700.000 fl.

Er ließ die Zeitung sinken und pfiff leise durch die Zähne. Nun war die Katze aus dem Sack. Was bereits seit Monaten in Wien getratscht wurde, lag schwarz auf weiß auf dem Tisch. Die Kosten für die Weltausstellung liefen aus dem Ruder. Ein Faktum, das seine miese Laune verfliegen ließ. Er bestellte beim Ober eine weitere Melange und widmete sich mit großem Vergnügen der Zeitungslektüre. Vor allem folgender Absatz zauberte ihm, der Rotzpip'n, ein boshaftes Lächeln auf das Antlitz:

Wenn man nun die Kosten des Präliminares durchgeht, so läßt sich freilich bei der bloßen Aneinanderreihung von Ziffern schwer ersehen, warum gerade so hohe Summen für den einen oder anderen Zweck nothwendig seien, ebenso schwer wäre es, ohne detaillirte Rechnungslegung das Gegentheil zu erweisen. Nichtsdestoweniger findet man darunter einzelne Posten, die Erstaunen erregen müssen. Während für die riesige Maschinenhalle 951.448 fl. eingestellt sind, wird für die Eindeckung der Höfe – und es wird nur ein Theil derselben eingedeckt – die enorme Summe von 580.000 fl. verlangt. Warum? Darüber gibt das Präliminare keinen Aufschluß, wie überhaupt für die Richtigkeit und Unerläßlichkeit der einzelnen fixirten Posten auch nicht die geringste Andeu-

---

* Abkürzung für: Gulden

tung gegeben ist. Nachdem aber nach eigenem Zugeständnis des General-Directors bei der Pilotirung der Rotunde u. s. w. allerlei kostspielige Experimente gemacht wurden, so bleibt immerhin ein Zweifel an der Unerläßlichkeit mancher Ausgabe in der von der General-Direction geforderten Höhe offen.

Die Weltausstellung war ein finanzielles Fass ohne Boden. Die ursprünglich geplanten Kosten hatten sich mittlerweile fast verdreifacht. Und dieses Kapitel war sicher noch nicht zu Ende geschrieben. Genussvoll schlürfte er seine Melange und war sich sicher, dass bis zur Weltausstellungseröffnung am 1. Mai noch die eine oder andere Million dazukommen würde. Ein finanzielles Debakel, das sich natürlich auf die Börse auswirken würde. Dieser Umstand stimmte ihn geradezu heiter. Und während er in der Zeitung weiterblätterte, murmelte er:

»Gnade dir Gott, Heinrich von Strauch.«

—⚜—

»Einen wunderschönen guten Morgen, Herr Direktor.«

Ah, das rinnt runter wie Öl, dachte Ernst Xaver Huber, als er im Barbierstuhl Platz nahm. Ja, sein Leben hatte sich, seitdem er zum Direktor der neu gegründeten Strauch & Compagnon Bank-Actiengesellschaft bestellt worden war, in jeder Hinsicht verbessert. Zwar hatte das eine Menge mehr Arbeit eingebracht, aber auch jede Menge Anerkennung und mit dem Verkauf eines Teils seiner Strauch & Compagnon Bank-Aktien auch sagenhaft viel Geld. Das ermöglichte ihm ein wirklich komfortables Leben.

Während Meister Pöltl mit dem Rasierpinsel Hals, Kinn, Oberlippe und Teile der Wangen einseifte, dachte er über seine Wohnungssituation nach. Sie war für einen erfolgreichen Mann wie ihn inakzeptabel. Schließlich wohnte er noch immer in der Wohnung seiner Eltern, die sich in einem alten Biedermeierhaus auf der Mölkerbastei befand. Die Wohnung war für bürgerliche Begriffe recht großzügig. Sie hatte drei Zimmer, Küche, Nebenräume sowie ein eigenes Badezimmer. Trotzdem: Als erwachsener Mann von beinahe vierzig Jahren bei seiner Mutter zu wohnen, war genant. Es war Zeit, sich nach einer repräsentativen Wohnung umzusehen, in der er auch Gäste empfangen und bewirten konnte. Mit einer eigenen Köchin und einem eigenen Dienstmädel. Er hatte schon ein ganz besonderes Objekt im Auge. Die Beletage jenes Hauses, das gerade fertiggestellt wurde und das sich in der Werdertorgasse befand. Das wäre kommod, sehr kommod sogar. Da hätte er wirklich nur ein paar Schritte hinüber zum Schottenring, wo sich einerseits der Firmensitz der Strauch & Compagnon Bank-Actiengesellschaft und andererseits die Börse befanden. Finanziell war das alles kein Problem, da er ein sparsamer Mensch war, der während der letzten Jahre gutes Geld an der Börse verdient hatte. Es war einzig eine Frage der Beziehungen. Denn das Haus war von der Wiener Wohnstatt Baugesellschaft errichtet worden, die jeweils zu fünfzig Prozent der Strauch & Compagnon Bank-Actiengesellschaft und Johann Ritter von Nordberg gehörte. Heinrich konnte er sicher ohne Schwierigkeiten davon überzeugen, dass er in dieses Prunkstück von einer Wohnung einziehen wolle. Das Problem war aber Heinrichs Schwiegervater. Der alte Nordberg hatte weder mit Heinrich von Strauch noch mit dessen Gefolgsleuten viel am Hut. Bei den Treffen der Eigentümer der Baugesellschaft zeigte er immer wieder seine unverhohlene Abneigung. Heinrich von Strauch ließ das völlig kalt. Andererseits konnte er es nicht unterlassen, seinen Schwiegervater immer wieder darauf hinzuweisen, dass die Nordberg'schen Kiesgruben und Ziegelwerke an der finanziellen Nabelschnur der Strauch & Compagnon Bank-Actiengesellschaft hingen. Mit elegantem Schwung glitt Meister Pöltls Klinge über Hubers Wangen und Hals. Und plötzlich erinnerte er sich daran, dass Pöltl ihn vor einiger Zeit auf eine mögliche Geldanlage angesprochen hatte. Eigentlich wollte er dem Barbier keine Tipps geben, da die Börse im Moment sehr nervös war und oft irrational reagierte. Es war schon für einen professionellen Börsianer schwierig genug, die richtigen Entscheidungen zu treffen. Für einen Amateur war es aber äußerst riskant. Deshalb murmelte er, als er fertig rasiert war:

»Ah, das war wieder ein Genuss. Apropos Genuss: Sie haben mich doch vor nicht allzu langer Zeit auf die Möglichkeit einer Geldanlage angesprochen. Nicht wahr?«

Pöltl nickte und tupfte mit einem warmen Waschlappen Hubers frisch rasierte Haut ab, sodass auch das kleinste Patzerl Seifenschaum verschwand.

»Wissen S', ich hab' schon was unternommen.«

»Ah so? Na, dann gratulier ich. Wo haben S' denn investiert?«

»Da ich mich net auskenn', hab ich mir was ausgesucht, was kein Risiko mit sich bringt.«

Huber musste laut auflachen und antwortete:

»Ah so? Ja, ist denn das bei Börsengeschäften die Möglichkeit?«

»I hab' tatsächlich was g'funden. Eine Anlage ohne Risiko, die höchste Fructificirung bietet.«

»Sehr g'scheit. Darf ich fragen, wo Sie Ihr Geld angelegt haben?«

Pöltl massierte gefühlvoll Hubers Wangen mit Rasierwasser und antwortete stolz:

»Beim Bankhaus J. B. Placht.«

Huber musste schlucken. Mit Mühe verbarg er sein Entsetzen. Johann Baptist Placht war von allen Börsenspekulanten so ziemlich der windigste. Ach ja, höchste Fructificirung ohne Risiko! Das war sein Reklamespruch.

»Und warum gerade beim Placht?«

»Der zahlt jeden Monat bar aus. Bei einer Einlage von bis zu zweihundert Gulden bekommt man nach einem Monat sein Geld mit zwanzig Prozent Fructificirung zurück. Der Onkel meiner Frau hat's so g'macht. Und ich mach es jetzt ebenso.«

Ernst Xaver Huber seufzte und dachte: Soll ich ihm sagen, dass der Placht ein aus der Armee unehrenhaft entlassener Offizier ist, der keine Ahnung vom Börsengeschäft hat? Huber zuckte resigniert mit der Achsel, zahlte und sagte beim Hinausgehen:

»Ich bitt' Sie, passen S' auf. Am besten wär's, wenn Sie sich Ihr Geld so schnell wie möglich zurückholen täten. Der Placht ist nicht reell.«

»Und was geschieht mit meiner Fructificirung?«

Huber drehte sich um, atmete tief durch und nahm einen neuerlichen Anlauf, um den Friseur zur Vernunft zu bringen:

»Was der Placht macht, ist Folgendes: Er muss ständig neue Geldeinlagen lukrieren, um die Zinsen der bei ihm veranlagten Gelder bedienen zu können. Keines seiner rund vierzig Spekulationskonsortien arbeitet meines Wissens nach gewinnbringend. Deshalb muss er immer neues Geld aufnehmen, um die Verpflichtungen gegenüber seinen Anlegern erfüllen zu können. Das ist wie ein Schneeball, der zu Tale rollt. Er wird groß und größer, bis er schließlich als Lawine ins Tal donnert und alles vernichtet. Haben Sie mich verstanden, Maître Pöltl?«

Mit käsebleichem Gesicht starrte der Barbier dem im Schneetreiben verschwindenden Kunden nach, der in diesem Augenblick mehr einem Gespenst als einem Menschen aus Fleisch und Blut glich.

Im großen Salon strahlte der barocke Kachelofen wohlige Wärme aus. Da es in dem weitläufigen Haus still war, hörte Liebtraud das Knacken der mächtigen Buchenscheiter besonders deutlich. Sie saß bequem in einem Ohrensessel und hatte die Beine auf einem mit kostbarem Stoff tapezierten Fußschemel hochgelagert. In der Hand hielt sie einen Band mit Novellen von Ferdinand Kürnberger. Statt zu lesen, war sie in einen Tagtraum hinübergeglitten, in dem der Schriftsteller in ihrem Salon eine Lesung seiner Werke gab und hernach mit den von ihr geladenen Gästen aufs Lebhafteste parlierte. Ein Klopfen an der Tür des Salons ließ sie hochschrecken. Sie nahm die Beine vom Fußschemel, schlüpfte in ihre Hausschuhe und rief:

»Ja, bitte?«

Jean trat in den Salon ein und meldete:

»Gnädige Frau, der Herr Direktor Huber wünscht Sie zu sprechen.«

Liebtraud stand mit einem Ruck auf, nahm Haltung an, zupfte nervös an ihrer Frisur und antwortete:

»Ich lasse bitten.«

Huber trat ein, ging auf Liebtraud zu, ergriff ihre Hand und hauchte einen formvollendeten Handkuss auf selbige. Liebtraud lächelte.

»Mein lieber Ernst Xaver Huber. Schön, dass Sie, obgleich Sie ein vielbeschäftiger Mann sind, etwas Zeit für mich erübrigen.«

»Frau Baronin, das ist mir nicht nur eine Ehre, sondern auch ein ganz besonderes Vergnügen.«

Liebtraud sah, dass Jean die Tür geschlossen hatte, und sagte leiser:

»Sie haben mir unlängst erlaubt, dass ich Sie Ernstl nennen darf. Bleibt das dabei?«

»Selbstverständlich, Frau Baronin.«

»Sagen S' bitte Liebtraud zu mir.«

Sie nahm Huber sanft beim Oberarm und führte ihn zu einer Sitzgruppe mit einem Tischchen, wo die beiden Platz nahmen.

»Darf ich Ihnen einen Tee offerieren? Oder wollen S' einen Kaffee oder vielleicht ein Stamperl von was Scharfem? Bei dem grauslichen Wetter draußen wärmt so ein Stamperl den Magen. Oder wollen Sie vielleicht beides? Einen Tee mit Rum?«

Huber beugte sich vor und ergriff scheu die Hand der Dame, die sie ihm, ohne einen Moment zu zögern, überließ.

»Meine beste Liebtraud, wie komm ich nur dazu, dass Sie mich so verwöhnen?«

»Ich bitte Sie, mein Lieber! Das ist doch meine Pflicht als Gastgeberin. Also, was mögen Sie?«

»Na ja, einem Tee mit Rum wäre ich nicht abgeneigt. Bei dem kalten Wetter draußen.«

»Eine wunderbare Idee, der ich mich anschließe. Ich trink zwar normalerweise den Tee mit einem Alzerl Milch, aber heute nehm' ich ihn mit Rum.«

Liebtraud kicherte wie ein Schulmädchen und fügte in vertraulichem Tonfall hinzu:

»Aber nicht, dass Sie die Situation dann ausnützen, wenn ich ein bisserl beschwipst bin.«

»Keinesfalls, meine Beste. Das würde ich mir doch nie erlauben.«

Liebtraud entzog ihm ihre Hand und flüsterte schmollend:

»Schade.«

Dann griff sie zur Klingel, läutete und gab Jean, der umgehend erschienen war, ihre Wünsche bekannt. Als der Diener den Salon verlassen hatte, räusperte sich Ernst Xaver Huber und fragte in einem betont sachlichen Tonfall:

»Meine Beste, womit kann ich dienen?«

༺༻

Er fühlte sich überhaupt nicht wohl. Was war das nur für ein ekelhafter Tag gewesen! Begonnen hatte das Malheur, als er ganz entspannt im Restaurant Sacher speiste und sich auf einen gemütlichen Nachmittag und Abend bei seinem süßen Mädel freute. Ja, heute hatte er wieder einmal Lust gehabt, sich an Tonis jugendlichen Rundungen zu erfreuen. Am Abend hätte er sie dann noch ausgeführt. Hinaus in die Vorstadt, in ein Etablissement, in dem die feinen Binkel von Bankiers und die neureichen Spekulanten nicht verkehrten. Ganz besonders hätte ihn heute ein Besuch in Schwender's Colosseum draußen in Rudolfsheim gereizt. Da fand ein Maskenball mit einem Doppelkonzert, Gesangsdarbietungen aller Art sowie mit einem Faschingstheater statt. Dieser Maskenball wäre sicher lustig und ein wunderbarer Abend gewesen. Mein Gott! Er liebte es, mit Toni zu tanzen. Mit ihr in den Armen zu einer flotten Polka oder einem Walzer inmitten lauter Maskierter über das Parkett zu fegen, war wunderbar. Stattdessen saß er voll Zorn und Bitternis im Fiaker und rollte heim. Nein, Toni war sicher sehr enttäuscht, und ihre schlechte Laune wollte er sich heute nicht mehr zumuten. Der gesamte Nachmittag war Zumutung genug gewesen. Nun sehnte er sich nach seinem Zuhause, dort würde er in den bequemen Hausmantel und die Patschen schlüpfen und der Resi auftragen, ihm unten im Badezimmer der Beletage ein heißes Bad zu richten. Dort würde er dann untertauchen und diesen Tag zu vergessen suchen.

»Kruzitürken! Wo fahren S' denn hin?«

Der Fiakerkutscher drehte sich um und rief:

»Euer Gnaden, konveniert Ihnen meine Route nicht? Ich hab' mir gedacht, wir fahren ein bisserl über die Ringstraße mit den prächtigen Gebäuden.«

»Sie sollen mich heim und nicht spazieren fahren. Drehen S' sofort um und fahren S' schnurstracks in die Bräunerstraße!«

»Wie Euer Gnaden wünschen.«

Heinrich von Strauch lehnte sich zurück, versteckte sein Gesicht in den Händen und dachte: Die ganze Welt hat sich gegen mich verschworen. Alle miteinander, diese Gfraßter! Sogar der depperte Fiaker macht mit. Umbringen könnt' ich diesen Saurüssel.

In der Bräunerstraße angelangt, gab er dem Fiaker entgegen seinen sonstigen Gewohnheiten kein Trinkgeld. Der nahm es mit eisiger Miene zur Kenntnis und fuhr grußlos ab. Er klopfte an das mächtige Eingangstor und wartete. Doch niemand öffnete. Ja, war das denn die Möglichkeit? Wütend kramte er in seinem Mantel nach dem großen Torschlüssel, sperrte auf, stemmte sich gegen das Tor, das knarrend nachgab, und betrat die Einfahrt des Palais. Erst da eilte ein junger Hausknecht herbei.

»Du Rotzbub, du fauler! Was brauchst denn so lang, wenn wer ans Tor klopft? Schau, dass d' es wieder zusperrst! Wenn das noch einmal vorkommt, werf' ich dich eigenhändig aus meinem Haus hinaus, du Falott!«

Aufgeschreckt von seinem Gebrüll erschienen zahlreiche Dienstboten im Stiegenhaus. Und während er hinauf in den zweiten Stock stapfte, schrie er: »Was schaut's denn alle so deppert? Habt's nix zu tun? Jean! Jean, hierher!«

Der Kammerdiener erschien aus dem Salon der Beletage kommend und verbeugte sich.

»Gnädiger Herr?«

»Jean, ich wünsche, dass alle, und ich meine wirklich alle, sofort damit beginnen, das Stiegenhaus zu reinigen. Von oben bis unten. Kehren, abstauben, aufwaschen. Sieht Er die Spinnweben dort oben? Das muss weg. Alles muss weg. Hopp, hopp, hopp! Mach Er der faulen Bagasch[*] Beine!«

Als er seine Etage erreicht hatte, wurde ihm die Tür geöffnet, sodass er, ohne eine Klinke in die Hand zu nehmen, in seinen Wohnbereich hineinstürmen konnte. Resi schloss die Tür und huschte hinter ihm her. Ihr Gesicht war weiß wie die Wand. Dieser Anblick brachte ihn zur Besinnung. Er blieb stehen, atmete tief durch und sagte schließlich leise:

»Resi, das war ein ganz und gar vermaledeiter Tag.«

»Um Gotteshimmelswillen, gnädiger Herr. Was kann ich für Sie tun?«

Er sah in das besorgte Gesicht des Mädels und konnte nicht anders, als ihr über die Wangen zu streicheln.

»Sei so gut und lass mir ein heißes Bad herrichten. Unten in der Beletage. Schau, dass sie genügend Wasser heiß machen und dass Seife und Handtücher da sind. Und schau, dass sich meine Frau vom Badezimmer fernhält.«

»Jawohl, gnädiger Herr.«

Resi eilte davon, und er stapfte in den Salon, wo er sich rücklinks auf die Récamière fallen ließ. Er stieß einen Seufzer der Erleichterung aus und schloss die Augen. Als er Resis trippelnde Schritte sich nähern hörte, befahl er:

»Resi, zieh mir die Stiefel aus. Und alles andere auch. Aber zuerst legst du meinen Hausmantel auf den Ofen, damit er schön warm wird. In den werd' ich dann schlüpfen.«

»Sofort, gnädiger Herr.«

---

[*] Lumpenpack

Wenig später lag er von Resis zarten Händen entkleidet nackt wie ein Neugeborenes da. Er schlüpfte in den vorgewärmten Hausmantel und in die von Resi bereitgestellten Hausschuhe. Resi war wirklich die Einzige, die nicht an der allgemeinen Verschwörung gegen ihn beteiligt war. Ein unglaublich beruhigendes Gefühl.

»Ich danke dir, mein Kind. Und jetzt geh bitte wieder hinunter und achte darauf, dass sie mir die Wanne mit wohltemperiertem Wasser füllen. Nicht zu heiß und schon gar net zu kalt. Wenn die Wanne voll ist, holst mich, gell?«

»Ja, gnädiger Herr.«

Erleichtert sank er auf die Récamière und schloss neuerlich die Augen. Nach all dem Trubel genoss er die Einsamkeit und Stille. Schließlich hörte er Resis Schritte, stand auf und folgte ihr in die Beletage. Resi führte ihn nicht durch die Prunk- und Wohnräume, in denen sich Liebtraud und die Kinder aufhielten. Sie schleuste ihn über den Dienstbotengang zum Badezimmer, wo sie ihm den Hausmantel abnahm, er aus den Pantoffeln schlüpfte und mit einem zufriedenen »Ah!« in das warme Wasser stieg. Zuerst lag er nur so da, während Resi auf einem Schammerl bei der Badezimmertür saß, die sie einem Zerberus gleich bewachte. Schließlich bat er sie, ihm den Rücken zu schrubben. Er beugte sich vor und genoss es, wie Resi mit einer Badebürste seinen Buckel rauf- und runterfuhr. Eine Wohltat. Er stöhnte mehrmals zufrieden. Und gerade, als es am schönsten war, wurde die Badezimmertür geöffnet und er hörte die Stimme seiner Frau:

»Guten Abend, Heinrich. Verzeih', dass ich dich stör'. Aber ich muss mit dir sprechen.«

Mit einem Mal war seine Wut wieder da. Er riss Resi die Bürste aus der Hand, schleuderte sie nach seiner Frau und brüllte:

»Weib! Warum verfolgst du mich?«

⁓☙⁓

»Ein Danaergeschenk … ein echtes Danaergeschenk*«, murmelte Ernst Xaver Huber, als er daheim am Esstisch saß. Seine Mutter hatte ihm das Reisfleisch aufgewärmt, das sie zu Mittag gekocht hatte.

»Was ist dir, Bub? Was murmelst da?«

»Nichts. Gar nichts, ich mach mir nur so meine Gedanken.«

Die wachen Augen im verhutzelten Gesicht seiner Mutter verfolgten jeden Bissen, den er hungrig in sich hineinstopfte. Er befand sich unter Beobachtung. Ein Umstand, der ihn seit seinen Kindheitstagen begleitete und den er nach all den Jahren kaum mehr ertragen konnte. Er nahm einen Schluck Bier, das Milli, Mutters Dienstmädel, im Krug aus dem Beisl am Eck geholt hatte. Ja, seine Frau Mama war rührend um sein Wohlbefinden bemüht, doch auch das ging ihm mittlerweile auf die Nerven. Wortlos schaufelte er weiter das Abendessen in sich hinein. Plötzlich tätschelte sie seine Hand und sagte:

»Ich bin so stolz auf dich. Dass du Direktor geworden bist. Dein Vater, möge er in Frieden ruhen, wäre auch sehr stolz.«

Worauf wäre der Herr Papa stolz? Auf das Danaergeschenk, das mir der Heinrich gemacht hat? Direktor und

---

* Ein Geschenk, das sich für den Beschenkten als unheilvoll erweist.

Teilhaber seiner Bank zu sein. Ha! Das war ein ganz perfider Akt des Eigennutzes. Seitdem Heinrich von Strauch ihm die Führung der Bank überlassen hatte, arbeitete er kaum noch was und frönte stattdessen seinen Vergnügungen. Und ich kann mich vor lauter Arbeit dastessn*. Voll Ingrimm aß er den Teller leer, ein Faktum, das seine Mutter mit »Brav bist!« kommentierte. Das reichte. Mit einem Ruck stand er auf und wandte sich ab. Ich halte das alles nicht mehr aus, schoss es ihm durch den Kopf. Er verließ die Küche und ging in sein Zimmer, wo ein kleiner Schreibtisch neben einem schmalen Bett stand. Er schloss die Türe hinter sich und sperrte ab. »Für heut' hab' ich genug von Ihnen, Frau Mama«, brummte er und ließ sich an seinem Schreibtisch nieder. Gott sei Dank ziehe ich demnächst in die Wohnung in der Werdertorgasse. Liebtraud hatte es tatsächlich geschafft, diesen seinen Wunsch bei ihrem Herrn Papa durchzusetzen. Von Heinrich von Strauch hatte er zu diesem Thema nur einen lapidaren Satz vernommen: »Wenn du dir das wünschst, dann mach es.« Statt sich zu freuen, empfand er die neue Wohnung im Moment nur als Belastung. Schließlich musste er noch die Übersiedlung organisieren sowie die passende Einrichtung und die Dienstboten suchen. Er streckte die Beine von sich und ließ den Tag vor seinem geistigen Auge Revue passieren. Bei der Eröffnung der Börse waren Anglobank, Handelsbank, Hypotheken-Rentenbank und Wiener Baugesellschaft gestiegen. Die Stimmung war den ganzen Vormittag über gut, wovon auch die Aktien der Strauch & Compagnon Bank-Actiengesellschaft profitierten. Als er sich über-

---

* Zu Tode rackern

legt hatte, eine Pause zu machen und eine Kleinigkeit essen zu gehen, begann plötzlich eine Baisse. Das besonders Ärgerliche daran war, dass vor allem die Strauch & Compagnon-Aktien zu niedrigeren Preisen angeboten wurden. Einige Haussiers bekamen kalte Füße und verkauften ebenfalls Pakete der Strauch & Compagnon-Aktien. Der Kurs fiel und fiel. Er beobachtete das hektische Treiben am Börsenparkett, das im Fachjargon als Kulisse bezeichnet wurde. Spekulanten, Makler, Agenten und Glücksritter tummelten sich hier, kauften und verkauften hektisch. Apropos Kulisse: Die großen etablierten Börsenfirmen hatten in einem von der Kulisse abgegrenzten Bereich, den man den Schranken nannte, ihre Bureaus, wo sie in erster Linie mit Obligationen, Prioritäten und Staatspapieren handelten. Den Handel mit spekulativen Effekten mieden sie, außer sie hatten ein strategisches Interesse an dem einen oder anderen Unternehmen. Auch die Strauch & Compagnon Bank-Actiengesellschaft hatte hier ein Bureau, in dem Huber saß und immer nervöser mitverfolgte, wie die Effekten seines Bankhauses zum Spielball einer offensichtlich sehr finanzstarken Gruppe von Baisseurs wurde. Er wies seine Agenten, die inmitten der Kulisse agierten, an, gegenzusteuern und zu kaufen. Doch die Baisseurs trieben den Kurs immer weiter hinunter. Enerviert stürmte Huber aus der Börse, sprang in den nächsten Fiaker und befahl:

»Zum Restaurant Sacher! Schnellster Trab!«

Wie vermutet fand er dort Heinrich von Strauch, der gerade seine Suppe aß. Atemlos berichtete Huber von dem Angriff auf ihr Bankhaus. Widerwillig stand Heinrich von Strauch auf, und sie fuhren in flottem Trab zur

Börse am Schottenring zurück. Als Heinrich von Strauch erschien und zielstrebig auf eine Gruppe ihm bekannter Haussiers zuging und mit ihnen kurz, aber intensiv verhandelte, stoppte plötzlich der Fall der Strauch & Compagnon-Effekten. Nicht zuletzt deshalb, weil er seine Agenten sowie alle seinem Bankhaus nahestehenden Makler anwies, Strauch & Compagnon-Aktien zu kaufen. Koste es, was es wolle. Das überzeugte nun auch die Haussiers, und sie griffen ebenfalls zu. Und so zeichnete sich allmählich eine Trendwende ab, die bis zum Börsenschluss anhielt. Da notierten die Strauch & Compagnon-Aktien schließlich um einen Punkt höher, als sie am Morgen eröffnet hatten. Die Schlacht war gewonnen, und sowohl er als auch Heinrich von Strauch verließen müde und abgekämpft die Börse. Bevor sie sich voneinander verabschiedeten, fragte er:

»Wer, glaubst du, steckt dahinter? Hinter diesem Angriff?«

Heinrich von Strauch zuckte mit den Schultern und sagte gähnend:

»Das ist mir, verzeih bitte, völlig egal. Bei dem vielen Geld, das da eingesetzt wurde, muss das irgendeiner unserer großen Konkurrenten gewesen sein. Schon möglich, dass es Rothschild war. Aber wir haben ihnen allen gezeigt, dass man mit uns solche Spielchen nicht machen kann. Ich wünsch dir einen guten Abend, Ernstl.«

»Grüße an deine Frau Gemahlin.«

Als er Heinrich von Strauch das nachrief, drehte der sich um und raunzte:

»Ich bitt' dich! Quäl mich net. Wenn du ihr was ausrichten willst, dann tu das doch persönlich. Mein Haus steht dir jederzeit offen. Also, adieu und bonsoir, mein Lieber.«

～⊚～

»Bub! Wo gehst denn hin? Bleib da!«

Behutsam schob Ernst Xaver Huber seine zeternde Mutter zur Seite, denn die beiden von ihm engagierten Dienstmänner schleppten gerade seinen Schreibtisch durch das nicht allzu breite Vorzimmer hinaus.

»Bub! Wo tragen sie deinen Schreibtisch hin? Das ist der Schreibtisch deines Vaters gewesen. Den kannst du nicht so einfach aus unserer Wohnung entfernen.«

»Liebste Frau Mama, beruhigen Sie sich. Den Schreibtisch hat mir mein Herr Papa vererbt, und nun nehm' ich ihn in meine neue Wohnung mit.«

»Du ziehst fort? Aber du gehörst doch hierher. Das ist deine Wohnung. Du brauchst keine neue!«

»Liebste Frau Mama, ich bitt' Sie! Beruhigen Sie sich. Natürlich brauch ich eine neue Wohnung. Eine eigene Wohnung. Schließlich bin ich schon achtunddreißig Jahre alt. Und da ist es höchste Zeit, einen eigenen Hausstand zu gründen.«

»Aber wer wird für dich kochen? Und dir die Wäsche waschen?«

Zu Hubers Überraschung schaltete sich sein frisch engagierter Kammerdiener Josef ein, der gerade einen Schrankkoffer mit Hubers Kleidung durch das Vorzimmer schleppte.

»Verzeihen Sie, dass ich mich einmische, gnädige Frau. Aber für das leibliche Wohlergehen des Herrn Direktors sowie für dessen Garderobe werde ich ab sofort Sorge tragen.«

»Was erlauben Sie sich? Sie unverschämter Kerl, Sie!«
»Mama! Bitte!«
»Was heißt bitte? Ich sage danke! Danke, dass du fremde Leute engagierst, die deine Mutter beleidigen. Darauf bist du am Ende sogar noch stolz, dass so ein Halawachl*, den du bezahlst, deine Mutter beleidigt. Weit hast du's gebracht. Schäm dich! Und ich sag dir, wohin das führen wird: Ohne mich wirst du in der Gosse landen.«

Nun reichte es ihm. Ohne ein weiteres Wort zu verlieren, folgte er Josef hinaus ins Stiegenhaus und warf die Wohnungstür hinter sich zu. Tief durchatmend schritt er die Stiegen hinunter. Immer hinter seinem Kammerdiener her, der sich ächzend und schwitzend mit dem Schrankkoffer abmühte. Gott sei Dank habe ich einen großen, kräftigen Diener gefunden, dachte Huber und seufzte neuerlich. Plötzlich hörte er, wie im Stockwerk oberhalb eine Tür aufgerissen wurde. Dann erklang das schrille Organ seiner Mutter, das in einem fort kreischte:

»In die Gosse! Jawohl! Du steuerst in die Gosse! In den Sumpf! Aber ich werde dir nicht helfen! Ich werde dich nicht aus dem Dreck ziehen! Von mir wirst du keine Hilfe bekommen! Eine Schande ist das! So eine Schande! Mein einziger Sohn begibt sich in die Gosse!«

Vor der Tür seiner neuen Wohnung hielt er kurz inne. Sollte er selbst aufsperren oder einfach anläuten und sich die Tür von seinen Bediensteten öffnen lassen? Ja, warum

---
* Schlingel

denn nicht? Schließlich bezahlte er sie dafür, dass sie ihm zu Diensten waren. Also läutete er. Alsbald hörte er schnelle Schritte, die sich der Tür näherten. Sie wurde geöffnet, Amalie, das neue Dienstmädel, sah ihn, machte einen Knicks und flötete:

»Der gnädige Herr!«

Er nickte freundlich, trat ein, reichte ihr Spazierstock, Hut sowie seinen Überzieher und begab sich frohen Mutes in den Salon. Das Dienstmädel folgte ihm, machte neuerlich einen Knicks und übereichte ihm ein Briefchen.

»Das hat vorhin ein Dienstmann für Sie abgegeben.«

Huber ließ sich auf der neuen Chaiselongue nieder, öffnete das Kuvert und las:

Mein lieber Dr. Huber, lieber Ernstl,

willkommen in Ihrem neuen Heim! Wie gefällt es Ihnen? Darf ich unverschämt sein? Ich würde Sie nämlich gerne besuchen, weil ich ja in die Angelegenheit involviert und deshalb ein bisserl neugierig bin. Wann darf ich denn vorbeikommen?

Ihre

Liebtraud von Strauch

Huber war verblüfft. Wenn er alles erwartet hätte, nur nicht das. Andererseits, ohne Liebtrauds Intervention bei ihrem Vater, dem alten Nordberg, hätte er diese Prachtwohnung nie bekommen. Dass er ihr zu großem Dank verpflichtet war, war ihm bewusst. Dennoch überraschte ihn ihr Interesse an seiner Person und an seinen Befindlichkeiten. Gut, sie waren einander in letzter Zeit nähergekommen. Wie oft war er bei ihr gewesen? Drei- oder viermal. Immer wegen des Salons, den sie demnächst ins Leben rufen wollte. Er hatte ihr mehrmals eine mögliche Gästeliste vorgelegt. Lauter geschäftliche Kontakte. Persönlichkeiten, die der Strauch & Compagnon Bank-Actiengesellschaft und ihren vielfältigen Unternehmen nahestanden und die schon deshalb einen Salon, der von Liebtraud von Strauch veranstaltet wurde, nicht ignorieren konnten. Schwierig gestaltete sich die Suche nach Künstlern, die zu so einem Salon ebenfalls einzuladen waren. Hier tat er sich schwer, geeignete Personen vorzuschlagen. Von Kunst verstand er wenig, außer von der Kunst, Geld zu verdienen. Und während er so dasaß und sinnierte, hörte er, wie es läutete. Flinke, trippelnde Schritte eilten zur Tür, sie wurde geöffnet, er hörte weibliche Stimmen, dann eilten die trippelnden Schritte zu ihm. Es klopfte an der Salontür, und er brummte:

»Ja, bitte?«

»Gnädiger Herr, eine Baronin von Strauch ist hier und bittet, vorgelassen zu werden.«

Huber sprang auf, rückte Krawatte, Gilet[*] und Sakko zurecht, räusperte sich und antwortete mit unsicherer Stimme:

»Ich lasse bitten.«

Mit geröteten Wangen rauschte Liebtraud in den Salon. Huber empfing sie mit einem galanten Handkuss, Amalie nahm ihr Mantel und Hut ab. Dann fragte sie schüchtern:

»Derf i den Herrschaften was zum Trinken bringen?«

Liebtraud schüttelte den Kopf.

»Nein, nein. Ich will nichts. Sie können gehen. Und schließen Sie die Tür hinter sich.«

---

[*] Weste

Das Dienstmädel machte einen Knicks und tat, wie ihr geheißen. Kaum war die Tür geschlossen, sah sich Liebtraud in dem hellen, großen Salon um und schmunzelte.
»Schön ist es hier.«
»Wunderschön. Ich bin Ihnen bei Gott zu Dank verpflichtet.«
»Nun, den lieben Gott vergessen wir jetzt einmal. Und was den Dank betrifft, so wünsch' ich mir was …«
»Alles, was Sie wollen, Liebtraud.«
Kaum hatte er diesen Satz gesagt, drängte sie sich an ihn. Er spürte ihren bebenden Körper, ihre fordernden Lippen und wusste nicht, wie ihm geschah. Sie zog ihn auf die Chaiselongue, küsste ihn wild und schmiegte sich an ihn. Er merkte, wie ihn ihre Begierde erregte. Als Liebtraud dessen gewahr wurde, hob sie ihre Röcke, und er sah, dass sie sans culottes unterwegs war. Vor Lust keuchend, packte sie seine Hand und führte sie zu dem dunklen Gestrüpp, das oberhalb ihrer schwarzen Strümpfe wucherte. Und während er zupackte, hörte er im Hinterkopf seine Mutter zischen:
»Du begibst dich in die Gosse!«

Es ödete ihn an. Das Bankgeschäft, die Spekulation an der Börse, das Manipulieren von Aktienkursen, das Gründen von immer neuen Gesellschaften, all das war ihm einfach zu blöd. Diese und ähnliche Gedanken gingen ihm durch den Kopf, als er im Salon Pöltl im Rasierstuhl saß. Er hatte die Augen geschlossen und lauschte dem gleichmäßigen Schabgeräusch der Klinge. Ihm graute davor, nach der Rasur in sein Bankhaus gehen zu müssen. Dort warteten schon alle auf ihn. Seine Angestellten, die bereits seit der Früh arbeiteten, mit Zahlen, Börsenkursen und Projekten jonglierten und die für vielerlei seinen Rat, seine Zustimmung beziehungsweise Ablehnung oder einfach nur eine Unterschrift benötigten. Heinrich von Strauch graute auch vor dem Mittagessen mit dem Fürsten Schwarzenberg in der Restauration Faber. Dieses Speiselokal, das sich gleich ums Eck des Sachers befand, war ihm nicht genehm. Irgendwie fühlte er sich dort nicht wohl. Zumindest nicht so wohl wie im Sacher. Aber da dieses Restaurant unglaublich en vogue war, musste er hin und wieder zustimmen, geschäftliche Termine dort wahrzunehmen. Meister Pöltl war mittlerweile mit der Rasur fertig und legte ihm kühle, feuchte Tücher auf die frisch rasierte Haut. War das angenehm! Am liebsten wäre er die nächsten paar Stunden sitzen geblieben. Die Augen geschlossen und angenehme Kühle auf Wangen und Hals verspürend. Doch plötzlich kam eine kalte Dusche. Nicht als Wasserstrahl, sondern in verbaler Form:

»Herr Baron, stellen Sie sich vor: Ich hab' schlussendlich auch in Aktien investiert.«

Heinrich von Strauch dachte: du Depp, du. Verzog aber keine Miene und sagte auch keinen Ton.

»Da sind S' sprachlos, gell? Dass ich jetzt auch Geld verdienen tu an der Börse.«

»Und, wo haben S' denn investiert?«

Pöltl applizierte Rasierwasser auf Heinrich von Strauchs Wangen, massierte sie und strahlte:

»In die Hammergewerkschaft Semmering. Ein höchst

solides Unternehmen. Da, schaun S' her, Herr Baron! Da steht's schwarz auf weiß!«

Maître Pöltl hielt ihm eine Anzeige vor die Nase mit der Überschrift »Actien-Gesellschaft Hammergewerkschaft Semmering«. Und da ihm nichts anderes übrig blieb, überflog Heinrich von Strauch den Text, und was er las, klang einigermaßen seriös:

Zweck der Gesellschaft ist die Uebernahme, Erweiterung und respective mächtigere Ausdehnung der zu Spital am Semmering befindlichen, bestrenommierten Hammerwerke zur Erzeugung von Agricultur-, Eisenbahn- und Wasserbau-Werkzeugen sowie die Anlage eines grossartigen Blechwalzwerkes. Es handelt sich also nicht um eine versuchsweise Etablirung eines neuen Institutes von erst zu erhoffender Prosperität, sondern um die Ausdehnung bestbekannter Werke, welche in ihren bisherigen Dimensionen nicht einmal im Stande waren, auch nur den fünften Theil der an sie gelangten Aufträge auszuführen.

Obwohl die Fakten alle seriös klangen, störte Heinrich von Strauch doch etwas an dieser Anzeige. Es war der aufreizende, marktschreierische Ton. Und als er dann unten auf den Absender sah und J. B. Placht las, war ihm alles klar. Um Gotteshimmelswillen! Diesem Gauner würde er selbst keinen einzigen Kreuzer anvertrauen. Als er aber aufblickte und in das naive, strahlende Gesicht seines Barbiers sah, brachte er es nicht übers Herz, ihm seine Meinung zu sagen. Vielmehr brummte er:

»Ja, … na ja. Wird schon gut sein.«

Mit einem energischen Schwung hievte sich Heinrich

von Strauch aus dem Barbierstuhl, zahlte, rang sich ein höfliches Lächeln ab, grüßte und verließ schleunigst die Wirkungsstätte des nunmehrigen Aktienbesitzers.

~~~

Was hat er denn, der Herr Baron?, wunderte sich Pöltl. Warum hat er mein Geschäft so fluchtartig verlassen? Ist er am Ende gar beleidigt, weil ich nicht auf seinen Rat gehört habe? Aber das war kein wirklich guter Rat. Das war wahrscheinlich pure Faulheit. Der Herr Baron wollte sich nicht mit meinen finanziellen Angelegenheiten auseinandersetzen. Warum auch? Schließlich war er Kunde und erwartete, im Salon verschönert und verwöhnt und nicht mit geschäftlichen Dingen belästigt zu werden. Nein, nein, der Herr Baron war nicht faul. Er hatte einfach nur so unglaublich viele Dinge um die Ohren, dass er sich nicht auch noch mit solchen Petitessen wie Anlageempfehlungen für seinen Barbier herumschlagen wollte. Der Herr Baron war ein ehrenwerter Mann. Das befand Maître Pöltl nach einigem Überlegen. Aber zum Glück hatte er nun selbst einen anderen ehrenwerten Mann gefunden, der sich gerne mit den Sorgen von Kleinanlegern abgab. Es war dies der Bankier Johann Baptist Placht, der sich tatsächlich Zeit genommen hatte, ihn persönlich zu beraten. Und so hatte er Plachts Subscriptionseinladung angenommen und zehn Aktien à hundert Gulden zum einmaligen Subscriptionspreis von je hundertzwanzig Gulden gezeichnet. Placht hatte ihm zu diesem Investment gratuliert und ihm versichert, dass der Kurs dieser Aktien schon bald auf über zweihundert Gulden steigen werde. Und dann sollte er die Aktien ruckzuck verkaufen und einen satten Gewinn einstreichen.

Pöltl war begeistert. Zufrieden nahm er im Barbierstuhl Platz, griff zum »Illustrierten Extrablatt« und befahl seinem Lehrling, der inzwischen brav das Rasierzeug gewaschen und das Rasiermesser geschärft hatte:

»Geh, Schurli, lauf rüber ins Kaffeehaus und hol mir eine Melange.«

Der Bub tat, wie ihm geheißen. Pöltl lehnte sich zurück, seufzte zufrieden und blätterte eilig die Zeitung durch, bis er schließlich auf jener Seite angelangt war, auf der die Überschrift *Der vorsichtige Kapitalist* prangte. Als Schurli die Melange brachte, hatte Pöltl die Kolumne gelesen. Mit Genuss nahm er einen Schluck Kaffee, faltete die Zeitung zusammen und legte sie zur Seite. Was waren das doch für fade Zeiten, als er in seiner Mittagspause die Politikseiten studierte. Wenn er ganz ehrlich zu sich selbst war, hing ihm schon damals die Politik beim Hals heraus. Aber in Ermangelung anderer Interessen hatte er sich halt mit den Diskussionen im Rathaus, im Reichsrat sowie mit den Krisenherden und Kriegen in aller Welt beschäftigt. Was für eine traurige Zeitverschwendung! Wenn er sich schon vor einigen Jahren mit der Börse beschäftigt hätte, wäre er heute längst Millionär. Das beste Beispiel für diese These war der Bankier Johann Baptist Plach. Ein ehemaliger k. u. k. Offizier, der den Militärdienst quittiert und eine Bank gegründet hatte. Heute war Plach Millionär, wofür ihn Pöltl ohne Einschränkung bewunderte. Seufzend nahm er einen weiteren Schluck Kaffee und griff zu seiner Lieblingslektüre. Denn der *Der vorsichtige Kapitalist* war sozusagen nur das Amuse-Gueule seiner Mittagslektüre. Die fabelhafte Hauptspeise, die seinen Hunger nach Informationen über die Börse erst stillte, war die Rubrik *Der kleine Aktionär*, die im »Neuen Wiener Tagblatt« zu finden war. Hier las er nach einem weiteren Schluck Kaffee folgende Meldung:

Aus dem Börsensaal. Obgleich die Börsenkammer mit der Ausgabe der Börsenkarten sehr difficil geworden und schon oft in die Lage gekommen ist, berechtigte Bewerber abweisen zu müssen, ist der Andrang doch so groß, daß man auf Mittel und Wege denken muß, um Raum für einige hundert Besucher zu fassen. So ist vorgeschlagen worden, den Schranken, der jetzt die Mitte des Saales einnimmt, zu verlegen und die Schrankenplätze so wie in Berlin und Frankfurt zu Wandplätzen umzugestalten. Dadurch würde man nicht nur hundert Schrankenplätze, sondern überdies auch noch einen Raum für etwa 800 Personen gewinnen, aber das Mißliche bei der Sache ist, daß bei der herrschenden Fülle des Saales das Schrankengeschäft sehr erschwert würde, weil die beeideten Sensale regelmäßig Schlachten liefern müßten, um sich zu ihren Kommittenten durchzuarbeiten.

Meister Pöltl ließ das »Neue Wiener Tagblatt« sinken und starrte ins Leere. Er versuchte sich einen Börsensaal mit über achthundert Börsianern vorzustellen, die dicht gedrängt durcheinanderwuselten und hektisch kauften und verkauften. Er erschauerte bei diesem Gedanken. Schließlich murmelte er:

»Na, bin i froh, dass i da in meinem G'schäft in Ruhe arbeiten kann.«

Nach einem weiteren Schluck Kaffee fügte er hinzu: »Aber man kann sagen, was man will. Die Börse ist im Aufwind. Und ich bin dabei.«

⁓⦿⦾

So eine windige Bagasch! Lauter Jasager, Arschkriecher und dalkerte* Speichellecker. Es war zum Speiben**! Heinrich von Strauch konnte die Gesichter seiner Angestellten nicht mehr sehen. Und was er schon gar nimmer sehen wollte, waren die Börsianer, deren Gesichter von Gier förmlich verzerrt und verwüstet worden waren. Richtige Schiachperchten***. Und die Börse? Eine windschiefe Bude aus Holz****, die vorgab, ein Renaissancebau zu sein. Lächerlich. Faktum war, dass es eine richtige aus Ziegeln, Granit und Marmor errichtete Börse in Wien nicht gab. Stattdessen stand am Schottenring ein provisorisch zusammengenageltes Gebäude aus Holz, das Eleganz und Seriosität vorgaukelte, obwohl es eine miese Holzbaracke war. Genauso mies und windig wie die Geschäfte, die im Inneren dieses lächerlichen Tempels des Mammons abgewickelt wurden. All das quälte ihn, als er kurz nach Mittag aus dem Gebäude seiner Bank flüchtete. Sein Gewissen oder viel mehr sein Pflichtbewusstsein trieb

---

* dumm
** Kotzen
*** hässliche Menschen
**** In diesem als Provisorium errichteten Gebäude wurden von 1872 bis 1877 die Börsengeschäfte getätigt. Es befand sich schräg vis-à-vis des heutigen Börsengebäudes, das im März 1877 eröffnet wurde.

ihn aber noch dazu, seine Schritte in Richtung Börse zu lenken. Zuerst schritt er kräftig aus, doch je näher er diesem Gebäude kam, desto flotter wurde sein Schritt. Schließlich stürmte er die Stiegen hinauf zum Portal, an den ihn höflich grüßenden Börsenbediensteten vorbei. Er drängte sich rücksichtslos durch das Kulissen-Publikum, das laut schreiend und wild gestikulierend kaufte und verkaufte, hin zum Schranken, wo man ihn höflich begrüßte und einließ. In dem Abteil seiner Bank saß Ernst Xaver Huber mit mehreren Angestellten, denen er Anweisungen gab. Heinrich von Strauch unterbrach Huber schnaufend:

»Servus, Ernstl! Du, ich muss mit dir reden. Dauert nur einen Augenblick.«

Huber sah erstaunt zu dem neben ihm Stehenden auf, erhob sich und sagte leise:

»Servus, Heinrich, sag, geht's dir nicht gut? Du bist ja kasweiß.«

»Es geht … es geht …«

»Soll ich einen Arzt rufen?«

»Nein, nein! So schlimm ist es nicht. Ich muss nur ein bisserl verschnaufen, weißt? Dann wird's schon wieder gehen. Bis dahin führ' bitte unsere Geschäfte alleine weiter. Da schau!«

Er zog aus der Innentasche seines Sakkos ein zusammengefaltetes Blatt Papier und drückte es seinem Freund in die Hand.

»Das ist eine Vollmacht. Damit kannst alle Geschäfte auch ohne meine Unterschrift abschließen.«

Heinrich von Strauch ergriff Hubers Rechte, drückte sie kurz und murmelte:

»Ich dank' dir.«

Dann stürmte er fort, durch den geschäftigen Tumult der Kulisse, hinaus ins Freie. Dort atmete er mehrmals tief durch und spürte, wie der Druck, der auf seiner Brust lastete, allmählich verschwand. Solchermaßen befreit, eilte er zu Fuß in die Josefstadt, wo er wie ein Wirbelwind ins Vorzimmer der Wohnung, in die er sein süßes Mädel einquartiert hatte, hineinrauschte. Dort hielt er inne und stammelte schnaufend:

»Du, Toni, ich hab' Hunger.«

Also der Einzi! Der hat Ideen! Wo führt der mich jetzt hin?, dachte Toni, als Heinrich von Strauch nach dem späten Mittagessen mit ihr in die nahe Buchfeldgasse spazierte und sie dort in den dunklen Flur des Hauses N° 14 bugsierte. Will der am Ende gar im dunklen Gang unanständige Sachen machen?

Doch davon konnte keine Rede sein. Er sah sich kurz um, dann deutete er auf ein mit Hand beschriebenes Stück Holz, auf dem »Kostümverleih« stand. Sie gingen ums Eck und kamen zu einer Tür, deren obere Hälfte verglast und hell erleuchtet war. Heinrich von Strauch räusperte sich, öffnete die Tür und trat ein. Der Raum, in den sie kamen, war eine über und über vollgestopfte Schneiderwerkstatt, in der sich dicht gedrängt Kleiderständer befanden, an denen Faschingskostüme sowie Straßenkleider hingen. In der Mitte stand ein schmaler Arbeitstisch, an dem ein alter Mann mit Brille saß und nähte.

»Welch Glanz in meiner bescheid'nen Hütte! Ich heiß' die hochwohlvermegenden Herrschaften willkommen! Ich bin Simon Singer, Schneidermeister und Kostümverleiher. Womit kann ich dienen?«

»Wir wollen für die Dame ein Dominokostüm ausleihen.«

Toni wurde aus gleich zwei Gründen knallrot. Erstens, weil Heinrich von Strauch sie als Dame bezeichnet hatte, und zweitens, weil er offensichtlich mit ihr auf einen Maskenball gehen wollte.

»Ah! Da kann ich den Herrschaften dienen mit ganzer Reihe schener Kostüme.«

»Das interessiert mich nicht. Ich will das Schönste.«

Der Alte stand auf und verschwand, die Hände reibend, zwischen den Kleiderständern. Toni hörte ihn murmeln:

»Das Schenste ... das Schenste ...«

Schließlich tauchte er zwischen anderen Kleiderständern wieder auf. Stolz hielt der kleine Mann eine schwarze seidene Dominomaske, die mit Strass besetzt war, sowie ein dazu passendes ebenfalls mit unzähligen Strasssteinen besetztes schwarzes Ballkleid Heinrich von Strauch vor die Nase. Der trat einen Schritt zurück und sagte:

»Und? G'fallt's dir?«

Toni war sprachlos. Sie schlug die Hände vorm Gesicht zusammen, und Tränen traten ihr vor lauter Glück in die Augen.

Heinrich von Strauch schmunzelte und wandte sich an Singer:

»Gut. Das nehmen wir.«

»Das ist aber das Schenste. Und das Schenste ist teuer. Nicht so teuer wie in anderen Verleihen der Stadt. Schließlich hab ich meine Werkstatt in der Vorstadt, aber trotzdem: Das Schenste ist auch bei mir teuer.«

»Kann Er das bis heut' Abend neun Uhr für meine Begleitung adaptieren?«

»Ui! Das ist schwer ... sehr schwer. Hab' viel zu tun.«

Mit groß aufgerissen Augen sah Toni nun, wie ihr Einzi seine Brieftasche zückte und einen Zwanzigguldenschein auf des Schneiders Arbeitstisch legte. Der starrte den Schein mit offenem Mund an. Heinrich von Strauch wiederholte:

»Bis heute Abend neun Uhr.«

Singer ließ den Schein blitzschnell in seiner Hosentasche verschwinden, legte Maske und Ballkleid sorgfältig auf seinen Arbeitstisch, griff sich ein Maßband und begann Tonis Körpermaße zu messen. Dabei murmelte er in einem fort:

»Das ist mein Schenstes. Mit viel Sammet und viel Spitze. So schene Spitze. Mein Scheenstes ... mein Schatz. Das verleih' ich nicht einem jeden. Mein Schenstes. Aber Ihnen, Euer Gnaden, würd' ich sogar verleihen meine Töchter, meine Frau und meine Großmutter. Weil Sie so ein großziger Mensch sind.«

～☙～

Vor Freude überwältigt, hätte Toni ihren Einzi am liebsten von oben bis unten abgeschnudelt*, als er zehn Minuten nach neun die von zwei Petroleumlampen notdürf-

---
* liebkosen

tig beleuchtete Schneiderwerkstätte betrat. Sie selbst war schon seit einer Dreiviertelstunde hier. Meister Singer passte ihr das Kleid mit flinken Fingern an, sodass es wie eine Maßanfertigung aussah. Immer wieder murmelte er während dieser Arbeit:

»So a schenes Madl. So fesche Figur. Ach, wenn ich nur wär' jünger ...«

Toni war das nicht unangenehm. Sie empfand das als Kompliment eines alten Mannes, der sich seine Jugend zurückwünschte. Freilich hatte er in seiner Jugend nie so viel Geld und so viel Ansehen wie ihr Einzi gehabt. Der stand nun in Frack und Zylinder vor ihr und sah einfach hinreißend aus. Da sie stillhalten musste, weil sich sonst der Schneidermeister in die Finger gestochen hätte, beherrschte sie ihre Gefühle, verdrehte die Augen und flötete:

»Mein Gott, Einzi! Du bist so fesch und mein Kleid is a so fesch und überhaupt. Einzi, i glaub, i werd' narrisch vor lauter Freud.«

»Freust dich also ... Na, das freut mich auch, dass du dich freust.«

»Eine schene Ballnacht wird des werd'n. Wenn ich nur wär' jünger ...«

Der Schneider machte seine letzten Stiche, band den Faden mit einem Knopf ab, biss ihn durch und stand dann mit wackeligen Knien auf. Er trat zwei Schritte zurück, musterte das Ballkleid mit sachkundigem Blick und reichte Toni die Dominomaske. Als sie diese aufgesetzt hatte, sagte er voller Stolz:

»Wie ich hab' gesagt: Das is mein Schenstes.«

Später im Fiaker, mit dem Einzi von zu Hause gekommen war und der draußen in der Buchfeldgasse gewartet hatte, kuschelte sie sich eng an den geliebten Mann. Vorfreude ließ sie innerlich vibrieren. Vor Aufregung überrieselte sie hin und wieder ein kleiner Schauer. Als sie die Mariahilfer Straße stadtauswärts fuhren, begann Toni zu ahnen, wohin es ging. Zu Schwenders Colosseum. Sie war noch nie in ihrem Leben dort draußen in Rudolfsheim gewesen, doch hatte sie schon sehr viele Geschichten über dieses Etablissement gehört. Und tatsächlich hielt der Fiaker, nachdem er durch die zuvor stockdunkle Vorstadt gerumpelt war, vor einem palastartigen Gebäude, dessen hohe und endlos lang scheinende Fensterreihen hell erleuchtet waren. Vor dem Haupteingang drängten sich Kutschen, Fiaker, Einspänner sowie zahlreiche elegant gekleidete Menschen. Nachdem er den Fiaker bezahlt hatte, half Einzi ihr aus dem Wagen heraus, so wie es sich für den Umgang mit einer Dame geziemte. Tonis Puls raste, wie im Traum schritt sie, eingehängt in ihren Begleiter, vor zum Haupteingang. Sie schoben sich durch die Menschenmenge hinein ins Vestibül des Etablissements. Vor dem Saaleingang standen Livrierte, die die Karten der Ballbesucher kontrollierten. Einzi ging auf den, der den anderen auf die Finger sah und sie überwachte, zu.

»Der Herr wünschen?«

Einzi zückte seine Brieftasche, entnahm ihr mit einer eleganten Bewegung zwei Zwanzigguldenscheine, gab sie dem Livrierten und sagte mit ironischem Lächeln:

»Meine Eintrittskarten.«

Über eine grandios breite Treppe, der eigentlich die Bezeichnung Prunkstiege gebührte, gelangten sie in den Ballsaal. Dort nahm sie Einzi ohne zu zögern in die Arme und tanzte mit ihr im Dreivierteltakt durch die Menge. Nach dem Walzer kam eine Polka, dann ein langsamer Walzer, auf den mehrere schnelle Walzer folgten. Alles drehte sich und Toni ließ es einfach geschehen. Was heißt geschehen? Sie schwebte. Sie flog in den Armen Heinrich von Strauchs über das Parkett. Unter der Maske schwitzte sie, alles herum verschwamm, und sie ließ sich treiben wie ein Stück Kork, das auf den Wellen der Donau tanzt. Irgendwann hielt Einzi schließlich inne und führte sie aus dem Ballsaal hinaus. Mehr taumelnd als aufrecht gehend, klammerte sie sich an seinen starken Arm, der sie auf die Galerie hinauf und weiter an einen freien Tisch führte, wo sie sich erschöpft niederließ.

»Die Herrschaften können da aber net Platz nehmen. Der Tisch is reserviert«, hörte sie eine laute Stimme raunzen. Sie sah, wie ihr Begleiter mit gelangweilter Miene die Brieftasche zückte, einen Zehnguldenschein herausnahm, dem Raunzer, der ein weißes Kellnersakko trug, in die Hand drückte und im Befehlston sagte:

»Ein Flascherl Champagner. Aber einen französischen.«

»Jawohl, der Herr. Sofort, der Herr.«

Im Weggehen hielt der Kellner inne, drehte sich um und kam zurück. Sich höflich verbeugend, fragte er in leisem Tonfall:

»Wünschen die Herrschaften auch zu speisen?«

Mit einem Lächeln um die Lippen erwiderte Heinrich von Strauch:

»Wenn Er uns die Speisekarte bringt ...«

Als sie um fünf Uhr früh erschöpft Schwenders Colosseum verließen, warteten vor dem Haupteingang zu Tonis großer Überraschung etliche Einspänner sowie einige Fiaker. Heinrich von Strauch führte sie zu dem nächstbesten und befahl dem Kutscher:

»In die Stadt. Ins Café Herzog.«

~⚘~

Vier Nächte! Vier Nächte hatten sie durchgetanzt. Am Samstag waren sie draußen in Rudolfsheim beim Schwender und am Sonntag in den Sophiensälen beim Elite-Maskenball, wo das Orchester von k. k. Hofballmusik-Director Eduard Strauß aufgespielt hatte, gewesen. Am Montag tanzten sie in den Musikvereinssälen, und am Faschingsdienstag waren sie neuerlich draußen in die Vorstadt, in den Viktoriasaal in Fünfhaus, gefahren. Jetzt graute das Morgenlicht des Aschermittwochs, und Toni war völlig erschöpft, zusammengerollt wie ein junges Katzerl, neben ihm am Sofa eingeschlafen. Erschöpft war er auch, aber seinen Ekel und seine bitteren Gedanken über das Leben hatte er mit diesem Ballmarathon nicht vertreiben können. Betäuben hatte er die Bitternis und den Verdruss können. Immer dann, wenn er mit Toni im Arm über das Parkett geschwebt war oder wenn sie leicht beschwipst in der Früh eng aneinandergekuschelt im Fiaker gesessen hatten. Doch die Düsternis in seinem Inneren kehrte immer wieder zurück. So wie jetzt. Dazu kam eine fürchterliche Leere. Dann dachte er an die Menschen in seiner Bank, an die Lemuren an der Börse, an die Bediensteten zu Hause, an seine grauenhafte Frau und die nicht minder schrecklichen Kinder, die ihrem Schoß entschlüpft waren. Sie alle würden nun wieder auf ihn zukommen. Mit Hunderten Fragen, Forderungen und Wünschen. Sie würden ihn verfolgen, sie würden ihn jagen. Ein Schauer überrieselte ihn. Er sprang auf, sah zu der schlafenden Toni hinunter, beugte sich vor, hauchte ihr einen Kuss auf die Stirne und schlich leise aus dem Zimmer. Im Vorzimmer öffnete er behutsam die Tür und war schon fast draußen am Gang, als er zögerte. Er dachte kurz nach, griff dann in seine Brieftasche, holte Tonis monatliche Apanage heraus und legte sie auf das Vorzimmerkästchen. Dann schloss er leise die Tür von Tonis Wohnung und lief die Treppen hinunter. Dabei überkam ihn ein seltsames Gefühl der Erleichterung.

Riesen-Häringschmaus. Eine Weltausstellung der Delikatessen. Zwei imposante Ausstellungstafeln – Blumen und exotische Pflanzen aus den Gewächshäusern der Neuen Welt Hietzing – Camelien und blühende Hyacinthen – Häringschmaus – Märzenbier aus den renommierten Brauhäusern Liesing und Hütteldorf – Original Wittingauer Bier aus dem hochfürstl. Schwarzenberg'schen Brauhause. Carnevals-Erinnerungen. Monstre-Musik-Akademie. Gesangsproduktionen, Faschingstheater, 6 Musik-Chöre. Im Faschingstheater: 6 Vorstellungen.

Auftreten der fürstl. serbischen National Tambora-Kapellen.

Er schüttelte voll Entrüstung den Kopf, als er diese Anzeige von Schwender's Colosseum im »Illustrierten Wiener Extrablatt« las. Heute war doch Aschermittwoch, der Beginn der Fastenzeit! Und was taten die Wienerinnen und Wiener? Sie gingen sich amüsieren und trieben Völlerei, als ob es kein Morgen gäbe. Und keinen Herrgott auch nicht. Wobei er sich bei Letzterem nicht sicher war. Wenn es Gott gäbe, dann dürften solche Kanaillen wie Heinrich von Strauch eigentlich nicht existieren. Nein, nein, nein! Der war ganz bestimmt keine Schöpfung Gottes. Der und auch sein verblichener Herr Papa waren Kreaturen des Gottseibeiuns. Den Alten hatte der Teufel ja schon geholt, und bei dem Jungen würde es auch bald so weit sein. Aber bis dahin lebte dieser Parasit wie die Made im Speck. Er warf das Geld mit beiden Händen beim Fenster hinaus. Geld, das andere schwer und mit großen Mühen erarbeiten mussten. Er lebte in Saus und Braus mit seinem süßen Mädel und mit all den prominenten und weniger prominenten Damen der Halbwelt und den Hurenmenschern, die er in einem fort puderte[*]. Pfui! Solche Worte durfte er nicht in den Mund nehmen. Nicht einmal in Zusammenhang mit Heinrich von Strauch. Solche Ausdrücke waren einfach nur vulgär und gewöhnlich. Und das wollte und durfte er nicht sein. Vielleicht hatte der Teufel Heinrich von Strauch schon geholt? Wer weiß? Schließlich war er seit Tagen nicht mehr gesehen worden. Das letzte Mal, als er sich öffent-

---

[*] Geschlechtsverkehr ausüben

lich gezeigt hatte, war er völlig außer sich gewesen. Von einer unfassbaren Hysterie erfasst, hatte er sich durch die im Börsensaal versammelte Menschenmenge der Kulisse gedrängt. Im Gesicht bleich wie der Tod, Schweißperlen auf der Stirne, mit wirrem Haar und flackerndem Blick. Seitdem war er wie vom Erdboden verschluckt. Doch dem Erdboden war der sicher zu schlecht. Der würde ihn wieder ausspeien, den Herrn Baron. Irgendwann würde die Stunde der Abrechnung kommen. Unaufhaltsam. Dann würde er ihm den Todesstoß versetzen. Die Iden des März nahten.

März

Antonia Kotcheva war langweilig. Wo blieb er nur? Es war schon sechs Uhr abends, aber er war noch immer nicht da. Er, der Herr Baron, ihr geliebter Einzi. Hatte er ihr vor eineinhalb Jahren nicht versprochen, immer für sie da zu sein? Und wo war er jetzt? Sie wusste es nicht. Faktum war jedoch: Bei ihr war er nicht. Dabei hatte sie sich auf den heutigen Nachmittag so sehr gefreut. Nachdem sie spät aufgestanden war, hatte sie ausgiebig gefrühstückt und war dann einkaufen gegangen. Eine wunderbare Jause wollte sie ihrem Einzi zubereiten. Einen Wecken knuspriges Weißbrot sowie Obers bekam sie beim Bäcker respektive bei der Milchfrau ums Eck. Für die Delikatessen aber, die ihr Einzi so gerne hatte, musste sie in die Innere Stadt zum Delikatessenladen von Eduard Sacher gehen. Hier hatte sie Champagner, geräucherten Lachs und frischen Beinschinken erstanden. Am Rückweg, der sie über das ehemalige Glacis, das vor den geschleiften Basteien der Stadt lag, führte, bestaunte sie die gewaltigen Baustellen, die sich hier befanden. Wie Einzi ihr erklärt hatte, wurden links zwei Museen – eines für Kunst und eines für die Geschichte der Natur – gebaut. Ein Stückerl weiter rechts befand sich seit letztem Jahr, dort, wo das neue Rathaus errichtet werden sollte, eine riesige Baugrube. Es herrschten ein Gewurl und eine hektische Regsamkeit, wie man sie sonst nur – das behauptete zumindest der Einzi – in der Börse vorfand. Kräne, Baugerüste und eine lange Schlange von Kapskutschen*, die entweder Baumaterial brachten oder Erdaushub abtransportierten. Staub,

---

* zweirädriges Pferdefuhrwerk für den Transport von Erde, Schotter, Ziegel etc.

Baulärm, Rufe, Wiehern, das Klappern der Pferdehufe auf dem Pflaster und der Gestank Hunderter Pferdeäpfel, die die schwer arbeitenden Tiere in einem fort fallen ließen. Antonia atmete erleichtert auf, als sie in die Stille und Geborgenheit ihrer Josefstädter Wohnung zurückkehrte. Da sie kalte Füße hatte, beschloss sie, sich ein bisserl zu verwöhnen, und heizte den Warmwasserofen an, um ein Fußbad zu nehmen. Nachdem sie ihre Füße auf's Angenehmste aufgewärmt hatte, begann sie die Jause vorzubereiten. Als Erstes rieb sie Kren*, den sie bei einer Fratschlerin am Neuen Markt erworben hatte, und vermischte ihn mit Obers. Als das getan war, richtete sie Lachs und Schinken auf zwei getrennten Assietten an, gab auf den Lachs einen kräftigen Gupf Oberskren und stellte sie dann zwecks Kühlung ins Fenster. Mit dem Finger schleckte sie das restliche Obers aus dem Topf, in dem sie die Mischung zubereitet hatte, und dachte dabei liebevoll an ihren Einzi, der ja so gerne Oberskren zum Lachs schnabulierte. Mein Gott, was war sie früher für ein dummer Trampel gewesen. Sie hatte weder Lachs noch Beinschinken gekannt. Das höchste der Gefühle, das es daheim bei ihren Eltern gegeben hatte, war hin und wieder ein Stückerl Wurst. Tja, der Einzi hatte ihr eine völlig neue Welt erschlossen. Auch hätte sie sich früher nie in so ein modernes, feines Geschäft wie das des Eduard Sacher hineingetraut. Ganz abgesehen davon, dass sie das Geld für Champagner und Delikatessen nicht gehabt hätte. Antonia betrachtete sich mit Wohlgefallen im Spiegel. Ihre fesche Garderobe, die nach Maß angefertigten Schuhe und auch die Locken ihrer Frisur, die sie

---

* Meerrettich

jede Woche von einem Friseur aufs Neue gestalten ließ, verdankte sie ihrem großzügigen Liebhaber. Großzügig war auch, dass Heinrich von Strauch sie aus den beengten Verhältnissen, in denen sie bis dahin in der Gumpendorfer Vorstadt gelebt hatte, herausgeholt hatte. Sie musste nicht mehr mit Vater, Mutter und zwei Geschwistern auf Zimmer, Küche, Kabinett wohnen. Einzi hatte sie in einem seiner neu gebauten Häuser in der Josefstadt einquartiert. In einer komfortablen Wohnung, die zusätzlich zu den zwei Zimmern über ein geräumiges Vorzimmer, eine Küche sowie ein Bad und ein modernes Water Closet verfügte. Antonia musste weder zum Wasserholen noch zur Erledigung dringender Bedürfnisse hinaus auf den Gang gehen. Mein Gott, was war das oft für ein Gwirkst* in der elterlichen Wohnung gewesen. Vor allem in der Früh, wenn alle ein dringendes Bedürfnis hatten und das Etagenklo vom Nachbarn okkupiert war, der dort seine morgendliche Sitzung abhielt. Da hatte dann der Nachttopf herhalten müssen, in den ein Familienmitglied nach dem anderen seine Notdurft verrichtete und der später ausgeleert werden musste. Bei der Erinnerung an diese unappetitliche Tätigkeit liefen ihr kalte Schauer über den Rücken. Um diese bitteren Erinnerungen zu verscheuchen, beschloss sie, den Champagner zu öffnen. Da sie dies noch nie eigenhändig getan hatte, knallte der Korken gegen die Wohnzimmerdecke und der Champagner ergoss sich fontänenartig aus der Flasche. Antonia kreischte. Wenn Einzi den Champagner öffnete, passierte das nie. Ihr Kleid war nun auf der Vorderseite angespritzt, doch das war ihr egal. Sie nahm

---
* Unannehmlichkeit, Misslichkeit

einen Champagnerkelch aus der Vitrine, goss die prickelnde Flüssigkeit ein und nahm einen kräftigen Schluck. Es überrieselte sie neuerlich, diesmal vor Wonne. Das war ein Leben! Am liebsten würde sie in Champagner baden. Baden? Das war ebenfalls ein Genuss, den sie durch Einzi kennengelernt hatte. In der elterlichen Wohnung hatte es nur einen Waschtisch mit einem Lavoir gegeben, vor dem man sich stehend mit Waschlappen und Seife reinigte. In eine geräumige Wanne mit heißem Wasser zu steigen, den Körper hineingleiten zu lassen, die Augen zu schließen und dann wie ein Noch-nicht-Geborenes gleichsam in einer Fruchtwasserblase zu schwimmen, das war wahrer Luxus! Da der Einzi noch immer nicht da war und ein munteres Feuer im Heißwasserofen knisterte, beschloss sie, ein Bad zu nehmen. Im Badezimmer vor dem großen Spiegel begann sie sich zu entkleiden. Langsam und aufreizend knöpfte sie sich die Bluse auf und ließ sie zu Boden fallen, Gleiches geschah mit dem Rock. Sie drehte sich vor dem Spiegel hin und her und bewunderte die kostbaren Spitzen des Korsetts, die ihr pralles Dekolleté umrahmten. Ja, sie war stolz auf ihren üppigen festen Busen, in dem der Einzi so gerne seinen Schädel vergrub. Ihre Hände glitten seitlich am Korsett hinab, die Zeigefinger schlüpften unter den Gummizug des Unterrocks und schoben ihn hinunter. Nun stand sie in ihrer ganzen Schönheit vor dem Spiegel. Das Korsett präsentierte ihren Busen und sorgte gleichzeitig für eine elegante Taille. Darunter waren ihre prallen Arschbacken und ihre schneeweißen Schenkel zu bewundern, deren unteres Ende von schwarzen Strümpfen fest umschlossen wurde. Ja, ich bin wirklich ein fesches Mädel, dachte sich

Antonia, als sie sich vor dem Spiegel hin- und herdrehte. Da sie immer sans culotte unterwegs war, konnte sie das dichte schwarze Haar zwischen ihren Schenkeln betrachten. Spielerisch glitten ihre Finger durch den krausen Pelz, und plötzlich musste sie lachen. Ihr war nämlich die Begegnung mit der Mizzi Novak, einer ehemaligen Mitschülerin, eingefallen. Die Novak, die ebenfalls sehr elegant ausstaffiert war und äußerst bakschierlich aussah, hatte Antonias teure Garderobe mit kritischem Blick gemustert. Dann hatte sie ihre Lippen gekräuselt und spöttisch bemerkt:

»Fesch bist, Toni. Woher hast denn die feine Schal'n*? Bist am End' auch im kleinen Pelzgeschäft tätig?«

»Ich flehe dich an, bitte komm mit nach Wien!«

Heinrich von Strauch verzog angewidert das Gesicht. Warum konnte man ihn nicht in Ruhe lassen? Da stand er nun, der Ernstl, und beschwerte sich, dass er ihn tagelang in Wien gesucht hatte. Schließlich war er zu ihm aufs Land herausgekommen, wohin er sich nach den Strapazen der letzten Zeit zurückgezogen hatte, und sekkierte ihn.

»Und warum sollte ich?«

»Weil die Anwesenheit deiner Person unbedingt vonnöten ist.«

»Geh! Hör auf, Ernstl! Du machst das schon.«

»Das ist ein Irrtum, mein Lieber. Schließlich bist du und nicht ich Mitglied des Finanz-Comités der Weltausstellungs-Commission.«

---

* Kleidung

»Und? Sind die Baukosten schon wieder überschritten worden? Gibt es eine Krisensitzung?«

»Das nicht. Aber seine Majestät der Kaiser kommt morgen.«

»Wohin?«

»Auf den Bauplatz der Weltausstellung. Seine Majestät will sich einen Überblick bezüglich des Baufortschritts machen.«

»Aha – und was geht das mich an?«

»Nun, dein guter Freund, der Herr Baron Schwarz-Senborn, besteht darauf, dass du morgen bei der kaiserlichen Visite ihm zur Seite stehst. Und außerdem will er dich wahrscheinlich auch deshalb sehen, weil er neuerlich ein Darlehen braucht.«

Heinrich von Strauch vergrub sein Gesicht in den Händen. Am liebsten wäre er aufgesprungen und hätte »Nein! Nein! Nein!« geschrien. Sich mühsam beherrschend stand er auf und ging einige Schritte vor zur großen Flügeltür, durch die die Wintersonne blasse Strahlen in den Salon seiner Maurer Villa schickte. Er starrte hinaus in die triste winterliche Parklandschaft und dachte: Ich Blödist, ich! Warum habe ich mich nur an den Generaldirektor der Weltausstellung, an diesen Baron Schwarz-Senborn, herangemacht und seine Freundschaft gesucht? Bei diesem Gedanken huschte ein bitteres Lächeln über Heinrich von Strauchs Lippen. Weil ich besessen von der Idee gewesen war, die Weltausstellung mitzufinanzieren. Ich war voller Gier und glaubte, dass sie ein Riesengeschäft werden würde. Aber jetzt, jetzt hab' ich den Scherm* auf. Die Baukosten explodieren – und ich finan-

---

* die Arschkarte haben

ziere diesen ganzen Irrsinn. Letztendlich ist die Weltausstellung purer Größenwahn. Eine Unternehmung, die unglaublich viel Geld verschlingt und deren positiver Ausgang völlig ungewiss ist. Und nun führt mich der Baron Schwarz auch noch dem Kaiser als Paradebeispiel eines Financiers der Weltausstellung vor. Dass der Kaiser den Baron Schwarz, diesen völlig planlosen Hornochsen und Verschwender zum Generaldirektor der Weltausstellung ernannt hat, ist zum Heulen. Ich hab' so ein vermaledeites Gefühl im Beuschl*, dachte er. Zähneknirschend stand er da, die Hände in den Hosentaschen zu Fäusten geballt, ohne ein Wort zu sagen. Was ihn besonders ärgerte, war der Umstand, dass der Ernstl ihn hier in Mauer gefunden hatte. Warum hatte Liebtraud nicht ihr dummes Mundwerk halten können und dem Ernstl sein Versteck verraten? In ihm tobte Wut, und ein Gefühl von Ohnmacht überkam ihn. Je länger er nachdachte, desto klarer wurde ihm, dass er sich beugen musste. Es gab keinen Ausweg aus der Misere. Er atmete mehrmals tief durch, drehte sich schließlich zu Ernst Xaver Huber um, der mit steinernem Gesichtsausdruck auf seine Entscheidung wartete, und knurrte:

»Also gut. Fahr' ma!«

⁓⚬⁓

Alles Tinnef! Die Gebäude der Weltausstellung erinnerten Heinrich von Strauch an Kartenhäuser. Die gewaltigen Säulen und mächtigen Mauern, die aus massiven Steinquadern zu sein schienen, waren nichts als Deko-

---
* In diesem Zusammenhang: Bauchgefühl

ration. Während des Rundgangs, den Heinrich von Strauch im Schlepptau der kaiserlichen Familie inmitten einer Schar von Botschaftern, Beamten und Landeskommissären der verschiedensten Ausstellungsländer absolvierte, konnte er hinter die Kulissen blicken. Und was er sah, war desillusionierend. Die noch unverputzten Rückseiten offenbarten das wahre Innenleben dieser gewaltigen Dekorationsarchitektur: hohle, viereckige Gerüste aus aneinandergeschraubten Eisenplatten, die von dünnen Holzplatten verkleidet wurden. Auf diese Verkleidung kam dann ein Zementanwurf, der die Stabilität und Robustheit von aus Steinen errichteten Bauten vortäuschte. Säulen, die aus Marmor gehauen zu sein schienen, bestanden in Wirklichkeit aus einer Eisenstange, zwei hölzernen Halbzylindern, die den eisernen Kern einschlossen, und bemalten Juteüberzügen. Heinrich von Strauch erinnerte sich, dass in einer Sitzung des Finanz-Comités der Weltausstellungs-Commission das Gesamtgewicht der Eisenkonstruktion der Rotunde zur Sprache gekommen war: Es handelte sich dabei um nicht weniger als acht Millionen Pfund*. Das war der massive Kern des gewaltigen Bauwerks, dessen äußere Herrlichkeit aber wie bei allen anderen Bauten der Weltausstellung aus jeder Menge Holz, Gips und Jute bestand. Die hochnoble Besucherschar besichtigte den fast fünfhundert Klafter** langen Ausstellungspalast und die parallel dazu verlaufende Maschinenhalle, den Kaiserpavillon, den Palast für die Kunstausstellung, türkische, ägyptische, ungarische, siebenbürgische, persische, rus-

---
* Das Wiener Pfund wog 0,56006 Kilogramm
** Der Wiener Klafter entspricht 1,896 Meter

sische Ausstellungsgebäude, Kirchen, Moscheen, Pagoden, Bauernhäuser der unterschiedlichen Nationen und Repräsentationsbauten heimischer Unternehmen wie die Pavillons der Neuen Freien Presse, der Ersten österreichischen Spar-Casse, des Österreichischen Lloyd und der Donaudampfschifffahrtsgesellschaft. In Gedanken versunken hinter dem kaiserlichen Tross her trottend, dachte Heinrich von Strauch an die wundervoll ruhige Zeit, die er bis zu Ernst Xaver Hubers Besuch in seiner Maurer Villa zugebracht hatte. Auf diesem Anwesen, das von seinem Herrn Papa in den 1840er-Jahren errichtet worden war, hatte er unzählige schöne Kindheitstage erlebt. Das damals noch junge Hausmeisterehepaar hatte ihn wie einen leiblichen Sohn behandelt. Wenn er daran dachte, durchströmte ihn noch immer ein wunderbares Gefühl von Wärme und Geborgenheit. Damals hatte er den Hausmeister, der immer schon eine strubbelig abstehende Frisur gehabt hatte, liebevoll Ziguri* genannt. Er war auch deshalb der Ziguri, weil er im Frühling so gerne einen Zigurisalat aß und in der Früh Ziguri-Kaffee trank. Bei diesen Erinnerungen bekam Heinrich feuchte Augen. Verstohlen wischte er sich mit dem Handrücken Tränen aus den Augenwinkeln und dachte daran, wie er vor einer Woche in den Morgenstunden des Aschermittwochs vor seiner Villa in Mauer gestanden hatte und wie wild die Türglocke hatte schellen lassen. Bis plötzlich der graue Strubbelkopf des Hausmeisters in einem Fenster erschienen war, und er gerufen hatte:

»Ziguri, guten Morgen! Ich bin's, der Heini. Komm, lass mich rein!«

---
* Löwenzahn und/oder Zichorie

Der alte Mann hatte zuerst misstrauisch geblinzelt. Doch dann war ein Strahlen über die Runzeln seines Gesichts gehuscht, und mit zittriger Altmännerstimme hatte er gerufen:

»Mein Gott! Der Heini! Poldi, komm, stell' an Kaffee auf, der Heini is' da.«

Heini, so hatten ihn der Ziguri und seine Frau, die Poldi, immer genannt. Das klang nach Kindheit, nach Sorglosigkeit und Unbeschwertheit. Und genau die Sehnsucht nach diesen Empfindungen hatte ihn nach vier durchtanzten Nächten hinaus nach Mauer getrieben. Er hatte wie ein Hausierer vor seinem eigenen Haus gestanden und um Einlass gebeten. Der Fiaker, der ihn heraus aufs Land gefahren hatte, wurde von ihm fürstlich entlohnt und mit dem Auftrag versehen, dass er ihn am nächsten Tag nach dem Mittagessen abholen sollte. Dann hatte der Ziguri schon die Tür geöffnet gehabt, und die alte, dicke Poldi war angewatschelt gekommen und hatte ihn ganz fest an ihren Busen gedrückt. Es war wie die Rückkehr des verlorenen Sohnes. In der folgenden Woche verwöhnten ihn die beiden Alten nach Strich und Faden. Mit dem Fiaker, der auf sein Begehr hin regelmäßig nach dem Mittagessen antrabte, machte er kleine Landpartien nach Perchtoldsdorf, Mödling und einmal sogar nach Baden hinaus, wo er seinen Kollegen und Freund Gustav von Epstein in dessen Villa besucht hatte. Angenehm war das gewesen. Mit keinem Wort hatten sie das Geschäft erwähnt, sondern sich vielmehr über die schönen Künste und über Architektur unterhalten. Dinge, die dem Baron Epstein sehr am Herzen lagen und die auch ihn selbst interessierten. Tja, und dank seines Leib-und Magen-Fiakers hatte er sogar dem Kommandanten des Maurer Gendarmeriepostens helfen können. Als dessen Tochter letzten Freitag die Gräte eines Fisches verschluckt gehabt und kaum mehr Luft bekommen hatte, ließ er sie auf seine Kosten zum nächsten Arzt kutschieren, der das Malheur beseitigte. Der Kommandant war persönlich mit einer großen Flasche Wein vorbeigekommen und hatte sich mit folgenden Worten bedankt:

»Herr Baron, der Herrgott persönlich hat Sie uns geschickt.«

Plötzlich wurde Heinrich von Strauch aus seinen Tagträumereien gerissen. Laut und deutlich hörte er den Kaiser, der bisher sehr leise und diskret mit den Leuten, die ihn umgaben, gesprochen hatte, sagen:

»Nach dem, was ich hier gesehen habe, bin ich fest überzeugt, dass die Weltausstellung pünktlich am 1. Mai eröffnet werden wird.«

Das war das Signal zum Aufbruch. Heinrich von Strauch fasste blitzschnell den Entschluss, sich auf Französisch zu verabschieden. Während alle Anwesenden den Kaiser und die Kaiserin sowie den Kronprinzen Rudolf und die Erzherzogin Gisela in gemessenem Schritt zu den kaiserlichen Equipagen begleiteten, machte er sich unauffällig aus dem Staub. Schließlich war es fast vier Uhr nachmittags, und sein Magen knurrte wie ein gefährliches Raubtier.

»Sie sind teurer geworden?«

»Herr Direktor, alles ist teurer geworden.«

Ernst Xaver Huber nickte seufzend und zahlte. Alois Pöltl öffnete dem Stammkunden katzbuckelnd die Tür, verbeugte sich und rechtfertigte sich mit folgendem Lamento:

»Herr Direktor, Sie als Mann der Börse und der Geldwirtschaft! Ich bitt' Sie, haben S' ein bisserl a Verständnis für einen armen kleinen Gewerbetreibenden, der im Schweiße seines Angesichts sein Weib und drei Kinder ernährt. Ich hab' erhöhen müssen, es is nimmer anders 'gangen.«

Ein schmales Lächeln huschte über Ernst Xaver Hubers Lippen, er tippte höflich an die Krempe seines Hutes und replizierte:

»Ist schon gut, Meister Pöltl. Es geht uns ja allen so. Habe die Ehre!«

»Gott zum Gruß, Herr Direktor! Einen schönen Tag wünsch' ich!«

Maître Pöltl schloss leise die Tür, zückte sein Taschentuch und wischte sich den Schweiß von der Stirn. Ich glaub', das hat er g'schluckt, dachte er sich und ging zurück zum Barbierstuhl, auf dem es sich bereits der nächste Kunde bequem gemacht hatte. Pöltl griff zu einem frischen Rasierumhang und drapierte ihn um Nathan Schneeweiß, einen vermögenden Getreidehändler.

»Ich hab' gehört, Sie haben die Preise erhöht?«

»Jawohl, Euer Gnaden. Ich muss die hungrigen Mäuler von drei Kindern füttern.«

»Nun, was soll ich sagen? Ich stopf die Mäuler von fünf Kindern. Da müssen S' mir doch glatt geben eine Ermäßigung.«

»Herr Schneeweiß, das geht net. Ich hab' nix zu verschenken.«

Mit besonderer Sorgfalt begann Pöltl, seinen Kunden einzuseifen, und dachte sich: Der is a harte Nuss. Dem werd' ich irgendwie entgegenkommen müssen. Und kaum hatte er diesen Gedanke zu Ende gedacht, riss sich Nathan Schneeweiß den Umhang herunter, sprang auf und rief:

»Halten Sie ein! Halten Sie ein!«

»Was ist denn los um Gotteshimmelswillen?«

»Net rufen S' den Herrgott an, wenn Sie treiben die Preise in die Höhe. Das grenzt an Blasphemie!«

»Herr von Schneeweiß, ich bitte Sie, nehmen S' wieder Platz. So können S' doch nicht unter die Leut' hinaus. Mit dem halb eingeseiften G'sicht.«

Schneeweiß blickte in den Spiegel, seufzte und setzte sich wieder. Grantig brummte er:

»Da haben S' auch wieder recht. Aber eines fordere ich: Rabatt!«

»Dann bleibt mir ja wiederum nix über!«

»Na ja, ein Rabatt kann auch sein ein Extra.«

»Wie meinen S' denn das?«

»Schaun Sie, auf meinem Kopf, dort, wo Haar wachsen sollten, wachsen s' net. Dafür wachsen s' dort, wo ich s' net haben möchte: aus der Nas'n und aus den Ohrwascheln. Da! Da schaun S' her! Oben alles blank und darunter viele hässliche Büscheln. Befreien S' mich davon!«

Pöltl griff zu einer kleinen spitzen Schere und begann, Haarborsten aus dem Frnak* und den Ohren des Getreidehändlers zu entfernen. Dann seifte er dessen Gesicht

---

* Nase

fertig ein und begann mit der Rasur. Das Herausschneiden der Haare ist ja wirklich kein großer Aufwand, dachte Pöltl. Und wenn sich der Schneeweiß darüber freut, soll es mir recht sein.

Als der Getreidehändler fertig rasiert und dessen Haut mit Après-rasage aufs Angenehmste behandelt worden war, stand Schneeweiß auf, trat zum Spiegel und betrachtete aus nächster Nähe sein Riechorgan und seine Ohrwascheln. Er nickte zufrieden, zückte sein Portemonnaie und zahlte ohne zu zögern den neuen Tarif. Ein Lächeln huschte über sein Gesicht, und er beschied dem Barbier:

»Na bitteschen, hamma gemacht einen Kompromiss. In Zukunft nehm S' immer Ihre Schere vorm Rasieren, machen S' ein bisserl klack-klack-klack und schneiden S' Büscheln ab.«

⁓⊛⌁

Am Abend des 10. März kam Ernst Xaver Huber gegen neun Uhr heim. Ach wie angenehm es war, nicht die Haustorschlüssel aus der Manteltasche herauskramen zu müssen, sondern, nach einem kurzen Klopfen an der Wohnungstür, diese vom eigenen Kammerdiener geöffnet zu bekommen. Erfreulich war auch, nicht in das stets mürrische Gesicht seiner Frau Mama blicken zu müssen, sondern ins freundlich reservierte Antlitz von Josef, der ihm Stock und Hut abnahm und aus dem Mantel half. Huber war müde. Er setzte sich, zog die Schuhe aus, die ihn nunmehr nach zwölf Stunden drückten. Er schlüpfte in die von Josef bereitgestellten Patschen und ging in den Salon. Hier brannte das heimelige Licht einer Stehlampe.

Mit einem zufriedenen Schnaufer ließ er sich in den großen Ohrensessel fallen.

»Wünschen der gnädige Herr vielleicht ein Glas Cognac?«

Huber überlegte kurz, entschied sich dann aber für einen Malt Whisky. Er streckte zufrieden die Beine aus und griff zum nächstbesten Exemplar der halbkreisförmig aufgefächerten Journale und Zeitungen, die sein Kammerdiener auf dem Beistelltisch sorgfältig arrangiert hatte. Es war die »Wiener Sonntags- und Montags-Zeitung«. Er schlug sie auf, und sein Blick blieb sogleich an der Überschrift der Seite drei hängen:

Brot und Fleisch.
(Ein Beitrag zur Theuerungsfrage.)

Die ersten drei Absätze überflog er. In ihnen ging es um die Bedeutung von Brot als Grundnahrungsmittel sowie um die Tatsache, dass in den 1850er-Jahren in Brüssel die Armut so groß war, dass sich nur die allervermögendsten Menschen Fleisch leisten konnten. Sein Interesse erweckte aber der vierte Absatz:

Es muß das Gefühl einer gewissen Befriedigung erregen, wenn man bedenkt, daß die Verhältnisse bei uns trotz aller Klagen, die täglich lauter werden, noch lange nicht so traurige sind. Wir wollen damit nicht sagen, daß jene Klagen ungerechtfertigt seien, denn in der That existiert bei uns gegenwärtig eine Theuerung, die, weil sie sich fortwährend noch steigert, sehr ernste Befürchtungen erzeugen muß und bei längerer Dauer unbedingt solche

Zustände, wie die vorher erwähnten, mit sich bringen wird. Man hat zwar behaupten wollen, das Proletariat werde jetzt durch die hohen, stets im Steigen begriffenen Arbeitslöhne vor der größten Noth geschützt, indessen ist dies durchaus nicht der Fall, wie ein einziger flüchtiger Blick auf unsere Wohnungsverhältnisse beweist. Wenn sich selbst der sogenannte Mittelstand nicht gegen die Wohnungsnoth schützen kann, sondern schwer darunter leiden muß, so werden ärmere Classen um so mehr leiden und wenn die Arbeitslöhne auch doppelt so hoch wie gegenwärtig stiegen. Genau das Gleiche wird aber bezüglich der Lebensmittelnoth oder der Lebensmitteltheuerung – in der praktischen Wirkung ist beides dasselbe – eintreten, sobald die Letztere erst die Dimension der Wohnungsnoth angenommen haben wird, was uns leider in nicht allzu weiter Ferne bevorzustehen scheint.

Er ließ das Blatt sinken, nahm einen Schluck Whisky, den er genussvoll über die Zunge rollen ließ, und murmelte:
»Ja, ja ... das G'frett* mit den Wohnungen.«
Wir, die Strauch & Compagnon Bank-Actiengesellschaft, sollten uns viel vehementer im Wohnbau engagieren und nicht nur Luxusbauten für die Reichen, wie wir es derzeit tun, errichten. Im Gegenteil: Wir sollten draußen vor den Toren der Stadt günstige Wohnbauten errichten. Bauten wie Kasernen. Mietskasernen, die wir für kleines Geld an die kleinen Leute vermieten. Darüber sollte er mit Heinrich von Strauch reden. Aber wann und wo? Heinrich von Strauch war fast nie in der Bank anzutreffen. Und auch sonst machte er sich rar. Huber

---
* Ärger

seufzte, machte einen weiteren Schluck von dem Whisky und las weiter:

Noth und Theuerung können – abgesehen von weniger nachhaltig wirkenden Veranlassungen – aus zwei Ursachen entstehen, erstens aus wirklichem Mangel, zweitens in Folge wucherischer Speculation.

In den folgenden Absätzen zog der Autor in erster Linie über Spekulation und Spekulanten her. Solche Artikel waren ihm unangenehm, da er sich ertappt fühlte. Allerdings, so entschuldigte er sein geschäftliches Agieren vor sich selbst, hatten er und Heinrich von Strauch auch jede Menge gute Dinge bewirkt. Sie hatten unzähligen Menschen zu Wohlstand oder sogar Reichtum verholfen und darüber hinaus mit ihren Baugesellschaften ganz wesentlich zur Stadterneuerung beigetragen. Grundsätzlich hatten sie es nie so übel wie die Konkurrenz getrieben. Alle ihre Bauprojekte waren durch und durch seriös und profitabel. Auch an der Börse hatten sie keine Scheinfirmen gegründet oder als Partner ein windiges Konsortium unterstützt. Trotz dieser sein Tun rechtfertigenden Überlegungen war ihm nicht wohl. Und dieses flaue Gefühl wurde durch die Lektüre des letzten Absatzes verstärkt:

Die Theuerung wird zunehmen, sie wird umso schneller zunehmen, als die Weltausstellung einen sehr bequemen Vorwand für die wucherische Preissteigerung bietet, sie wird aber – bei ruhigem Verlauf der Dinge – auch nach der Weltausstellung nicht abnehmen, denn die Specula-

tion wird dann ebenso unersättlich sein, wie sie es heute ist. Die Aussichten sind also entschieden sehr trübe und es erscheint hiernach wohl nicht mehr als Schwarzseherei, wenn wir sagen: Wir gehen Zuständen entgegen, wie wir sie vorher mit Bezugnahme auf Brüssel erwähnt haben.

Er legte die »Sonntags- und Montags-Zeitung« zur Seite und sagte zu sich selbst:
»Dem Maître Pöltl kann man wirklich nicht vorwerfen, dass er die Preise erhöht hat. Es ist tatsächlich unfassbar, wie heutzutage alles teurer wird.«
Er stand auf, ging zur Bar und goss einen kräftigen Schluck Whisky ins Glas. Langsam ging er zurück zu seinem Fauteuil, sein Blick streifte über das auf dem Beistelltisch dargebotene Zeitungssortiment und blieb auf der neuesten Ausgabe der »Wiener Weltausstellungs-Zeitung«, dem Central-Organ für die Weltausstellung im Jahre 1873 sowie für alle Interessen des Handels und der Industrie, hängen. Denn auf dem Titel war ein riesengroßes Porträt von Georg Graf Festetics de Tolna, dem Vizepräsidenten der kaiserlichen Kommission für die Wiener Weltausstellung, zu sehen. Er traute seinen Augen nicht. Das gezeichnete Antlitz des Grafen glich mehr einer Karikatur als einem Porträt. Mit wallendem Backenbart, melancholischem Gesichtsausdruck und hängenden Augenlidern glich der Vizepräsident einem an Hartleibigkeit leidenden Bernhardiner.
»Und das geben die Deppen aufs Titelblatt.«
Er musste lachen, nippte am Whisky und begann zu blättern. Auf der Seite zwei erlangte ein Artikel mit der

Überschrift *Zur Approvisionirung Wiens während der Weltausstellung* seine Aufmerksamkeit:

Je näher die Eröffnung der Wiener Weltausstellung rückt, um so lebhafter wird die Frage der Approvisionirung discutirt, und die ängstlich gewordenen Gemüther beginnen allmälig, nachdem es sich zeigt, daß die so vielfach gefürchtete Theuerung bis zu diesem Augenblick noch nicht ausgebrochen ist, sich zu beruhigen. Dass allerdings eine nicht unbedeutende Preissteigerung stattgefunden hat, ist nicht zu läugnen, eine Preissteigerung, die bei einigen Artikeln den Preis derselben auf das Doppelte dessen, was in gewöhnlichen Zeiten gezahlt wurde, emporgehoben hat.

Wien ist seit dem Jahre 1848 eine theuere Stadt, man darf sagen, in den letzten Jahren gehörte Wien zu den theuersten Städten der Erde.

Weiter las er nicht. Er schleuderte das Blatt zu Boden, trank den Whisky in einem Zug aus, stand auf und murmelte:

»Dieser Artikel ist eine Frechheit. Pure Manipulation. Teuerung gibt es keine – nein! Nur eine Preissteigerung! Nur eine Verdoppelung der Preise! Wer so einen Stuss schreibt, soll mir den Buckel runterrutschen. Ich geh' schlafen.«

∽⦿∾

Ein Stück Mehlspeise. Das wäre jetzt wunderbar, dachte Heinrich von Strauch nach dem Mittagessen, das er daheim im Salon zu sich genommen hatte. Die dicke Ottilie hatte wieder einmal gezaubert und ihm eine wunderbare Lungenstrudelsuppe sowie einen Vanillerostbraten mit Braterdäpfeln zubereitet, der alle Stückerln spielte*. Das würzige, braune Buttersafterl, in dem unzählige feingehackte Knoblauchstückerln schwammen, war ein Gedicht. Wie hieß es so schön? Der Knoblauch ist die Vanille des kleinen Mannes. Nur die Nachspeise hatte Heinrich von Strauch verweigert. Das Backen war nämlich nicht Ottilies Stärke. Die gute Ottilie … Wie lange kannte er die Köchin schon? Als er ein kleiner Bub war, war sie ins Haus gekommen. Mein Gott, die Ottilie! Die hatte ihn schon als Kind mit Grammelknödeln, Krautfleckerln, Rostbraten und Eiernockerln verwöhnt. Und jetzt, nach dem Tod seines Vaters, hatte er sie so wie alle anderen Dienstboten des alten Herrn übernommen. Was in ihrem Fall keineswegs ein Fehlgriff war. Mit einer Damastserviette wischte er sich penibel den Mund sowie seinen Moustache ab. Dann rief er Reserl herbei und informierte sie, dass er sich ein bisschen die Beine zu vertreten gedenke. Wenn ihn wer zu sprechen wünsche, solle sie ausrichten, dass sie nicht wisse, wann er heimkomme. Er schlüpfte in seinen Überzieher, setzte schwungvoll den Hut auf und machte sich auf den Weg zur Café-Konditorei Demel. Ja, er konnte es nicht leugnen, er war süchtig nach Süßem. Vor allem, wenn es ihm nicht besonders gut ging so wie in den letzten Tagen. Er hatte sich daheim verkrochen und sein Stockwerk im Palais nicht verlassen. Unfrisiert und im Schlafrock war er meist auf der Récamière gelegen und hatte gelesen.

---

* vorzüglich war

Nein, keine Tageszeitungen. Die verdrossen ihn. Er hatte in der Bibliothek seines Vaters gestöbert, war auf Goethes Faust gestoßen und hatte sich von diesem Werk nicht losreißen können. Immer wieder las er die Szenen, in denen Mephistopheles den Doktor Faust in Versuchung führte, ihm alles Geld der Welt und darüber hinaus alle nur denkbaren Genüsse und Zerstreuungen versprach. Das kam ihm nur zu bekannt vor. Hatte er sich doch schon vor Jahren vom Geld, das an der Börse zu verdienen war, verführen lassen. Doch nun war er den Verlockungen des schnell verdienten Geldes überdrüssig geworden. Es freute ihn nicht mehr, Unternehmen zu gründen, Schlachten an der Börse zu gewinnen, immense Vermögenswerte aufzubauen. All das war zu einer Last geworden. Und es verdross ihn, dass die Menschen rund um ihn sich wie Zecken an ihm festgesaugt hatten. Sie wollten alle nur sein Bestes: sein Geld, seine Ideen, seine Schaffenskraft und seine Aufmerksamkeit. Um das zu bekommen, verfolgten sie ihn. Wie zum Beispiel seine Frau Liebtraud. Ständig versuchte sie, in seine Enklave im zweiten Stock einzudringen und mit ihm zu reden. Worüber? Natürlich über Geld! Und über ihre blödsinnige Idee, einen eigenen Salon zu veranstalten. Auch das würde Geld kosten. In einem Augenblick der Schwäche hatte er sie in den letzten Tagen einmal an sich herangelassen und ihr zugehört.

»Stell dir vor, wir können all deine Geschäftspartner und auch alle, mit denen du ins Geschäft kommen willst, einladen. Wir bewirten sie, lassen ein bisschen Musik machen und laden bekannte Literaten ein. Was haltest du davon?«

Bei dieser Schilderung hatte er regelrechte Beklemmungszustände bekommen. Sein ruhiges Palais als Wespennest, in dem es nur so vor Fremden wimmelte. Eine grauenhafte Vorstellung! Als Liebtraud sein Unbehagen bemerkt hatte, hatte sie ihm liebevoll die Hand aufs Knie gelegt – oh, wie er es hasste, von ihr berührt zu werden – und gefragt:

»Heinrich, ist dir nicht gut?«

Zum Glück hatte er wenig im Magen gehabt. So konnte er seinen Brechreiz beherrschen. Nachdem er mehrmals hektisch geschluckt hatte, antwortete er leise:

»Verzeih, aber mir ist wirklich nicht gut.«

»Soll ich einen Arzt rufen?«

»Nein. Lass mich bitte allein.«

»Und mein Salon?«

»Mach', wie du glaubst. Du hast volles Pouvoir. Und wenn du Hilfe brauchst, wende dich bitte an den Ernstl. Der macht das schon.«

Mit diesen Worten war er aufgestanden und hatte sich in sein Schlafzimmer zurückgezogen, wo er ins Bett gekrochen war und die Tuchent über den Kopf gezogen hatte. Nichts hören, nichts sehen, das war in dieser unerquicklichen Situation sein einziges Begehr gewesen.

Doch nun war er in die Welt zurückgekehrt. Das wunderbare Mittagessen und der kurze Spaziergang von der Bräunerstraße zum Demel am Kohlmarkt hatten seine düsteren Gedanken, Aversionen und Ängste verscheucht. Voll Vorfreude auf etwas Süßes betrat er die Café-Konditorei.

»Meine Verehrung! Herr Baron wünschen, eine süße Jause zu sich zu nehmen?«

Heinrich nickte und registrierte, dass eine sehr hübsche junge Dame aufblickte und ihn neugierig betrachtete. Da sie alleine an einem Tisch saß, lüftete Heinrich seinen Hut, verbeugte sich und sagte:

»Mademoiselle, ist es gestattet?«

»Ich warte auf jemanden.«

»Darf ich Ihnen solange Gesellschaft leisten?«

Die Schöne zögerte kurz und nickte schließlich. Heinrich ließ sich vis-à-vis von ihr nieder, studierte kurz die Karte und bestellte eine Schokoladentorte sowie einen großen Mokka. Dann stand er auf, verbeugte sich vor ihr und sagte:

»Verzeihen Sie, mein Fräulein, darf ich mich vorstellen? Heinrich von Strauch.«

Er hauchte einen Kuss über den Rücken ihrer Hand und nahm neuerlich Platz.

Errötend replizierte sie:

»Vom Bankhaus Strauch?«

»Touché, meine Beste. Und wie ist Ihr werter Name?«

»Friederike Meyenburg. Gehen Sie ins Theater, Herr Baron?«

»Nun ja, mit der Kultur hab ich's nicht so. Ich beschäftige mich lieber mit Zahlen.«

»Ah! So einer sind Sie.«

»Ist das schlimm?«

»Nein, gar net. Der eine beschäftigt sich mit Kultur und der andere mit Geld. So ist das Leben.«

»Charmant, charmant! Darf ich Sie auf ein Torterl oder ein paar kleine feine Petit Fours einladen? Und Kaffee haben S' ja auch keinen mehr! Kommen S', machen S' mir eine Freude, und lassen Sie sich ein bisserl verwöhnen.«

»Ich wart' auf meinen Verlobten, den Grafen Collredi. Aber offensichtlich hat er vergessen …«

»Wie kann man nur auf so eine wunderschöne Frau vergessen? Das ist ja ein Verbrechen! Also, was wollen S' denn naschen? Petits Fours? So ein bisserl gemischte Ware? Würde Ihnen das konvenieren? Und was für ein Kaffeetscherl wollen S' dazu trinken?«

»Eine Melange.«

Er erhob seine Stimme und bestellte im Kommandoton:

»Eine Melange und ein Assortiment Petits Fours, bitte schön!«

Friederike Meyenburg schenkte dem Baron ein strahlendes Lächeln.

»Sie sind ein echter Tschentlemän.«

»Oh! Sie sprechen Englisch?«

»Nur ein bisschen. Was man halt auf der Bühne so lernt.«

»Darf ich fragen, wo Sie auftreten? Weil ich mir da glatt ein Abonnement bestellen möchte.«

»Am Carl Theater.«

»Kompliment! Ah, da kommen unsere Köstlichkeiten.«

Heinrich von Strauch verputzte mit Appetit seine Schokoladentorte. Während des Kauens beobachtete er, wie Friederike Meyenburg sich ruckzuck ein Petit Four nach dem anderen in den Mund steckte und jeweils mit einem kleinen Schluck Kaffee nachspülte. Fasziniert betrachtete er die Gier, mit der sie aß. Als sie sich neuerlich ein Petit Four schnappte und diesmal aber davon abbiss, konnte er sich nicht länger beherrschen. Mit einem frechen Lächeln fragte er:

»Darf ich auch einmal kosten?«

Sie hielt kurz inne und sah ihn irritiert an. Nach einem Augenblick des Zögerns setzte sie ein süffisantes Lächeln auf und gurrte:

»Aber sicher, mein lieber Baron.«

Und damit steckte sie ihm das angebissene Stück in den Mund. Verzückt schloss er die Augen und kaute mit Bedacht. Als er hinuntergeschluckt hatte, nahm er einen letzten Schluck Mokka und rief:

»Zahlen, bitte!«

Die Meyenburg erschrak.

»Wieso rennen S' denn plötzlich weg?«

Frech legte er die Hand auf ihr Knie, beugte sich vor und schnurrte:

»Weil ich Sie jetzt entführe.«

»Oh! Sie Schlimmer, Sie!«

»Wir schnappen uns einen Fiaker und fahren damit ein bisserl in den Prater spazieren.«

»Sie sind ja nicht nur schlimm, Sie sind ja geradezu stürmisch.«

Heinrich von Strauch schmunzelte, zahlte und bot der Meyenburg seinen Arm an. Sie stopfte das letzte Petit Four in den Mund und spazierte sodann an seiner Seite ungeniert kauend aus dem Demel hinaus.

⁂

Weiber! Weiber! Weiber! Was anderes hatte der feine Herr von Strauch nicht im Schädel. Um seine Bank kümmerte er sich überhaupt nicht mehr und auch nicht um seine Baugesellschaften. Selbstverständlich war ihm auch die Börse vollkommen wurscht. Obgleich er der Börse und der Hausse der letzten Jahre einen Teil seines Reichtums verdankte. Ein Reichtum, der ihm nun endgültig zu Kopf gestiegen war. Nicht in der Form, wie er den meisten Glücksrittern und Parvenüs zu Kopf gestiegen war, indem sie sich goldene Löffel in den Mund schoben, schon zu Mittag Champagner soffen und sich protzige Paläste errichten ließen. Nein, das alles interessierte den Herrn von Strauch nicht. Ihn interessierte nur eines: Weiber! Und das, obwohl er eine wunderbare Ehefrau hatte, deren Existenz er an seiner Seite mehr erduldete als akzeptierte. Und seine Kinder? Ha! Zwei wohlgeratene Kinder hatte ihm seine Gemahlin geschenkt. Aber der Herr von Strauch ignorierte sie konsequent. Sie wuchsen so auf, als ob sie keinen Vater hätten. Der Herr Papa wünschte nämlich seine siebenjährige Tochter und seinen fünfjährigen Sohn nicht zu sehen. Aufgezogen wurden sie von einem Kindermädchen, einem Dienstmädchen, vom Hauslehrer und natürlich von ihrer Mutter. Dies alles spielte sich in der Beletage des Strauch'schen Palais ab. Davon völlig unberührt hauste der Herr Papa im zweiten Stock. Der Zutritt zu dieser Etage des Palais war den Kindern und den mit ihrer Obsorge beauftragten Personen verboten. Sie durften auch nicht die Prachtstiege im Palais benutzen. Die Kleinen mussten vielmehr über die Dienstbotenstiege aus- und eingehen, um nur ja nicht ihrem Erzeuger über den Weg zu laufen. Heinrich von Strauch verabscheute seine Kinder. Schließlich erinnerten sie ihn daran, dass er zweimal schwach geworden und den weiblichen Reizen Liebtrauds erlegen war. An diese Ausrutscher, ein Ausdruck, den der feine Herr von Strauch tatsächlich einmal gebraucht hatte, wollte er natürlich nicht erinnert werden. Seine Kinder waren der lebende Beweis dafür, dass er selbst bei seinem Eheweib, das er alles andere als attraktiv fand, seine Triebe nicht im Griff hatte. Und noch viel weniger konnte er sie beherrschen, wenn ihm ein attraktives Weibsbild über den Weg lief. Wie zum Beispiel diese Schauspielerin, diese Meyenburg! Was heißt Schauspielerin? Das war eine Hetäre, die die Schauspielerei als Camouflage benutzte, um halbwegs ehrenhaft zu erscheinen. Wobei alle Welt wusste, dass es in dieser Stadt keinen großen Unterschied machte, ob man als weibliches Wesen in einem der Lustspielhäuser oder in einem der Freudenhäuser sein Brot verdiente. Und mit so einer hatte der feine Herr Baron beim Demel angebandelt und war dann mit dieser Nobelhur' am Arm hocherhobenen Hauptes aus der Café-Konditorei hinausspaziert. Heinrich von Strauch kannte keinen Genierer und hatte nicht den geringsten Funken von Anstand im Leib. Das Einzige, das in seinem kalten Herzen herumspukte, waren Weiber, Weiber und nochmals Weiber.

⁂

Warten. Wie er es hasste. Als Dienstbote hatte er gut und gerne ein Drittel seiner Lebenszeit mit Warten zugebracht. Jean seufzte. Die Kälte kroch ihm in die Glieder, und seine alten Knochen begannen zu schmerzen. Er erhob sich und ging auf und ab. Das machte seine steifen Gliedmaßen etwas beweglicher. Mit klammen Fingern fischte er die Taschenuhr aus einer Seitentasche seiner Livree, klappte den Deckel auf und sah, dass es bereits fünf Minuten vor elf war. Er gähnte herzhaft, klappte den Uhrendeckel zu, strich mit dem Daumen liebevoll darüber und lächelte. Diese Uhr hatte ihm der alte Herr Baron geschenkt. Er drehte die Uhr um und betrachtete versonnen die eingravierte Widmung. Unter dem Strauch'schen Wappen stand zu lesen: *Für 25 Jahre treue Dienste.* Bevor er die Taschenuhr wieder in der kleinen Seitentasche seiner Livree verschwinden ließ, strich er neuerlich über das silberne Gehäuse. Ja, ja, der alte Herr von Strauch. Das war wirklich ein Herr gewesen. Und nicht so ein dahergelaufener Jüngel wie sein Sohn. Der alte Herr Baron war zwar ein Griesgram gewesen, aber man hatte sich auf ihn verlassen können. Pünktlich um sechs Uhr in der Früh wollte er geweckt werden. Danach waschen und ankleiden. Das Frühstück nahm der alte Herr von Strauch prinzipiell an seinem Schreibtisch ein. Während er aß, studierte er die Morgenzeitung, die ihm zuvor ein Dienstmädel frisch aus der Druckerei geholt hatte. Dann war der alte Herr zu Fuß zu seiner Bank gegangen. Zu Mittag, pünktlich um zwölf, war er zum Mittagessen erschienen. Von halb eins bis halb zwei hatte er immer ein Mittagsschläfchen genossen, um sich in der Folge ausgeruht neuerlich in die Bank zu begeben. Abends war um sieben Uhr Abendessen. Danach hatte Jean seinem Herrn im Salon Cognac serviert. Rauchend, lesend und Cognac trinkend hatte Antonius von Strauch die Zeit bis zum Schlafengehen verbracht. Manchmal war es schon um halb zehn so weit, manchmal erst um elf. Aber nie, nie hatte Jean um elf in der Nacht in der Kälte beim Tor warten müssen, um es seinem Herrn diskret zu öffnen. Diskretion war das Stichwort gewesen, das der junge Strauch heute ihm gegenüber mehrmals in den Mund genommen hatte, als er ihn anwies, ab halb elf zu warten und auf dreimaliges Pochen das Tor des Palais zu öffnen. »Aber leise und diskret!«, hatte Heinrich von Strauch gezischt.

»Und dass Er mir ja nicht ein Licht anmacht. Ich bevorzuge den dunklen Mantel der Nacht.«

Was er wohl vorhatte, der Jüngel? Na, was schon? Sicherlich eine Schweinerei. Sodom und Gomorrha! Der Jüngel war ja durch und durch verdorben und kannte keinerlei Anstand. Um die Kälte aus den Beinen zu vertreiben, zappelte Jean in der inneren Toreinfahrt von einem Bein auf das andere hin und her. Das wiederum regte seine Blase an, und so stellte sich der Drang, urinieren zu müssen, ein. Ohne lange zu überlegen, knöpfte Jean den Hosenladen auf, zappelte in den Hof und brunzte dort in das nächstbeste Eck. Just in diesem Augenblick, in dem sich sein Körper entspannte, klopfte es dreimal an das Tor. Unter Aufbietung seiner gesamten Willenskraft zwickte Jean den Strahl ab, stopfte sein Gemächt in die Hose und knöpfte sie hastig zu. Neuerlich pochte es. Fahrig ordnete Jean sein Gewand und stolperte zum Tor, das er mit einem massiven Eisenschlüssel aufsperrte. Er hielt die Tür einen Spaltbreit auf, trat zur Seite, verbeugte sich und murmelte:

»Guten Abend, Herr Baron.«

»Hat Er geschlafen? Na ja, wir sind ein bisserl später gekommen als geplant. Aber es war so lustig, gell, Fritzi?«

Das Weibsbild, das den Jüngel begleitete, setzte zu einem kirrenden Lachen an, doch er hielt ihr den Mund zu und flüsterte:

»Still bist! Wir wollen doch nicht meine Frau und die Kinder aufwecken. Jean! Wir nehmen die Dienstbotenstiege.«

»Zu Diensten, Herr Baron.«

Er griff zu einer Laterne und Schwefelhölzern und zündete mit klammen Fingern die Kerze in der Laterne an.

Der Jüngel raunzte:

»Muss das sein? Ich hab' Ihnen doch g'sagt, dass ich kein Licht mag.«

»Herr Baron wollen doch nicht über die Stiege fallen?«

»Da hat Er recht. Also gemma halt mit Licht hinauf.«

Als sie den zweiten Stock erreicht hatten, öffnete Jean, der vorangegangen war, die Dienstbotentür, die direkt in Reserls Kemenate führte. Die schreckte von ihrem Sessel auf, auf dem sie ein kleines Nickerchen gemacht hatte. Hektisch strich sie die Schürze glatt, machte einen Knicks und stammelte:

»Jetzt … jetzt haben S' mich aber überrascht, Herr Baron.«

»Reserl, mein Kind, das macht doch nichts. Komm, sei so gut und mach mir das Bett. Aber für zwei, gell. Ich hab' heut' Nacht Damenbesuch. Und Jean, schaue Er in den Keller und hole Er uns ein Fläschchen Schampus. Wir brauchen einen Schlummertrunk.«

Jean verbeugte sich und ging. Als er die Dienstbotentreppe hinunterstieg, musste er in einem fort an Reserls Gesichtsausdruck denken. Für einen Augenblick war ihr süßes G'sichterl eine eifersüchtige Fratze gewesen. Aber das hatte der Jüngel nicht bemerkt. Der stand nämlich völlig im Bann dieser Kokotte, die er da angeschleppt hatte.

～⚭～

»Ah! Endlich! Servus, Edi.«
Ernst Xaver Huber legte die Zeitung zur Seite, stand auf und schüttelte seinem Schulfreund die Hand.
Gleichwohl Eduard Strauß etwas abgehetzt wirkte, lächelte er verbindlich.
»Servus, Ernstl. Verzeih bitte meine Verspätung, aber ich hab' noch zum Schneider müssen. Anprobieren.«
»Komm, setz dich. Trink erst einmal einen Kaffee und tu ein bisserl verschnaufen. Darf ich dich auf einen Mokka g'spritzt einladen?«
Strauß zögerte kurz, gab aber sein Einverständnis. Der Ober, der mittlerweile erschienen war, nahm die Bestellung auf und fragte:
»Womit wollen die Herren den Mokka g'spritzt? Klassisch mit Cognac oder mit Rum, Slibovitz, Barack, Trebernen ...«
Strauß lächelte und replizierte:
»Ich nehm ihn klassisch.«
Huber schloss sich dieser Bestellung an und wandte sich seinem Schulfreund zu:
»Ich muss dir gratulieren. Seit ein paar Monaten bist du ja k. k. Hofballmusik-Director.«

»Ach! Das bin ich schon im letzten Jahr geworden. Seitdem geht's rund. Ich weiß nicht, ob du das gehört hast, aber ich hab' ja auch das Orchester vom Schani* übernommen. Das leite ich jetzt. Wir spielen viel, sehr viel. Drei- bis viermal die Woche. Im k. k. Volksgarten und draußen beim Schwender.«

»Im Collosseum?«

»Nein. In Hietzing, in der Neuen Welt.«

»Na, da bist ja ganz schön eingesetzt. Danke, dass du trotzdem auf einen Sprung vorbeigeschaut hast.«

»Keine Ursache. Das ist sich gerade schön ausgegangen. Ich war auf der Anprobe meines neuen Bühnenfracks in der Buchfeldgasse im Achten. Der Schneider macht jetzt die Änderungen. In zwei Stunden hol ich den Frack ab und fahr dann mit einem Fiaker hinaus nach Hietzing.«

»Wieso brauchst einen neuen Frack?«

»Weißt, wie ich schwitz beim Dirigieren? Und der, mit dem ich die letzten zwei Wochen aufgetreten bin, muss g'waschen und frisch aufgebügelt werden. Deswegen hab' ich mir beim Simon Singer in der Buchfeldgasse einen neuen anfertigen lassen. Und damit er mich heut' Abend net zwickt, hamma vorhin eine letzte Anprobe mit ein paar kleinen Änderungen g'macht. Ja, und dann bin ich zu Fuß ins Griensteidl spaziert. Sag', was gibt's denn, dass du mich so dringend sprechen wolltest?«

Huber atmete tief durch, nahm einen Schluck von seinem Mokka und sah den Strauß Edi, mit dem er acht Jahre lang die Schulbank im Akademischen Gym-

---
* Johann Strauß Sohn

nasium gedrückt hatte, mit einem bittenden Dackelblick an.

Strauß musste lachen. »Na, spuck's aus! Was willst von mir?«

»Die Sache ist die: Die Liebtraud, also die Frau von unserem Schulkollegen Heinrich von Strauch, hat sich in den Kopf gesetzt, dass sie einen Salon gründen möchte. Da hat s' mich gebeten, dass ich dich frage, ob du kommen kannst. Und vielleicht kannst du dich auch ans Klavier setzen und ein bisserl was spielen.«

»Was, die Frau vom Heini macht einen Salon? Ha! Und warum fragt mich der Heini nicht persönlich?«

Huber winkte ab.

»Vergiss den Heinrich.«

»Wieso? Was hat er denn?«

»Ich weiß es nicht. Faktum ist, dass er sich weder um seine Frau noch um seine Kinder und schon gar nicht ums G'schäft kümmert. Da ihn die Arbeit offensichtlich nicht mehr freut, hat er mich vor drei Monaten zum Generaldirektor und Teilhaber seiner Bank gemacht.«

»Na, da gratuliere ich aber. Respekt!«

Beide nippten von ihren Kaffeeschalen, und Huber seufzte:

»So wunderbar, wie das klingt, ist es nicht. Die ganze Arbeit bleibt an mir hängen. Der Heinrich leidet seit Monaten an einer Verdüsterung seines Gemütes. Oft ist er tagelang nicht erreichbar. Unlängst hat er sich draußen in Mauer in seiner Villa versteckt. Eine ganze Woche lang.«

»Und seine Frau?«

»Die ignoriert er.«

»Interessieren ihn die Frauen nicht mehr?«

»Das hab' ich nicht gesagt. Er hat eine Menge G'spusis[*]. Nur für seine eigene Frau interessiert er sich nimmer.«

Eduard Strauß begann zu grinsen. Er beugte sich vor und sagte in vertraulichem Tonfall:

»Aha, ich versteh. Und du vertrittst ihn jetzt. Nicht nur in der Bank, sondern auch im Ehebett.«

Huber wurde rot im Gesicht. Und als er, statt eine Antwort zu geben, betreten mit dem Löffel in seiner Mokkaschale umrührte, klopfte ihm Strauß freundschaftlich auf den Unterarm und sagte:

»Der Huber Ernstl als Ehebrecher. Wer hätte das gedacht?«

---

[*] Liebschaften

April

Als Meister Pöltl in aller Früh sein Wohnhaus in der Magdalenenstraße verließ, beutelte es ihn. Es war klirrend kalt, und der Reif lag auf den Bäumen, Büschen und Gräsern, die das Ufer des Wienflusses säumten. Pöltl stellte den Kragen seines Mantels auf und zog den Kopf, einer Schildkröte gleich, ein. In die schützenden Hüllen von Mantel und Schal. Nach einigen Schritten zog er den Hut tiefer in die Stirne, da die eisige Kälte dieses strahlend schönen Frühlingsmorgens ihm unangenehm war. Flotten Schrittes ging er die Magdalenenstraße vor zum Getreidemarkt, überquerte ihn und wenig später die Ringstraße, wo er bei der parallel zur Straße verlaufenden Reitbahn beinahe unter die Hufe eines rasend dahergaloppierenden Arabers gekommen wäre, dem ein Herrenreiter die Sporen gab. Nachdem er dieser Gefahr durch einen schnellen Sprung entronnen war, marschierte er die Kärntnerstraße zum Graben vor. Was Pöltl an diesem Morgen besonders auffiel, waren die unzähligen Handwerker, die auf den zahlreichen Baustellen der Stadt hämmerten, klopften, sägten und altes Mauerwerk abrissen. Am Ende des Grabens bog er nach rechts und ging die Tuchlauben entlang zur Wipplinger Straße. Wien schien eine riesige, niemals fertig werdende Baustelle zu sein. In seinem Salon angelangt, erschauderte er. Es war eiskalt. Also begab er sich in den Hinterhof, wo er in einem Schuppen Holzscheiter gelagert hatte. Die nächste Viertelstunde verbrachte er damit, die Asche aus dem prunkvollen, mit Metall verzierten Ofen auszuräumen, Holz einzuschlichten, kleine Holzspäne und alte zusammengeknüllte Zeitungen unterzulegen, anzuzünden und die Öffnung der Ofentür immer wieder nachzujustieren, damit das Feuer genug, aber nicht zu viel Luft bekam. Danach wusch er sich die Hände. Eine mühsame Prozedur, da der mit dem Ofen verbundene Warmwasserbehälter vorläufig nur kaltes Wasser enthielt und mit diesem die fettigen Rußflecken nur durch heftiges Schrubben zu entfernen waren. Als er eine Ausgabe des »Illustrierten Wiener Extrablattes« vom 22. Februar, die er nicht mehr zum Unterzünden benötigt hatte, auf den Stapel alter Zeitungen zurücklegte, blieb sein Blick an der Schlagzeile des Titelseiten-Feuilletons hängen:

Ringstraßenfreuden.

Nachdem er die ersten Absätze des Feuilletons überflogen hatte, las er folgende Zeilen aufmerksam:

Von den verschiedenen Balkonen der Ringstraßen-Schlößer angesehen, erscheint das Drängen und Treiben da unten gewiß als ein sehr lustiges und ungefährliches.
Wer sich aber selbst unter die Menge begibt und dem Strome derselben folgt, der wird gar bald erfahren, welche Vorsicht, ja welche Geschicklichkeit dazu gehört, um mit voller Sicherung seines Ich's und ungefährdet von einer Seite dieser Straße zur anderen zu gelangen.
Hat man erst die von Equipagen aller Art befahrenen, nächst den Trottoirs gelegenen Talus glücklich durchschritten, und gelingt es dann weiters, die von Tramway-Waggons, Lastwagen, Omnibußen, Fleischerkarren, Möbeltransporteuren u.s.w. durchkreuzte Hauptfahr-

bahn glücklich zu passieren, so steht man immer noch auf dem Punkte, von den Hufen eines edlen Arabers oder Holsteiners zermalmt zu werden.

Das trifft den Nagel auf den Kopf, dachte Pöltl und las mit Interesse weiter:

Aber da stürmen und brausen sie oft einher, mit ärarischen und nichtärarischen Satteln und Säumen versehene Sonntags- und Wochenreiter:
»Hopp hopp! In sausendem Galopp – daß Kies und Funken stieben!« ohne sich auch nur auf ein gnädiges, herablassendes »Aufgeschaut« einzulassen und mit einer Gleichmüthigkeit, als käme es ihnen auf eine vernichtete Generation mehr oder weniger gar nicht mehr an ...

Weiter kam der Barbier mit der Lektüre nicht, denn ein Stammkunde, der Börsenagent Max Modern, betrat den Salon.

»Schön kalt haben Sie's hier. Aber macht nix. Bin ja zum Rasieren und nicht zum Aufwärmen gekommen.«

»Hab' gerade eingeheizt. Gleich wird's warm. Und warmes Wasser gibt's auch gleich. Bitte Platz zu nehmen. Darf ich dem Herrn Börsenagent vielleicht die heutige Zeitung reichen? Zum Überbrücken der Zeit?«

»Nein, danke. Zeitung les' ich grundsätzlich nur im Kaffeehaus.«

Und da gerade Pöltls Lehrbub daherkam, fragte der Meister:

»Apropos Kaffeehaus: Wollen S' was trinken?«

»Na, wenn S' mich drauf einladen, hätt' ich gern eine Melange mit Haut.«

»Schurli, hast g'hört? Hol' dem Herrn Modern eine Melange mit Haut!«

Dann sah er nach, wie es sich mit der Temperatur des Warmwassers verhielt. Er steckte den etwas klammen Zeigefinger in den Behälter, und als dieser von wohlig warmem Wasser umspült wurde, wusste Pöltl, dass er mit seinem Tagwerk beginnen konnte.

Nach der Rasur Max Moderns ging es Schlag auf Schlag. Ein Kunde nach dem anderen erschien, unter ihnen der Vizedirektor der Kreditanstalt[*] Leopold von Wertheimstein, der Bankier Reizes, der Verwaltungsrat der franko-ungarischen Bank Gustav Ritter von Boschan, der Generaldirektor Huber, der Börsenagent Samuel Deutsch und so wie immer zu guter Letzt Heinrich von Strauch. Als der Herr Baron frisch rasiert Pöltls Salon verließ, erklang das Zwölf-Uhr-Läuten der nahen Schottenkirche. Pöltl zog sich erschöpft in die kleine Nische hinten am Ende seines Salons zurück, wo sein Schreibtisch stand. Er zündete die Petroleumlampe an, die diesem dunklen Eck etwas Licht spendete, nahm hinter seinem Schreibtisch Platz und befahl dem Schurli, ihm den Mittagsteller des benachbarten Gasthauses zu bringen. Und während er die einbrennten Hund[**], die mit einer abgebratenen Augsburger[***] und einem Essiggurkerl gar-

---

[*] Die Gründung der k.k. privilegierten österreichischen Kredit-Anstalt für Handel und Gewerbe wurde von Anselm von Rothschild initiiert und gemeinsam mit einer Gruppe von vermögenden Adeligen Anfang November 1855 durchgeführt. Von den 300.000 Aktien hielt das Haus Rothschild zum Zeitpunkt der Gründung 125.000 Stück.
[**] Kartoffeln in Mehlschwitze
[***] Cervelat

niert waren, verzehrte, blätterte er die heutigen Tageszeitungen durch und amüsierte sich über folgenden Artikel:

Ein Hausmeister, »der seine Partei« prügelt.
(Original-Bericht des »Wiener Extrablatt«.)
In dem Hause Nr. 83 auf der Sechshauser Hauptstraße lebt schon seit längerer Zeit der Schustergeselle Wenzel Hinosch von Woslow (natürlich in Böhmen) in ehelicher Gemeinschaft mit seiner Kathinka. Die Ehe dieser Leute ist eine mustergiltige, sie leben wie die Täubchen zusammen und nur in außerordentlichen Fällen, wenn der Wenzel »blau« macht und dann mit einem tüchtigen Haarbeutel* nach Hause kommt – was aber wie glaubwürdige Zeugen versichern, die Woche nie öfter als einmal vorzukommen pflegt –, in diesen Ausnahmefällen also, da gibt es Krawall und zuweilen auch Schläge.
Vorgestern war nach Ansicht des Schusters wieder ein solcher Ausnahmstag. Er hatte den Tag, statt zu arbeiten, sein Geld vertrinkend in Wirtshäusern zugebracht, und als er Abends so voll angetrunken, daß er kaum mehr stehen konnte, aber ohne Kreuzer Geld im Sacke nach Hause kehrte, da war es Kathinka, welche mit in die Seite gestemmten Armen und mit einer Fluth von Schimpfwörtern den Herrn Gemal empfing. Wenn man aber ein Czeche und noch dazu betrunken ist, läßt man sich so etwas nicht leicht gefallen.
Als sie mit ihrem Sermon zu Ende war, begann er mit dem seinen; als er aber sah, daß er mit der Zunge zu kurz kam, wollte er seine Frau mit den Fäusten bearbeiten. Käthchen aber war mit einer solchen Art der Kriegsfüh-

---

* Rausch

rung nicht einverstanden, sondern flüchtete »Zeter und Mordio« schreiend und das ganze Haus alarmirend, zur Thüre auf den Gang hinaus. Wie Neptun über den Meereswellen tauchte da die unmittelbare Ortsobrigkeit in Gestalt des Hausmeisters empor. Mit einem furchtbaren Blicke übersah er die Situation – dann aber packt er den Schuster bei der Gurgel und würgt ihn, daß ihm die Augen aus den Höhlen treten, wirft ihn dann zu Boden und schleift den armen Wenzelssohn den Corridor entlang auf und ab. Nach dieser Heldenthat versetzte er ihm noch einige Fußtritte und blickte dann triumphirend um sich.

Plötzlich entdeckt sein Falkenauge einen am selben Gang wohnenden Sicherheitswachmann und »beauftragt« ihn, augenblicklich die Arretirung des geprügelten und geschundenen Schusters vorzunehmen.

Der Sicherheitswachmann war unvorsichtig genug, den hausmeisterlichen Befehlen Folge zu leisten. Der Schumacher selbst ist jedoch durch den friedensstiftenden Hausmeister so übel zugerichtet, daß ihm sofort ärztliche Pflege zu Theil werden und er in das Spital überführt werden mußte.

Kopfschüttelnd steckte Pöltl das letzte Stück der gebratenen Augsburger in den Mund, kaute genüsslich und dachte: ja, ja, die Wiener Hausmeister. Er schob den leeren Teller zur Seite, lehnte sich zurück, streckte die Beine aus und blätterte entspannt weiter. Eine wohlige Zufriedenheit erfüllte ihn allerdings nur solange, bis er bei Seite sechs, auf der das Neueste von der Börse vermeldet wurde, angelangt war. Dass die Börse im Moment à la Baisse disponiert war, nahm er mit einem Schulterzucken zur Kenntnis. Durch die tägliche Lektüre der Börsennachrichten war er mittlerweile recht abgebrüht geworden, und das Auf und Ab der Börsenkurse beeindruckte ihn kaum mehr. Schließlich ging die allgemeine Tendenz nach kurzen Baissephasen immer weiter nach oben. Das bewies auch das kleine Inserat am Fuße der Seite. Hier bot die Wiener Maklerbank für ihre neu emittierten Kassascheine fünfeinhalb Prozent Verzinsung bei achttägiger Kündigung, sechs Prozent bei dreißigtägiger Kündigung und beachtliche sieben Prozent bei neunzigtägiger Kündigung. Pöltl schüttelte den Kopf und klappte die Zeitung zu. Diese Verzinsung war zwar gut, aber nicht gut genug. Sie war nichts gegen die zwanzig Prozent Zinsen, die er für seine Veranlagungen beim Bankhaus Placht bekam. Die konnte man mit Fug und Recht höchste Fructification nennen, hier trug das veranlagte Geld großartige Früchte. Und da sein Geschäft im Moment wie geschmiert lief, überlegte er, weitere zweihundert Gulden bei Placht anzulegen.

Nun hatte die konstituierende Generalversammlung der Orient-Eisenbahn-Actiengesellschaft tatsächlich stattgefunden. Heinrich verspürte ein Gefühl tiefer Zufriedenheit. Es überstrahlte all die Düsternis und Schatten, die sich in den letzten Monaten über sein Gemüt gelegt hatten. Dieses sein Lieblingsprojekt, das ihn jahrelang beschäftigt hatte, war nun Wirklichkeit geworden. Die Konstituierung war geschafft. Es war eine kühne Vision, die den Bau einer Eisenbahnverbindung von Wien über Graz, Marburg, Agram, Belgrad und Sofia nach Istanbul vorsah. Nach unzähligen Besprechungen, Interventionen in Ministerien und Investorengesprächen hatten Heinrich von Strauch und Ernst Xaver Huber nun endlich die Gründung vornehmen können. Beim Notar Dr. Werdenig hatte die Sitzung stattgefunden. Morgen würde der Bericht über die konstituierende Generalversammlung in allen Zeitungen stehen. Das finanzierende Geldinstitut dieser neuen Bahngesellschaft war die Strauch & Compagnon Bank-Actiengesellschaft, die die Aktien der Neugründung einem Syndikat übergab, das die Papiere von ebendieser Bankgesellschaft an der Börse verkaufen würde. Heinrich hatte alle seine Beziehungen zur Presse spielen lassen. Er war unter anderem mit Moritz Szeps mehrmals Mittagessen gegangen und schwor diesen auf sein Bahnprojekt ein. Aber auch andere Größen der heimischen Presse hatte er heftig umworben. Reklame! Das war das Zauberwort rund um den Börsengang der neuen Bahngesellschaft. Die Aktien mussten sich rasch verkaufen, damit Geld in die Kassen der Orient-Eisenbahn-Actiengesellschaft fließen würde. Mit diesem Geld könnte Heinrich dann Ingenieurbüros beauftragen, mit den konkreten Planungsarbeiten zu beginnen. Ein Faktum, das keiner außer den Bank- und Börseninsidern wusste, war die Tatsache, dass das groß hinausposaunte Gründungskapital von zwanzig Millionen Gulden nur zu einem geringen Teil existierte. Aber das war kein Grund zur Beunruhigung. Schließlich erfolgten die allermeisten Gründungen von Aktiengesellschaften nach diesem Schema. Erst wenn die Kleinaktionäre ihr Erspartes eingebracht hatten, würde die neu gegründete Gesellschaft ihr operatives Geschäft aufnehmen.

Gut gelaunt speisten Huber und Strauch im Gasthaus Zur großen Tabakspfeife, tranken Bier und plauderten über die unglaubliche Fantasie, die in diesem ihrem neuen Projekt steckte. Genüsslich an einer Verdauungszigarre nuckelnd, meinte Huber nach dem Dessert: »Wenn s' alle brav unsere Aktien zeichnen, dann wird aus unserer Fantasie ein Jahrhundertprojekt. Und wenn s' net brav kaufen, dann sag ma halt einfach, es war nix, und die Gesellschaft macht bankrott.«

»Geh pfui, Ernstl! So ein Wort nimmt man doch nicht in den Mund!«

»Was? Fantasie?«

»Nein. Bankrott.«

⁂

Nachdem die Herren einen Digestif genossen hatten, begab sich Huber in die Bank, um dort nach dem Rechten zu sehen. Heinrich von Strauch hingegen spazierte zum Café Griensteidl, um seinen nachmittäglichen Verdauungskaffee zu sich zu nehmen. Zum Kaffee gehörte natürlich auch Lektüre, und so holte er sich die aktuelle Ausgabe der »Deutschen Zeitung« an den Tisch. Während er seinen Kapuziner* schlürfte, las er gelangweilt die Titelseite, wo über die Festlichkeiten zur Vermählung von Kaiser Franz Josefs Tochter Gisela berichtet wurde: Ein großes Hof-Konzert, ein Ball und eine Gala-Vorstellung im Hofopernhaus fanden statt. Den großen Fackel-

---

* Schwarzer Kaffee mit einem Tropfen Sahne

zug, der gleichfalls geplant war, hatte Kaiser Franz Josef abgelehnt und damit dem hyperloyalen Eifer der Wienerinnen und Wiener einen Dämpfer aufgesetzt. Erzherzogin Gisela würde den Wittelsbacher Prinzen Leopold ehelichen, ein Mitglied des bayrischen Königshauses. Die nahe Verwandtschaft und Verschwägerung zwischen dem österreichischen und dem bayrischen Fürstengeschlecht wurden dadurch noch enger, da Giselas Mutter aus Bayern und Leopolds Mutter aus Österreich stammten. »Es gibt also nix Neues«, murmelte Heinrich von Strauch und gähnte. Um nicht einzuschlafen, bestellte er sich nun einen Türkischen und blätterte die Zeitung weiter durch. Plötzlich stach ihm eine Schlagzeile ins Auge. Bevor er zu lesen begann, wurde ihm aber der Kaffee serviert. Heinrich goss das dickflüssige, intensiv duftende Gebräu aus der Kupferkanne in seine Schale, nahm einen Schluck und begann den Artikel zu studieren:

Constituirungen.
(Zuschrift eines Eingeweihten.)
Bei der Sensation, welche Lasker's Enthüllungen* über das Berliner Gründerthum in allen deutschen Gauen hervorrufen, dürfte es nicht uninteressant sein, nach den Mitteln zu forschen, mit welchen unsere Wiener Gründer den Gesetzen des Staates und den Geboten der öffentlichen Moral seit Jahren ungestraft Hohn zu sprechen gewohnt sind.

---

* Am 4. April 1873 prangerte der Abgeordnete Eduard Lasker im deutschen Reichstag in einer viel beachteten Rede den Gründungsschwindel in Berlin an.

Heinrich von Strauch wurde plötzlich ganz unbehaglich zumute. Er nahm einen Schluck vom Türkischen und las weiter:

Fast Tag für Tag finden wir in den öffentlichen Blättern einen, oft auch mehrere Berichte über »constituirende Generalversammlungen«, in deren jedem der Passus vorkommt, daß »das zur Constituirung statutengemäß erforderliche Kapital von X Millionen bei der oder der Bank eingezahlt worden sei«. Wie einfach, wie streng solid klingen diese Worte, und wie viel Schwindel steckt meistentheils in ihnen! Insbesondere manche unserer jüngeren Banken machen es sich förmlich zum Geschäfte, Einzahlungen zu bestätigen, welche nie geleistet wurden, deren Leistung aber fingiert wird, um die sonst nicht thunliche Constituirung der neuen Gesellschaft zu ermöglichen. Die Gemüthlichkeit, mit der die Herren Verwaltungsräthe bei solchen Gelegenheiten vorgehen, der unglaubliche Leichtsinn, mit welchem sie sich da über alle gesetzlichen Schranken hinaussetzen, ist nahezu bewundernswerth; man läßt einfach im Hauptbuche ein Folio für diese und diese derzeit noch ungeborne Gesellschaft eröffnen und auf diesem Folio eine – nicht erfolgte – Einzahlung eintragen. Sträubt sich der Buchhalter gegen einen solchen Auftrag, so wird die höhnische Frage an ihn gerichtet: »ob er sich vielleicht fürchte«, woran man in stolzem Tone die Versicherung knüpft, daß der Verwaltungsrath sich seiner Verpflichtungen bewußt sei und die »Verantwortung trage«, der Beamte aber zu gehorchen habe; …

Na, das wäre ja noch schöner, wenn einer meiner Angestellten es wagen würde, mir zu widersprechen, dachte Heinrich und nippte an seinem Kaffee.

… ist einer der hochwohlgebornen Herren Verwaltungsräthe gerade besonders gut aufgelegt, so läßt er sich auch gnädig herbei, die Bedenken des Buchhalters mit sophistischen Argumenten zu »widerlegen«. Der Letztere gehorcht nun wirklich, einestheils, um seinen Posten nicht zu verlieren, anderntheils in der gänzlich falschen Meinung, daß ihn der stricte Befehl des Verwaltungsrathes nach jeder Richtung sicherstelle. Aus dem Hauptbuch kommt dann die falsche Creditpost ins Saldo-Conto, aus dem Saldo-Conto wird ein Auszug gemacht und dessen Uebereinstimmung mit den Büchern notariell beglaubigt, und so ist die Basis geschaffen, auf welcher »gegründet«, das ist die neue Gesellschaft constituirt werden kann.

Was zum Kuckuck war da los? Was hatte dieser sogenannte Eingeweihte vor? Verflogen war Heinrichs postbrandiale* Müdigkeit. Er war nun hellwach und aufgebracht.

Vorstehende Manipulation birgt aber eine große Gefahr in sich; die im Hauptbuche und Saldo-Conto als »Einzahlung« declarierte Post müßte, wenn sie nicht fingirt wäre, nach buchhalterischen Fundamentalsätzen eine Gegenpost in der Kasse des betreffenden Tages haben, welche aber, weil eben die Post fingirt ist, in solchen

---

* nach einer Mahlzeit

Fällen nicht vorkommt. Wenn es also einer in der Buchhaltung bewanderten externen Person einfällt, dem Ursprunge der fraglichen Post nachzuforschen, so muß sie sofort auf die Fiction kommen. Es wird daher die vorstehend charakterisirte Gründungsmethode derzeit nur noch von Lehrlingen in diesem edlen Handwerke angewendet; der ausgelernte Gründer aber macht es anders. Die Bank belastet nämlich die Concessionäre der neuen Gesellschaft für die dieser letztern selbst gutgeschriebenen Einzahlung, und wenn dann die Gesellschaft constituirt ist, so stellt sie das für sie angeblich eingezahlte Kapital ihren Concessionären wieder »zur Verfügung«, das heißt, die neue Gesellschaft wird, wie früher für die Einzahlung erkannt, so jetzt für die Rückerstattung der Einzahlung an die Concessionäre belastet. Wenn nun auch die diesem Manöver zu Grunde liegende Tendenz selbst für den Laien auf den ersten Blick erkenntlich ist, wenn auch gewiß nicht geleugnet werden kann, da derartige Scheingeschäfte de lege ferenda strafbar sind und sein müssen, so darf man doch auf der andern Seite nicht übersehen, daß eine positive gesetzliche Bestimmung über deren Strafbarkeit derzeit nicht besteht und auch sehr schwer zu formuliren sein wird, wenn sie gegen Umgehungen nur einigermaßen sichergestellt sein soll. Jedenfalls hat die zweite Methode vor der ersten das voraus, daß sie buchhalterisch correct ist, das heißt nicht falsche Buchungen und mit diesen einen Betrug im Sinne des Strafgesetzes involvirt.

Na also! Was soll die ganze Aufregung? Was wir Bankiers und Gründer tun, verstößt nicht gegen das Strafgesetz. Heinrich nahm einen Schluck Wasser, da er vor Aufregung einen ganz trockenen Mund bekommen hatte.

Die Komödie der Constituirung selbst ist in der That rührend. Ein bis zwei Dutzend Leute, Gründer von Geblüt, und deren Helfershelfer bilden die Acteurs, der Notar und sein Schreiber das stets dankbare Publicum, vor dem sich die Scene abspielt. Bei dem Ganzen ist nur das Eine merkwürdig, daß nämlich die Anwesenden einander nicht ins Gesicht lachen; der Vorsitzende, welcher »constatirt«, daß das Kapital eingezahlt sei, weiß, daß dies nicht wahr ist, daß er also lügt und nicht »constatirt«; die Personen, vor welchen er »constatirt«, wissen, daß er sie anlügt; …

Was heißt hier anlügen? Bei Gründungen geht es nicht um kleingeistige Erbsenzählerei, sondern um die Gestaltung der Zukunft! Um visionäre Projekte, die, wenn Gott will, für alle Beteiligten, für die Aktionäre und für die gesamte Wirtschaft von Nutzen sind. Leicht verärgert las er weiter.

… dieselben Personen wissen ferner, daß sie – wie dies meist der Fall ist – nicht Ein Stück Actie gezeichnet und eingezahlt haben, geberden sich aber trotzdem als Actionäre, und wählen und lassen sich wählen, wie es eben schon im vorhinein abgekartet wurde; der Notar, ja auch sein für derartige Veranlassungen speciell abgerichteter Schreiber, werden, wenn sie sich auch aus leicht begreiflichen Gründen nicht einfallen lassen, es zuzugestehen, in den meisten Fällen ebenfalls wissen, was sie von der Sache

zu halten haben – kurz, Jeder weiß, daß man ihm eine Komödie vormacht, aber Keiner lacht; der Notar nicht, weil sein Ansehen darunter leiden würde, sein Schreiber nicht, weil er sich nicht traut, die »Actionäre« nicht, weil sie selbst mitspielen und wissen, daß den Schauspielern das Lachen auf der Bühne streng verpönt ist und daß es ihnen bei Ueberschreitung dieses Verbotes nie wieder gelingen würde, die verscherzte Achtung ihrer »Brüder im Gründen« zurückzugewinnen. – Nach ein bis zwei Stunden ist die Komödie beendet, wieder sind ein Dutzend Verwaltungsräthe mehr auf der Welt, wieder berechnet der Notar – es ist fast immer derselbe, in den betreffenden Kreisen als Specialist für geheime Gründerkrankheiten allgemein anerkannt – schmunzelnd, wie viele hundert Gulden Honorar er für die schwere Mühe seiner »Intervention« beanspruchen kann, ohne allzu unbescheiden zu sein.

Da hat der Schmierfink, der diesen Artikel verfasste, nicht unrecht. Ich muss mit Dr. Werdenig ein ernstes Wort reden. Seine Honorare sind, wie hier so trefflich angeführt wird, tatsächlich unbescheiden. Nicht, dass er mich für eine Weihnachtsgans hält, die er nach Belieben ausnehmen kann.

Und nun wollen wir uns die Folgen solcher »wilder« Gründungen ansehen. Die financierende Bank übergibt in der Regel sämmtliche oder doch den größten Theil der Actien der neuen Gesellschaft an ein Syndicat und besorgt für Rechnung desselben den Verkauf der Stücke an der Börse. Glückt dieser letztere, dann ist Alles gut;

mißglückt er aber, das heißt gelingt es der Bank nur, einen Theil der Stücke zu verklopfen, dann werden die Syndicats-Mitglieder zur Leistung von Einzahlungen aufgefordert. Diese Leute verlieren aber meist weit lieber ihre Cautionen, als daß sie sich entschließen, ein unanbringliches Papier einzuzahlen und zu übernehmen. Die Bank müßte also, wenn sie die Einzahlungen erzwingen wollte, die widerhaarigen Syndicats-Mitglieder klagen; dazu aber hat sie keine Lust, denn erstens würde ein derartiger Proceß jahrelang dauern, zweitens das betreffende Effect um den letzten Credit bringen, drittens aber würden die Syndicats-Mitglieder zu »rumoren« beginnen, und – die Bank hält sich wohlweislich an das berühmte Wort, daß, wer Butter am Kopf hat, nicht in die Sonne gehen möge. Was bleibt also übrig? Die nicht angebrachten Stücke werden entweder von der Bank oder von der neuen Gesellschaft übernommen und figurieren in deren Büchern als »eigene Effekten«. In der Bilanz werden dieselben dann zum Pari-Kurse eingestellt, oder, wenn sie zu schlecht notiert sind, gar nicht angeführt. In diesem Fall ist nämlich gewöhnlich einer der Herren Verwaltungsräthe so freundlich, dieselben der Gesellschaft zu einem schönen Kurse abzukaufen und auf seinen Conto zu nehmen. Natürlich lässt sich der Mann gleichzeitig einen Brief von der Gesellschaft geben, in welchem sie sich verpflichtet, sofort nach erfolgtem Bilanz-Abschlusse ihm die Effecten zu demselben oder sogar einem etwas höhern Preis wieder abzunehmen.

So kommt es, daß man in vielen Fällen auch aus einer total verunglückten Financirung einen Gewinn »herausrechnet«. Die Bilanz wird genehmigt, das Absolutorium gegeben, die Dividende bestimmt und vertheilt, dem Verwaltungsrathe der Dank votiert, und – Alles ist zufrieden. Wie lange? Darum kümmert man sich für jetzt nicht; daß das nothwendige Resultat solchen Treibens zuletzt denn doch der Bankrott sein wird und muß, genirt die Herren auch nicht, denn sie gehen von dem Grundsatz aus: »Nach uns die Sündfluth!«

Schon wieder dieses hässliche Wort! Er konnte es nicht ausstehen. Es machte ihn immer nervös. Nervös machte ihn aber auch der letzte Absatz des Zeitungsartikels:

Vielleicht aber wird es die Herren Gründer denn doch etwas geniren, wenn sie von berufener Seite aufmerksam gemacht werden, daß manche ihrer Handlungen stark an den §. 197 St.-G. streifen, und wenn sie sich vorhalten, daß im grauen Hause auf dem Paradeplatz* viele Wohnungen sind.

Heinrich von Strauch knallte die Zeitung auf das Marmortischchen. Eine schwarze Wolke hatte seine zuvor sonnige Gemütslage verdunkelt. Er trank den letzten Schluck des Türkischen aus, rief »Zahlen, bitte!« und stürmte, nachdem er seine Zeche beglichen hatte, aus dem Kaffeehaus. Der Rest des Tages war ihm gründlich verdorben.

~~∽⦾∽~~

Mein Gott, war der Einzi aufgewühlt. So hatte sie ihn noch nie erlebt. Nervös ging er im Wohnzimmer auf und

---
* Wiener Landesgericht und Gefangenenhaus

ab, schüttete ein Glas Champagner nach dem anderen in sich hinein und redete in einem fort. Lauter unverständliche Sachen über Konstituierungen, Aktionäre, Verwaltungsräte, Syndikatsmitglieder, Kapital, Verantwortung, Visionen, Zukunft und dergleichen mehr. Antonia Kotcheva vermochte den Ausführungen ihres Einzis nicht zu folgen. Eines wurde ihr aber klar: Einzi hatte Sorgen. Große Sorgen. Um ihn davon abzulenken, begab sie sich ins Schlafzimmer und entkleidete sich. Nur das Korsett und die Strümpfe behielt sie an. Sie streifte den seidenen Morgenmantel über und drapierte die Seide rund um ihr Dekolleté so, dass die quellende Üppigkeit ihrer Brüste unübersehbar war. Weiters zupfte sie den unteren Teil des Morgenmantels zurecht, sodass bei jedem Schritt ihre Strümpfe und ein Stück nackter Schenkel sichtbar wurden. Sie tupfte etwas Parfum hinter ihre Ohrläppchen und zeigte sich sodann im Wohnzimmer, in dem Heinrich von Strauch noch immer wie ein Raubtier hinter Gittern auf- und ablief. Als er sie ad notam nahm, hielt er abrupt inne. Er leerte das Glas, das er in der Hand hielt, und starrte Toni an. Sie nahm lächelnd auf dem Diwan Platz, schlug die Beine übereinander, sodass der Morgenmantel zur Seite glitt. Sie registrierte mit Genugtuung, dass er schlucken musste.

»Komm! Setz dich her zu mir.«

Er ließ sich neben sie aufs Sofa plumpsen, beugte sich vornüber und verbarg sein Gesicht in den Händen.

»Na geh! Sei nicht traurig.«

Vorsichtig nahm sie seine Hände in die ihren und begann sein Gesicht abzubusseln. Trotzig runzelte er die Stirn und ließ dies nur widerwillig geschehen. Doch lange konnte er der Wärme und den wunderbaren Rundungen ihres Körpers nicht widerstehen.

∼⦾∼

Antonia schmiegte sich eng an Heinrichs nackten Körper. Er lag auf dem Rücken, die Hände hinter dem Kopf verschränkt. Spielerisch begann sie das Haar in seiner linken Achselhöhle zu zwirbeln. Als er darauf nicht reagierte, fragte sie schüchtern:
»Woran denkst du denn?«
Heinrich holte tief Luft, antwortete aber nicht.
»Magst mir nicht sagen, woran du denkst?«
»Ich denke nach.«
»Worüber denn?«
»Dass ich das ganze Gründer- und Bankgeschäft satthabe. Ich hör auf! Ja! Ich werde aufhören. Ich mag nimmer.«
»Na geh! Und wovon willst du dann leben?«
»Ich hab' da so eine Idee ...«
»Was für eine Idee?«
»Ich übertrag meine Anteile an der Bank und an allen Gesellschaften meiner Frau und dem Ernstl Huber. Die zahlen mir dafür eine monatliche Leibrente – und ich hab' meine Ruh'.«
»Und was willst dann tun?«
»Nix. Einfach nix. Ein Jahr oder zwei oder auch fünf Jahre lang. Nur auf Reisen gehen und die Welt erkunden.«
»Verreisen willst?«
»Ja, ich will weg. Weit weg.«

»Und ich?«
»Dich nehm' ich mit.«

~~~

Dieser Franz Landtmann ist ein recht sympathischer junger Mann, dachte Heinrich von Strauch, als er vom Rohbau am Franzensring N° 4 vor zum Schottenring spazierte. Und die Idee, hier in dem neuen Nobelzinshaus Wiens eleganteste Kaffeelokalität zu eröffnen, hatte nicht nur ihm, sondern auch dem Bauherrn Rudolf Ausspitz gefallen. Ausspitz war ein guter Bekannter, mit dem schon sein Vater, möge er selig ruhen, Geschäfte gemacht hatte. Ausspitz hatte ihn vor einigen Tagen gebeten, bei einer Besprechung auf der Baustelle dabei zu sein. Nicht als Privatperson, sondern als Verwaltungsrat der Wiener Baugesellschaft, die das prachtvolle Ringstraßengebäude errichtete. Die Arbeiten waren schon recht weit fortgeschritten, und die Pläne, die Franz Landtmann für die Ausgestaltung seines zukünftigen Kaffeehauses vorgelegt hatte, waren von allen Beteiligten mit Wohlwollen zur Kenntnis genommen worden. Ich freu' mich auf dieses moderne Café, dachte Heinrich von Strauch, als er gut gelaunt die Schottengasse überquerte und den Schottenring hinunterzuspazieren begann. An dieser Stelle wurde er zum ersten Mal gegrüßt. Von einem Börsenagenten, dessen Namen ihm entfallen war. Ja, das mit den Namen und Gesichtern war so eine Sache. Beide merkte er sich nur schwer, weshalb ihn viele Menschen für arrogant hielten. Das war absolut unrichtig. Richtig war vielmehr, dass ihm die allermeisten Menschen wurscht waren. Was kümmerten ihn all diese männlichen Wesen, die sich in und um die Börse und in Wiens Wirtschaftswelt herumtrieben? Grundsätzlich interessierten ihn eigentlich nur Frauen. Und je attraktiver sie waren, desto leichter merkte er sich deren Namen.

»Meine Verehrung, Herr Baron!«

Jössasna! Den erkannte Heinrich sogar. Das war der Wechselstubenbesitzer Singer, der gerade aus seinem Geschäftslokal, das sich im Haus Schottenring N° 4 befand, herausgetreten war. Wie bereits zuvor nickte Heinrich von Strauch und beschleunigte seinen Schritt, um nur ja nicht in ein Gespräch verwickelt zu werden. Er eilte am Eingang der Wiener Börsenagentengesellschaft, am Börsencomptoir Kohn sowie an den Banken Schwarz & Neumann und Grünzweig sowie am Börsencomptoir May und Auer und an der Franko-Ungarischen Bank vorbei. Ein Stück vor der Hohenstaufengasse überquerte er den Ring, wobei er nicht nur auf den aberwitzig dichten Verkehr achten, sondern neuerlich mehrmals grüßen musste. Eine dumpfe Wut stieg in ihm auf. Warum konnten sie ihn nicht in Ruhe lassen? Ihn einfach nicht ansprechen und grußlos an ihm vorübergehen? Er fühlte sich wie ein Baumstamm, an den ständig irgendwelche Hundsviecher urinierten. Auf der anderen Seite des Rings stürmte er mit eingezogenem Kopf, ohne nach links oder rechts zu schauen, an der Versicherungsbank Minerva, der Börsen-Kommanditgesellschaft Kohn und Stern sowie an der Wiener Börsenbank vorbei. Er überquerte die Hohenstaufengasse und vermied es anschließend, auch nur einen Blick in Richtung des Börse-Komptoirs Spieler und Kantor, der Bank Koretz und Bloch, der Raten- und Rentenbank, der Oesterreichischen Börsen- und Wechslerbank, der Börsen- und Kreditbank, dem Bankgeschäft von Robert Eduard Dittler, der Versicherungsgesellschaft Haza, der Wiener Effektenbank und der Österreichisch-ungarischen Eskomptebank zu werfen. Als vor ihm der lächerlich protzige Holzbau der provisorischen Wiener Börse in den strahlend blauen Himmel ragte, redete ihn ein Mann an, an den er sich beim besten Willen nicht erinnern konnte:

»Mein lieber Heinrich! Bonjour, servus, grüß dich! Wir haben uns ja eine Ewigkeit nimmer gesehen. Ist das eine Freude!«

Akurat in diesem Moment fuhr ein Fiaker vorbei, dem Heinrich von Strauch auf der Stelle zuwinkte und der tatsächlich anhielt. Im Einsteigen rief er dem anderen über die Schulter zu:

»Ja, grüß dich auch. Du, ich hab's im Moment gnädig[*], gell. Wir sehen uns. Adieu!«

Mit einem Knall warf er die Fiakertür hinter sich zu und befahl dem Kutscher:

»In die Josefstadt, bitt' schön! Aber schnell!«

Dieser ließ seine Peitsche knallen, sodass sich die beiden Rösser augenblicklich in Bewegung setzten. Heinrich lehnte sich zurück, schloss die Augen und atmete mehrmals tief durch. Nein, heute würde er nicht mehr, so wie er es ursprünglich vorgehabt hatte, in seiner eigenen Bank vorbeischauen. Die Begegnungen der letzten zehn Minuten reichten ihm. Heute wollte er keinen dieser Börsenstrolche mehr sehen. Das Einzige, was er heute noch wollte, war, sich an Tonis weichen Busen zu schmiegen.

---

[*] eilig

Da tanzen s' an, die großkopferten Gfraster*. Alle sind s' herg'richtet auf 'n Glanz**. Und die, die weniger herausgeputzt sind, das sind die Künstler. So einen erkenn ich gleich, mein Lieber! Allein schon aufgrund seiner Haltung. Während die Großkopferten immer die Nase nach oben recken, als ob dort oben die Luft besser wär', kommen die Herren Künstler immer ein bisserl gebückt daher. Katzbuckelnd. Das ist ja auch nicht weiter verwunderlich. Schließlich leben sie von nix anderem als von den Brosamen, die die Hochwohlvermögenden ihnen zukommen lassen. So ein Künstlerdasein ist, wenn man ehrlich ist, nichts Reelles. Das ist eine durch und durch windige Angelegenheit. Mit so einem Künstler möcht' ich nicht tauschen. Denn ich hab' eine feste Anstellung und bekomme Lohn, Kost und Quartier. Apropos Kost: Nicht alle Dienstboten arbeiten in einem Haus wie dem unsrigen. Wo es eine Köchin wie die Otti gibt. Meine Otti, meine Küchenfee mit dem dicken Hintern! Ja, die schaut immer, dass auch wir, die Dienstboten, was Gutes zum Papperln haben. Für heut' Abend, für den Salon der gnädigen Frau, haben s' ganz schön barabern*** müssen, die Otti und ihre Küchentrampeln****. Von der Früh an haben s' anzaht wie die Waglhund*****. Großes Buffet für fünfzig Personen. Mein Lieber! Das war a Sauhack'n******. Und für was? Für nix. Weil bei so einem Salon wird ja nur g'scheit dahergeredet. In einem fort. Die großkop-

---

* Da trudeln sie ein, die hochgestellten Nichtsnutze.
** aufgedonnert
*** malochen
**** Küchenmädchen
***** schwer arbeiten
****** Schweinearbeit

ferten Damen und Herren und die Herren Künstler produzieren ja nix als heiße Luft. Und für das müssen wir Dienstboten uns krumm und deppert hackln*, während die anderen nix anderes tun, als Luftschlösser zu bauen.

⸺☙⸺

Es war hassenswert. Statt seine Ruhe zu haben, gemütlich in einem Café zu sitzen oder in einem Restaurant eine Kleinigkeit zu sich zu nehmen, befand sich Heinrich von Strauch im Festsaal seines Palais und begrüßte Gäste. All die Herrschaften, deren Gesellschaft er schon untertags nur schwer ertrug, spazierten nun in sein Haus hinein. Mit eisigem Lächeln stand er neben seiner Frau, diesem blöden Weibsbild, die mit den barocken Lüstern an der Decke um die Wette strahlte. Der sonst leere, dunkle Saal war hell beleuchtet und vollkommen möbliert. Mit allerlei exotischen Pflanzen, Kanapees, Fauteuils, Tischen und Podesten, auf denen sich Büsten und allerlei anderes künstlerisches Klumpert** befanden. Und einen Stutzflügel hatte Liebtraud ebenfalls aufstellen lassen. All das sollte eine gewisse Wohnlichkeit ausstrahlen. Gelegentlich blickte er sich um und sah zu seinem großen Missvergnügen nichts außer Börsenstrolche, Politiker, hohe Beamte und Künstler. Sie alle waren von seinem Eheweib eingeladen worden. Verwundert war er über die Anwesenheit des Theaterdichters Eduard Bauernfeld und des Schreiberlings Ferdinand von Saar. Mit den beiden konnte er so gar nichts anfangen. Sehr freute es ihn hin-

---
* arbeiten
** Sachen, Zeug, Krimskrams

gegen, als auch sein Schulfreund Eduard Strauß erschien. Ihn hatte er zuletzt im Fasching vorne auf dem Podium die berühmte Strauß-Capelle dirigieren gesehen. Mein Gott, war das schön gewesen, mit der Toni zu den wunderbaren Strauß'schen Walzerklängen über das Parkett zu schweben. Sein zuvor eisiges Lächeln schmolz dahin, und so hatte er einen durchaus angenehm entspannten Gesichtsausdruck, als sein Freund Gustav erschien. Ihn und Strauß nahm er bei den Armen und führte sie fort von seiner Frau hin in eine ruhige Ecke, wo sie allerlei beplauderten. Heinrich begann sich gerade wohlzufühlen, als Liebtraud, gefolgt von einem Schwarm Salonlöwen, auf sie zusteuerte. Doch ihre Aufmerksamkeit galt nicht ihm, sondern dem berühmten k. k. Hofballmusik-Director Eduard Strauß.

»Hochgeschätzter Maestro! Wieso haben Sie sich denn hier in der Ecke versteckt?«

Eduard Strauß erwiderte schmunzelnd:

»Aber, Frau Baronin! Ich hab' mi doch nicht versteckt. Ich hab nur mit meinem Freund Heinrich ein bisserl über die alten Zeiten geplaudert, als wir gemeinsam die Schulbank gedrückt haben. Und der geschätzte Ritter von Boschan hat uns dabei Gesellschaft geleistet.«

»Du meine Güte! Ist das nicht ein bisserl fad? Wissen Sie, was gar nicht fad wäre?«

»Sie werden es mir gleich mitteilen, Frau Baronin.«

»Gar nicht fad wäre, wenn Sie sich an den Flügel setzen und uns ein bisserl an Ihren musikalischen Geniestreichen teilhaben lassen würden.«

Da alle Umstehenden begeisterte »Ohs!« und »Ahs!« von sich gaben, konnte Eduard Strauß gar nicht anders, als sich höflich dankend zu verneigen und von der Dame des Hauses zum Stutzflügel führen zu lassen. Ein Schwarm von Menschen folgte den beiden, und auch Gustav von Boschan zog es dorthin. Plötzlich stand Heinrich von Strauch ganz alleine da. Und das war gut so.

～⚭～

Das durfte doch nicht wahr sein! Er befand sich am Rand der Menschentraube, die den wunderbaren Walzern und Polkas, die Eduard Strauß am Klavier vortrug, lauschten, und beobachtete den abseits stehenden Heinrich von Strauch. Obwohl auch ihm die Musik gut gefiel, galt sein Hauptaugenmerk dem Verhalten des Hausherrn. Er glaubte seinen Augen nicht zu trauen, als dieser sich langsam zur Hintertür schlich und den Festsaal verließ. War Heinrich von Strauch vollkommen verrückt geworden? Als Gastgeber und Hausherr verließ er den Salon, das war ungeheuerlich! Um nachzusehen, ob dies tatsächlich der Fall war, schob er sich an der Menschentraube der Zuhörer vorbei und schlich ebenfalls bei der Hintertür hinaus. Sie führte in einen Gang, der einerseits zu den Gemächern der Frau Baronin und andererseits zur Dienstbotentreppe führte. Hier traf er auf den Majordomus.

»Ah, Jean! Gut, dass Sie da sind! Haben Sie den Herrn Baron gesehen?«

»Ja, freilich. Der is vor a paar Augenblicken aus dem Saal ausse kommen und hat sich dann eiligen Schrittes die Dienstbotentreppe hinuntergebegen.«

»Was will er denn da unten?«

Jean lächelte wie eine Sphinx.

»Nichts Genaues weiß i net. Aber es könnt' schon sein, dass der gnädige Herr raus auf die Straße is' und dort einen Fiaker angehalten hat.«

»Einen Fiaker hat er angehalten? Aber warum denn?«

»Na, vielleicht wollt' er sich päulisieren*.«

Er atmete tief durch und dachte sich: Heinrich von Strauch hat sich aus dem Staub gemacht. Er fährt sicher zu einem seiner Weiber. Wunderbar! Das machte sein Vorhaben um vieles einfacher. Er kehrte leise und unauffällig in den Saal zurück, wo man noch immer den musikalischen Darbietungen von Eduard Strauß lauschte. Er sah sich um und näherte sich langsam Leopold von Wertheimstein. Mit ihm führte er im Verlauf des restlichen Abends ein sehr ausgiebiges Gespräch über die Börse, über die Strauch & Compagnon Bank-Actiengesellschaft und – so wie es sich für eine Rotzpip'n gehört – unter dem Siegel der Verschwiegenheit auch über die seelischen Zustände, von denen Heinrich von Strauch seit Monaten geplagt wurde. Auf Wertheimsteins Frage, wo der Hausherr sich denn im Moment aufhielte, antwortete er voll boshafter Schadenfreude:

»Ich habe beobachtet, wie er vor einiger Zeit durch die Hintertür verschwunden ist. Als er nicht zurückkam, erkundigte ich mich bei seinem Majordomus, und der meinte, dass der gnädige Herr das Haus verlassen hätte.«

Wertheimstein sah ihn erstaunt an und replizierte:

»Das hat aber die Dame des Hauses nicht verdient. Der Baronin Strauch kann man zu diesem Salon nur gratu-

---

* davonlaufen

lieren. Dass der Herr Baron uns verlassen hat, kann ich nicht ganz nachvollziehen.«

Der Theaterdichter Eduard Bauernfeld hatte Wertheimsteins Worte im Vorbeigehen aufgeschnappt. Er blieb stehen, lächelte maliziös und mischte sich mit folgender Bemerkung in die Unterhaltung der beiden Herren ein:

»Dass sich der Herr Baron auf Französisch verabschiedet hat, wird die Frau Baronin sicher nicht freuen. Nun ja, dazu kann man nur Folgendes sagen: Jedes Licht hat seinen Schatten – jede Frau hat ihren Gatten.«

※

»Frau Baronin? Guten Abend.«

»Darf ich eintreten?«

»Bedaure, der Herr Direktor ist nicht zu Hause.«

»Darf ich trotzdem eintreten?«

»Wenn Frau Baronin darauf bestehen …«

Zögerlich öffnete der Kammerdiener die Wohnungstür, und Liebtraud von Strauch betrat Ernst Xaver Hubers Domizil. Josef stand wie eine Salzsäule da und sah indigniert aus der Wäsche. Nach einigen Augenblicken des Schweigens und Verharrens schloss er die Tür, und Liebtraud fasste sich ein Herz. In einem Ton, der keinen Widerspruch duldete, sagte sie:

»Führen Sie mich in den Salon. Dort werde auf den Herrn Direktor warten.«

»Wie Sie wünschen, Frau Baronin.«

Josef ging voran, öffnete die Tür zum Salon und ließ die ungebetene Besucherin eintreten. Sie schritt wie selbstverständlich zur Chaiselongue und ließ sich dort nieder.

»Danke, Josef. Sie heißen doch Josef?«

Der Kammerdiener nickte und hatte einen Gesichtsausdruck, als ob er in eine Zitrone gebissen hätte.

»Ich werde hier auf den Herrn Direktor warten. Sie können jetzt gehen. Schließen Sie die Tür hinter sich.«

»Sehr wohl, Frau Baronin.«

Schön hat er es, der Ernstl, dachte Liebtraud von Strauch und freute sich. Das war der Lohn der Arbeit und der großen Verantwortung, die auf ihm lastete, seitdem sich Heinrich aus den Geschäften fast vollständig zurückgezogen hatte. Als sie über ihren Gatten nachzudenken begann, fiel ihr Goethes Faust sowie Gretchens Ausspruch »Heinrich, mir graut vor dir« ein. Sie stand auf und ging in Ernstls Salon unruhig auf und ab. Heinrich erschien ihr mehr und mehr ein sich selbst auflösendes Wesen zu sein. War er früher ein vor Ideen und Tatkraft sprühender Mann gewesen, so war er heute weder greifbar noch begreifbar. Wie ein Irrlicht geisterte er durch die Welt, die nicht mehr die seine zu sein schien. Liebtraud seufzte. Das alles bereitete ihr Kummer, und als sie gestern gemeinsam mit ihren Kindern ihren Herrn Papa in dessen Hietzinger Villa besucht hatte, hatte sie äußerst beunruhigende Neuigkeiten erfahren. Mit ernstem Ton in der Stimme hatte der alte Nordberg Folgendes gesagt:

»Ich mach' mir große Sorgen, Liebtraud. Um dich und um die Zukunft meiner Enkelkinder. So wie sich dein Herr Gemahl derzeit gebärdet, darf es nicht weitergehen. Das Bankhaus, die Baugesellschaften und nicht zuletzt auch unsere Schottergrube und unser Ziegelwerk sind führerlos.«

Auf ihren Einwurf, dass sich doch der Direktor Huber um alles kümmere, hatte ihr Vater geantwortet:

»Er ist ein tüchtiger Mann und versteht sein Geschäft. Aber er ist nicht der Baron von Strauch. Er ist nur ein Stellvertreter, und man munkelt an der Börse, dass er ein bedenkliches Naheverhältnis zu Leopold von Wertheimstein, dem Vizedirektor der Kreditanstalt, hat. Wie du weißt, sind das Bankhaus Strauch und das Bankhaus Rothschild sowie die zum Rothschild'schen Finanzimperium gehörende Kreditanstalt seit jeher Konkurrenten. Denen wäre es doch am liebsten, wenn die Strauch'sche Bank für immer verschwinden würde.«

Nachdem er einige Zeit geschwiegen und Liebtraud nicht gewusst hatte, was sie ihrem Vater antworten sollte, fuhr der alte Herr fort:

»An der Börse herrscht im Moment große Unruhe. Keiner weiß, wie es weitergehen wird. Ein Zeichen für die allgemeine Verunsicherung und das schwindende Vertrauen in die an der Börse notierten Effekten ist die Tatsache, dass die Kreditanstalt im Laufe der letzten Woche Effekten im Wert von zwanzig Millionen Gulden abgestoßen hat. Die haben die Börse richtiggehend geflutet mit den in ihrem Besitz befindlichen Papieren.«

»Waren auch Effekten unserer Bank dabei?«

»Noch nicht. Aber das kann jederzeit passieren. Und wenn sich der Kreditanstalt andere Effektenbesitzer anschließen, na, dann gute Nacht.«

Liebtraud war sprachlos gewesen. Seitdem nagten unzählige Fragen in ihr. All das regte sie furchtbar auf, und deshalb lief sie wie ein aufgescheuchtes Huhn in Ernstls Salon auf und ab. Sie hielt erst inne, als die Türglocke erklang, die Wohnungstür geöffnet wurde und sie Josefs Stimme vernahm:

»Guten Abend, gnädiger Herr. Ich möchte Sie darauf aufmerksam machen, dass Sie Besuch haben. Sie werden im Salon erwartet.«

Augenblicke später wurde die Tür geöffnet und der Ernstl trat ein. Seine vorerst abweisende Miene änderte sich augenblicklich zu einem charmanten Lächeln. Mit ausgebreiteten Armen ging er auf Liebtraud zu. Im letzten Augenblick beherrschte er sich und nahm sie nicht in die Arme, sondern hauchte einen Kuss auf ihr Handgelenk.

»Liebtraud, meine Verehrte! Wie schön, Sie hier zu sehen!«

Und zu seinem Kammerdiener, der hinter ihm in der Tür stand, sagte er:

»Geh, Josef, sind S' so gut und geben S' uns was zum Trinken. Liebtraud, was halten Sie davon, wenn wir ein Schluckerl Port miteinander trinken?«

Sie nickte zustimmend, und Josef begab sich zur Bar, wo er zwei Gläser Portwein einschenkte. Auf einem silbernen Tablett reichte er zuerst Liebtraud und dann Ernst Xaver Huber ein Glas.

»Wunderbar, Josef. Danke. Sie können sich jetzt zurückziehen.«

Trotz ihrer Sorgen musste Liebtraud lächeln, als Huber in dem Moment, in dem sie alleine waren, ihre Hand ergriff, sie zu sich zog und ihr einen Kuss auf die Lippen gab. Liebtraud erschauerte und schmiegte sich an ihn.

»Das ist eine Freude, dass du mich besuchst. Weißt, heute war ein wirklich beschwerlicher Tag, aber dein Überraschungsbesuch macht das alles wett.«

Huber löste sich von Liebtraud und ließ sich entspannt in einem der Fauteuils nieder, wo er sein Glas auf einen Zug leerte. Liebtraud war zu aufgeregt, um ebenfalls Platz zu nehmen. Sie begann neuerlich auf und ab zu gehen und schilderte das, was sie gestern von ihrem Vater erfahren hatte. Huber stand auf und schenkte sich Portwein nach. Er nahm wieder Platz, genoss einen weiteren Schluck und sagte schließlich:

»Das ist grundsätzlich alles richtig, was dein Herr Papa gesagt hat. Aber: Schließlich bin ich ja da, um das Schlimmste zu verhindern.«

»Und was gedenkst du zu tun?«

»Nun, ich möchte dich nicht mit geschäftlichen Details langweilen. Aber eine meiner Maßnahmen ist, dass ich in den letzten Wochen mit dem Herrn von Wertheimstein eine solide Gesprächs- und Vertrauensbasis aufgebaut habe. Wie du dir vielleicht vorstellen kannst, ist der Baron Rothschild ausgesprochen zornig, dass Heinrich und ich ihm die Lizenz für die Orient Bahnlinie vor der Nase weggeschnappt haben. Damit dieser Zorn nicht eskaliert, habe ich in den letzten Tagen viel Zeit investiert, um Wertheimstein und Rothschild zu besänftigen. Ich gebe mein Bestes. Also mach dir bitte keine Sorgen und trink endlich einen Schluck. Komm, lass uns diesen wunderbaren Portwein genießen!«

Liebtraud folgte Ernstls Aufforderung. Der dunkelrote Port rann wie Öl ihre Kehle hinunter, und sie spürte, wie sich eine wunderbare Wärme in ihrem Magen ausbreitete. Ein wohliger Schauer übermannte sie. Und plötzlich verspürte sie das ungezogene Verlangen, sich augenblicklich auf Ernstls Schoß zu setzen. Diese Idee war insofern sehr verlockend, da sie einen Rock aus sehr dünnem Stoff trug und darunter – wie immer, wenn sie den Ernstl besuchte –, sans culotte war.

⁓⊛⁓

»Es sind nur mehr drei Tage bis zur Eröffnung der Weltausstellung. Und nichts ist fertig!«

Heinrich von Strauch hob verzweifelt die Hände. Er war von Generaldirektor Schwarz-Senborn eingeladen worden, ihn auf dem Weltausstellungsgelände zu besuchen. Da Heinrich diesen Termin keinesfalls alleine wahrnehmen wollte, hatte er Ernst Xaver Huber dazu verdonnert mitzukommen. Sie waren schon etwas früher angekommen und spazierten ein bisschen über das gewaltige Gelände. Was sie hier sahen, hatte sie empört. Doch Wilhelm von Schwarz-Senborn blieb gelassen und replizierte lächelnd:

»Mein lieber Heinrich, das ist doch alles kein Problem.«

Heinrich von Strauch war fassungslos und schnappte nach Luft. Ernst Xaver Huber räusperte sich und berichtete mit kühler Stimme, was sie zuvor am Ausstellungsgelände beobachtet hatten:

»Im Inneren des Industriepalastes stolpert man über Bretter und Balken. Man hört allerorts Sägen und Hämmern. An den Wänden stehen Baugerüste, von den Decken hängen unzählige Seile herab. Von der eigentlichen Ausstellung und den Ausstellungsobjekten ist weit und breit nichts zu sehen, in der Rotunde wird zurzeit der Fußboden verlegt, die Stahlpfeiler werden mit Jute überzogen. Ganz extrem ist die Lage im Pavillon der Kunst. Da brennen auf Gerüsten, die entlang der Innenwände aufgestellt sind, Tag und Nacht Kohlenfeuer in Eisenöfen, die ununterbrochen von jungen Soldaten beheizt werden. Und das alles, um die frisch angeworfenen Mauern zu trocknen. Ich habe mich umgehört und mit einigen Künstlern gesprochen. Sie trauen dieser gewaltsamen Trockenlegungsaktion nicht und überlegen, die Rückwände ihrer kostbaren Leinwände mit Staniol zu überziehen. Das alles wird niemals – niemals! – in drei Tagen fertig sein.«

Freiherr von Schwarz-Senborn hob begütigend die Hände und kalmierte:

»Meine Herren, ich bitte Sie. Sehr geehrter Herr Dr. Huber, mein lieber Heinrich, ihr seht das alles vollkommen falsch. Wir haben noch jede Menge Zeit bis zur Eröffnung am 1. Mai.«

»Aber Wilhelm! Wir schreiben heute den 27. April. Es sind nur noch drei Tage bis zur Eröffnung.«

»Lieber Heinrich, ich muss dir da ganz energisch widersprechen. Wir haben drei Tage und drei Nächte. Da wir Tag und Nacht durcharbeiten, sind das in Summe sechs normale Arbeitstage. Du siehst, es gibt keinen Grund, die Nerven wegzuschmeißen.«

»Und wie wollt ihr die Nacht zum Tag machen? In der Nacht ist es finster wie im Hintern einer schwarzen Katze!«

»Heinrich, ich bitte dich! Wir haben Tausende Pechfackeln sowie bengalische Feuer im Einsatz, mit denen wir die Nacht zum Tag machen.«

Ernst Xaver Huber lehnte sich in seinem Stuhl zurück und antwortete trocken:

»Das kostet ein Vermögen.«

Ein strahlendes Lächeln breitete sich auf Schwarz-Senborns Gesicht aus.

»Und genau deshalb sitzen wir jetzt hier beisammen.«

Heinrich von Strauch bekam ein beklemmendes Gefühl in der Brust. Er sprang auf, murmelte ein »Entschuldigt mich« und verließ Schwarz-Senborns Bureau. Er hatte das Gefühl zu explodieren, dass es ihn in tausend Stücke zerreiße.

Draußen an der frischen Luft öffnete er sich den Hemdkragen und knöpfte sein Gilet auf. Er brauchte Luft! Heinrich von Strauch war schweißgebadet. Mit zitternden Händen zückte er sein Taschentuch und wischte sich Stirn und Nacken ab. Er wünschte sich nur eines: davonzulaufen. Fort! So weit wie möglich weg von hier! Tief durchatmend und mit beiden Händen am Taschentuch zerrend, rang er um Fassung. Er hatte es befürchtet, dass Schwarz-Senborn ihn neuerlich um Geld bitten würde. Dabei war seine Bank eh schon viel zu sehr in diesen Weltausstellungswahnsinn involviert. Eigentlich wollte er dem Generaldirektor keinen einzigen Kreuzer mehr borgen. Heinrich von Strauch atmete tief durch, rückte seinen verschwitzten Hemdkragen zurecht, zog den Knopf der Krawatte fest und knöpfte sich das Gilet zu. Neuerlich durchatmend, traf er die Entscheidung, einen Schlussstrich zu ziehen. Nein, ab sofort würde er dem Wilhelm keinen nebbichen Gulden mehr borgen.

Mit ruhigem, sicherem Schritt ging er zurück in Schwarz-Senborns Bureau. Als er eintrat, blickten ihn die beiden Herren mit ernsten Mienen an. Schwarz-Senborn fragte besorgt:

»Mein lieber Heinrich, ist dir nicht gut? Darf ich dir vielleicht etwas zum Trinken anbieten? Ein Glas Wasser oder ein Schnapserl? Ich hätt' da einen feinen Malt Whisky.«

Bevor er zu antworten vermochte, sagte Ernst Xaver Huber in ruhigem Ton:

»Heinrich, mach dir keine Sorgen. Es ist alles gut. Während du draußen warst, haben wir die Angelegenheit geregelt. Wir werden der Weltausstellungsgesellschaft einen letztmaligen Kredit in der Höhe von zweihundertfünfzigtausend Gulden einräumen. Damit wird alles fertiggestellt, und wir bekommen stattliche neun Prozent Zinsen per anno. Das ist doch wunderbar.«

Er klopfte Heinrich amikal auf die Schulter und sagte:

»Na, freust du dich denn nicht?«

Mai

Eins – zwei – drei – vier – fünf. Die Turmuhr der nahen Michaelerkirche hatte fünfmal geschlagen, und er musste aus den Federn. Obwohl sich sein ganzer Körper dagegen sträubte, setzte er sich auf und ließ die Füße auf den eiskalten Fußboden platschen. Einige Augenblicke blieb er sitzen und starrte seine Füße an. Hässlich waren sie. Alt und hässlich. Mit dem Nagelpilz auf dem rechten großen Zeh, den Rötungen und Hühneraugen und der dicken Schicht weißer Hornhaut an den Rändern. Ein Leben lang hatten sie ihn getragen, wenn es hieß:

»Jean hier … Jean da … Jean, kommen S' doch rasch … Jean, helfen S' mir … Jean, besorgen Sie das … Jean, beeilen Sie sich … Jean, wo stecken Sie denn? Jean! Jean! Jean!«

Er holte tief Luft und stemmte sich von der Bettkante hoch. Auf wackeligen Beinen ging er zum Kastl, das sich im Eck befand und auf dem die Petroleumlampe stand. Im Dunkeln tasteten seine Finger nach den Schwefelhölzern. Er zündete den Docht der Petroleumlampe an. Die Flamme flackerte auf, er setzte vorsichtig den Glaszylinder auf den unteren Lampenteil. Ja, das war schon gut so, dass er abends immer den Glaszylinder abnahm, sodass er in der Früh leichter den Docht anzünden konnte. Mit der Lampe in der Hand verließ er die kleine Dachkammer und schlurfte zum Etagen-WC. Diese wassergespülten Aborte waren eine große Erleichterung. Früher musste er am Morgen sämtliche Nachttöpfe im Haus ausleeren. Eine unappetitliche, mühevolle Arbeit. Nachdem er sich erleichtert hatte, holte er aus seiner Kammer den Wasserkrug, mit dem er Waschwasser von der Bassena holte. Auch das war viel besser als früher. Da hatte er Wasser aus der Küche holen müssen. Die technischen Neuerungen, die der Jüngel im Palais hatte vornehmen lassen, waren durchaus zu begrüßen. Trotzdem war ihm dieses Haus zuwider geworden. Denn es war nun das Haus des Jüngels, des depperten Gschrappn*. So hatte der alte Herr Baron des Öfteren im Zorn seinen Sohn genannt. Seinen nunmehrigen Herrn so zu bezeichnen, stand ihm als Domestiken nicht zu. Aber Jüngel durfte er ihn in seinen Gedanken schon nennen. Das war zwar abwertend, aber nicht beleidigend. Im Grunde sollte er dem Jüngel dankbar sein, dass er ihn nach dem Tod des Herrn Barons nicht abgefunden und fortgeschickt hatte. Das wäre fatal gewesen. Er hatte zwar einen Notgroschen gespart, doch bei der grassierenden Teuerung wäre er trotz der hohen Verzinsung nicht lange damit ausgekommen. Außerdem hätte er sich ein Dach über dem Kopf suchen müssen. Ein schrecklicher Gedanke. Allein in irgendeinem Loch in der Vorstadt zu hausen. Wo er doch seit Jahrzehnten in diesem Palais in der Inneren Stadt wohnte. Als Page war er einst zu dem Herrn Baron gekommen, später wurde er dann dessen Kammerdiener. Nun diente er dem Jüngel als Majordomus. Das und so manch anderes ging ihm durch den Kopf, als er sich am Waschtisch säuberte, seine Livree ausbürstete und sodann mehrmals laut gähnend in sie hineinschlüpfte. Heute war ein großer Tag. Denn heute, am 1. Mai, wurde die Wiener Weltausstellung eröffnet. Der Jüngel, der wieder einmal im Palais übernachtet hatte, war einer der geladenen Gäste. Und er würde bei der Eröffnungsfeier gemeinsam mit seiner Frau Gemahlin erscheinen. Das hieß, dass es viel zu tun

---

* Kind

gab. Mit der rechten Hand fuhr er mehrmals über seinen kahlen Schädel, um einige Härchen, die keck in die Höhe standen, zu bändigen. Anschließend warf er einen prüfenden Blick in den Spiegel oberhalb des Waschtisches. Was er sah, war korrekt, gefiel ihm aber nicht. Alt bin ich. Alt und hässlich. Irgendwann wird mich der Jüngel durch einen jungen Kerl ersetzen. Dagegen galt es anzukämpfen. Mit Sorgfalt, Gewissenhaftigkeit und Umsicht bei allem, was er tat. Denn eines hatte er mittlerweile verinnerlicht: Der Jüngel war ein extrem bequemer Mensch. Deshalb hieß es, ihm größtmögliche Annehmlichkeiten zu bieten. Das beinhaltete unter anderem, dass er den restlichen Bediensteten kräftig in den Arsch zu treten hatte. Er atmete tief ein, schloss die Tür seiner Kammer hinter sich, schritt zu den Türen der Nachbarkammern, riss sie auf und brüllte:

»Aufstehen! Viertel sechs is es! Auf, es faules Pack! Heut' is ein großer Tag! In zehn Minuten seid's alle unten in der Kuchl.«

Ohne die Dienstmädeln und Hausknechte eines weiteren Blickes zu würdigen, drehte er sich um und trampelte, sodass es bei jedem Schritt krachte, die hölzerne Dienstbotentreppe hinunter in den dritten Stock des Palais. Hier waren die Kinder des Jüngels, die Gouvernante sowie die Zofe der gnädigen Frau untergebracht. Leise öffnete er die Tür der Kammer, in der die Zofe schlief, und sagte in grantigem Ton:

»Franzi, aufstehen! Es ist viertel sechs.«

Danach schritt er zum Zimmer der Gouvernante, klopfte an, öffnete leise die Tür, durchschritt das Zimmer und zog die Vorhänge zurück, sodass fahles Morgenlicht ins Zimmer fiel. Hedwig Burger brummte verschlafen und zog sich den Polster über den Kopf. Leise verließ er den Raum und stieg die Dienstbotentreppe hinunter in den Küchentrakt im Erdgeschoss. Er betrat die geräumige Küche und schaltete das Gaslicht ein. Ja, auch das war so eine neumodische Sache, die allerhand Scherereien und Arbeit ersparte. Mit Schaudern erinnerte er sich an die Öllampen, die ständig nachgefüllt und geputzt werden mussten. Diese Zeiten waren Gott sei Dank vorbei. Er öffnete die Tür, die zum Kammerl der Köchin und des Küchenmädels führte.

»Madeln, guten Morgen. Steht's auf und stellt's den Kaffee hin.«

Daraufhin schnappte er den Holzkorb, holte aus dem im Keller befindlichen Holzlager mächtige Buchenscheiter und entfachte im großen, gemauerten Küchenherd Feuer. Nun kam die Köchin, in einen dicken Morgenmantel gehüllt, in die Küche. Sie ging zum Herd. Immer noch verschlafen warf sie einen Blick aufs Feuer und streichelte dann über seinen Buckel.

»Guten Morgen, Jean.«

Und obwohl ihm der Grant in allen Knochen steckte, brummte er so freundlich, wie es nur irgendwie ging:

»Guten Morgen, meine Liebe.«

⁓⊛⁓

Warum hielten sie an? Was war da vorne los? Die Equipage, die Heinrich zur Feier des Tages anspannen hatte lassen, konnte nicht weiterfahren. Neugierig starrte Liebtraud zum Fenster hinaus und sah, dass vor ihnen ein Fiakergespann von einem dicken, in einen Frack und eleganten Überzieher gekleideten Mann aufgehalten worden war. Der Dicke argumentierte lautstark:

»Was heißt, Sie sind net frei? So a Blödsinn! Das gibt's ja net! Sie fahren leer durch die Stadt.«

»I bin bestellt.«

Diesen Einwand ließ der potenzielle Fahrgast nicht gelten. Resolut replizierte er:

»Machen S' keine Umstände. Ich zahl', was Sie verlangen.«

Nun sah Liebtraud, wie sich der Fiaker zu dem Mann vorbeugte und ihn taxierte. Dann schüttelte er bedauernd den Kopf, doch der andere ließ nicht locker:

»Wie viel? Wie viel zum Kuckuck?«

»Würden Euer Gnaden dreißig Gulden für den Tag zahlen?«

»Das ist happig, sehr happig. Aber heut' zahl ich's.«

Der Fiaker seufzte und machte eine resignierende Handbewegung:

»Von mir aus. Steigen S' ein.«

Als sich der Fiaker endlich in Bewegung setzte, atmete Liebtraud erleichtert auf. Sie hatte sich beengt, ja fast eingesperrt gefühlt. Erleichtert sank sie in die Lederpolsterung zurück. Ihr Blick streifte ihren Gatten. Der war, so wie meist in ihrer Gegenwart, geistig abwesend. Mit einem verträumten Blick sah er beim Fenster hinaus und zeigte ihr seine Schulter. Herrgott im Himmel! Was hatte sie ihm getan, dass er sie so überhaupt nicht beachtete? Gut, es war damals zwischen ihnen keine Liebesheirat gewesen, aber seine geistige und oftmals auch körperliche Abwesenheit machte ihre Ehe zur Farce. In den ersten Jahren ihres Zusammenlebens hatte sie sich alle möglichen Strategien des Verwöhnens und Verzärtelns ausgedacht, doch Heinrich hatte stets Distanz bewahrt. Hin und wieder war er ihren weiblichen Reizen und ihren Bemühungen erlegen. Doch sobald er sich in ihr ergossen hatte, hatte er stets das eheliche Schlafgemach verlassen und – sie konnte es nicht anders bezeichnen – die Flucht ergriffen.

Ein Eisblock. Wie ein Eisblock saß er neben ihr. Dabei hätte sie sich doch so gerne an ihn gekuschelt.

Als sie aus den engen Gassen der Innenstadt in den Franz-Josefs-Quai einbogen, wurde der Verkehr plötzlich dichter und kam wenige Minuten später zum ersten Mal ins Stocken, als sie den Donaukanal bei der Ferdinandsbrücke überquerten. Im Schritttempo ging es schließlich weiter in die Praterstraße, die rechts und links von Sicherheitswachebeamten in Paradeuniform gesäumt war. Ihre Aufgabe war es, einerseits das zahlreiche, gaffende Volk von der Praterstraße fernzuhalten und andererseits den endlosen Konvoi von Kutschen in geordnete Bahnen zu lenken. Frech ausscheren und einfach an den anderen vorbeifahren, war heute nicht möglich. Die Wagenkolonne war so dicht gedrängt, dass es immer wieder geschah, dass die Nasen der Pferde an die Rückwand einer davorstehenden Kutsche anstießen. Wieder überkam Liebtraud das unangenehme Gefühl, eingesperrt zu sein. Am liebsten wäre sie ausgestiegen und zu Fuß das Stück zum Weltausstellungsgelände gegangen. Allein das kühle und unfreundliche Wetter hielt sie davon ab.

All das schien Heinrich in keiner Weise zu tangieren. Völlig entrückt starrte er aus dem Fenster. Weiß der Teufel, was ihm gerade durch den Kopf ging. Wahrscheinlich war es sowieso das Gescheiteste, sich nicht aufzuregen, sich zu entspannen und ins Narrenkastl* zu schauen. Liebtraud rutschte herum, streckte die Beine aus, fand schließlich eine einigermaßen bequeme Sitzposition und begann ihre Gedanken schweifen zu lassen. Sie dachte an die Villa in Mauer, in der sie seit Jahren die Sommerfrische verbrachten. Sie liebte diese Gegend und das Anwesen. Oft, wenn sie einsam im Stadtpalais saß und auf Heinrich wartete, wünschte sie sich, dort draußen zu sein, wo sie ausgedehnte Spaziergänge in den nahen Maurerwald und durch die Weingärten des Kroiss- und des Kadoltsberges machen konnte. Von solchen Ausflügen zurückgekehrt, labte sie sich dann immer an frischem Brunnenwasser sowie an dem einen oder anderen Schluck Wein, den das alte Hausmeisterehepaar in Doppelliterflaschen zur Hand hatte.

Ihr Blick starrte hinaus auf die dichte Menschenmenge, die gaffend entlang der Praterstraße stand, um die so noch nie da gewesene Auffahrt an Wagen zu bestaunen. Angeblich gab es derzeit eintausendfünfhundert Fiaker, eintausendzweihundert Einspänner sowie tausend Privatequipagen in Wien. Das hatte ihr Jean zu Wochenbeginn verraten, als er ihr vom Strike** der Wiener Kutscher erzählt hatte, die mit ihrer Arbeitsniederlegung eine offizielle Erhöhung der Fahrtaxe erreichen wollten. Auf ihre Frage, ob die Kutscher das denn dürften, hatte Jean mit den Achseln gezuckt und lakonisch geantwortet:

---
* sich geistig ausklinken
** Die englische Schreibweise war damals üblich. Auch deshalb, weil es in Wien zahlreiche Briten als Gastarbeiter gab.

»Lang halten s's eh net durch. Bald werden s' wieder auf ihre Kutschböcke klettern.«

Und tatsächlich: Nach zweieinhalb Tagen waren die Kutscher Wiens aus ihren Schmollwinkeln hervorgekrochen und hatten den Fahrbetrieb wieder aufgenommen. Nicht ohne eine Mischung aus Hochmut und Großherzigkeit zur Schau zu stellen, welche die Fahrgäste, reuigen Sündern gleich, dankbar und unterwürfig zur Kenntnis nahmen. Heute waren die Kutscher die Herren der Stadt, denn alle verfügbaren Fuhrwerke rollten zur Eröffnung der Weltausstellung, an Strike dachte niemand mehr. Leider, sonst würden wir wahrscheinlich schneller weiterkommen, schmollte Liebtraud.

―

Als sie schließlich um halb zwölf beim Haupteingang der Weltausstellung angekommen und aus der Kutsche ausgestiegen waren, fiel Heinrich von Strauch als Erstes eine Straßenwalzmaschine auf, die vor dem Zaun des Ausstellungsgeländes dampfend und schnaufend hin und her fuhr. Er und Liebtraud reihten sich in die Kolonne der festlich gekleideten Gäste ein, und während sie sich langsam in Richtung Haupteingang bewegten, kamen ihnen unentwegt müde Arbeiter entgegen, die offensichtlich die Nacht durchgearbeitet hatten. Wer genau hinsah, bemerkte, dass an zahlreichen Pavillons sowie entlang der sie verbindenden Wege überall noch gearbeitet wurde. Auch auf dem Dach der Rotunde, in der die Eröffnungsfeierlichkeiten stattfinden sollten, kletterten Arbeiter herum. Sie bauten gerade die letzten Gerüstteile ab.

Einige befestigten Flaggen der teilnehmenden Nationen, die im Wind lebhaft knatterten. Dass heute Nacht durchgearbeitet worden war, hatte den Baron Schwarz-Senborn sicher wieder Tausende Gulden gekostet. Heinrich von Strauch runzelte die Stirn. Dass sein Bankhaus diesen Irrsinn zu einem guten Teil mitfinanzierte und obendrein Aktionär der Weltausstellungsgesellschaft war, bereitete ihm großes Unbehagen. Was ursprünglich ein glänzendes Geschäft zu werden versprach, hatte nun den fatalen Beigeschmack einer waghalsigen Spekulation. Alleine die zahlreichen zusätzlichen Kredite, die Generaldirektor Schwarz-Senborn in den letzten Wochen aufgenommen hatte, um die rechtzeitige Fertigstellung gewährleisten zu können, würden die Gewinne der Gesellschaft massiv drücken. Heinrich beschloss, die Aktien der Weltausstellungsgesellschaft zu verkaufen.

Mit seiner Frau, dem ungeliebten Anhängsel, am Arm spazierte er hocherhobenen Hauptes auf die Rotunde zu. Überall sah er Unfertiges, allerorts wurde noch gesägt, geschraubt, gezimmert und dekoriert. Sechs Millionen Gulden hätte die Weltausstellung kosten sollen, mittlerweile waren die Ausgaben auf mehr als das Doppelte angeschwollen. Und ein Ende war nicht abzusehen. Heinrich trat durch das einem Triumphbogen nachempfundene Hauptportal in die Rotunde ein und war beeindruckt. Liebtraud entfuhr ein staunendes »Oh!«. Der größte Kuppelbau der Welt hatte einen Durchmesser von hundertacht und eine Höhe von vierundachtzig Metern. Ein Monument des Wiener Gründungs- und Börsenzeitalters, ein Manifest der wirtschaftlichen Prosperität Österreich-Ungarns. In dem einer Kathedrale ähnlichen

Raum gab es nur wenige, dafür aber äußerst erlesene Ausstellungsstücke. Wie zum Beispiel eine Kolossalstatue der Helvetia oder einen riesigen Löwen aus Bronzeguss, der von zahlreichen kleineren Bronzeskulpturen umgeben war. Erzeugnisse der berühmten Pariser Erzgießerei Thiébaut. Dem Haupteingang gegenüber befand sich eine mit Teppichen belegte Estrade, die von Säulen und exotischen Sträuchern umgeben war. Die Rückwand bildete eine Draperie aus Goldbrokat. Sechs Reihen von weißen, mit rotem Samt tapezierten Stühlen waren hier für die allerhöchsten Gäste aufgestellt. Rundum in dem ungeheuren Kreis der Rotunde standen in Sektoren unterteilt über achttausend Stühle. Viele von ihnen waren bereits besetzt. Die Galerie, die das Parkett umgab, war ebenfalls schon sehr gut befüllt, und auch auf der obersten Galerie drängten sich unzählige Menschen, die von unten betrachtet klein wie Pygmäen aussahen. Und trotzdem: Heinrich empfand massives Unwohlsein. Noch heute Nachmittag, gleich nach dem Ende der Eröffnungsfeier, würde er dem Ernstl den Auftrag geben, morgen ab Börsenbeginn Aktien der Weltausstellungsgesellschaft zu verkaufen. Nicht große Kontingente, das würde zu einem rapiden Preisverfall führen, sondern peu à peu. Vorsichtig und mit Gefühl, sodass der Kurs der Aktie nicht in den Keller rasselte.

Ein in einen Frack gekleideter und mit einem weißgoldenen Stab ausgestatteter Ordner trat auf das Ehepaar Strauch zu. Heinrich reichte ihm die Einladungsbillets. Als der Mann sah, dass sich einer der Ehrengäste vor ihm befand, verbeugte er sich tief. Dann rief er einen weiteren Ordner herbei und übergab ihm Liebtrauds Billet. Während Heinrich einen Platz inmitten der Honoratioren vorne im Parkett zugewiesen bekam, wurde Liebtraud zu einem Platz weiter hinten geführt, wo sie inmitten der Begleiterinnen der anderen Honoratioren saß. Heinrich sah eine Menge bekannte Gesichter. Höflich nickend grüßte er rundum, mit Antal Graf Szécsen, Baron Sennyey und Achaz von Beöthy, die zur Feier des Tages die ungarische Magnatentracht trugen, wechselte er ein paar Worte. Kunden, die seit Jahrzehnten seinem Bankhaus die Treue hielten, galt es zu pflegen.

Heinrich nahm Platz und ließ seinen Blick kreisen. Fasziniert betrachtete er die Riesenbäume, die man in die Mitte der Kuppel gestellt hatte, sowie die kunstvollen Verzierungen, die das Kuppelinnere und die Wände des Monumentalbaus zierten. Sein Blick wanderte über die hinteren Parkettreihen, wo er Liebtraud mit großen staunenden Augen sitzen sah. Heinrich seufzte und sah nun zur Galerie empor. Augenblicklich hellte sich seine Miene auf. Denn er erblickte ein Dekolleté, das ihm bekannt, um nicht zu sagen, vertraut vorkam. Was sich da frech und zum Teil unverhüllt über die Brüstung der Galerie wölbte, war Friederike Meyenburgs Busen. Ein angenehmer Schauer überrieselte ihn, und plötzlich blickte die Schauspielerin zu ihm hinunter. Als sie seine anhimmelnden Blicke wahrnahm, lächelte sie maliziös und zwinkerte ihm zu. Heinrich nickte kurz und sah dann weg. Mein Gott, was für ein Weib! Er lehnte sich zurück, schloss die Augen und gab sich seinen Erinnerungen hin. Eingehüllt in einen erotischen Tagtraum ignorierte er den von Fanfaren und Musik begleiteten Einzug der allerhöchsten Gäste. Das Defilee, das vom Kaiser und der deutschen Kronprinzessin angeführt wurde, nahm er wie in Trance wahr. Und während Kaiserin Sisi, die vom deutschen Kronprinzen begleitet wurde, der Prinz von Wales, der Kronprinz von Dänemark, Prinz Arthur von England, der Großherzog von Oldenburg, der Graf von Flandern sowie die zahlreichen Habsburger Erzherzöge und Erzherzoginnen vorbeidefilierten, sah er Friederikes alabasterweißes Fleisch in seiner ganzen üppigen Pracht vor seinem geistigen Auge wogen. Auch als der Schutzherr der Weltausstellung, Erzherzog Karl Ludwig, die Eröffnungsrede hielt, schwelgte er weiter in den angenehmsten erotischen Erinnerungen. Von der Rede war sowieso nichts zu verstehen, da der Erzherzog eine schwache Stimme hatte. Erst als der Kaiser mit lauter und fester Stimme sprach, wurde Heinrich aus seiner Traumwelt gerissen. Die folgenden Redner, Fürst Auersperg und der Wiener Bürgermeister Felder, sprachen wieder so leise und unartikuliert, dass Heinrich mehrmals gähnen musste. Das von Johann Strauß dirigierte Orchester stimmte nach der letzten Rede eine Kantate an, worauf sich die allerhöchsten Herrschaften erhoben, angeführt vom Kaiser die Estrade verließen und sich auf einen Rundgang durch die Galerie begaben. Das führte dazu, dass viele Besucher aufstanden, umhergingen und Bekannte und Freunde begrüßten. Allerorten setzte eine muntere Konversation ein. Heinrich stand ebenfalls auf und folgte dem Tross der allerhöchsten Herrschaften hinauf zur Galerie. Dabei vermied er es, Liebtraud sowie den anderen Damen der gehobenen Gesellschaft zu nahe zu kommen. Geschickt wich er ihnen allen aus, erklomm die Stufen zur Galerie und zwängte sich ungeduldig durch die Menschenmenge hindurch. Er drängte vorwärts in die Richtung, wo er Friederike Meyenburg sitzen gesehen hatte. Als er dort endlich angelangt war, war seine Enttäuschung groß. Ihr Platz war leer. Hektisch sah er sich um, ging hierhin und dorthin, doch von der Meyenburg war nichts zu sehen. Er resignierte schließlich, und da er völlig verschwitzt war, beschloss er, sich ein wenig zu laben. Und so spazierte er in die nächstgelegene Ausstellungsrestauration, wo er ein Krügel* Bier orderte. Selbiges trank er an einem Stehtisch inmitten zahlreicher anderer durstiger Gäste. Er staunte nicht schlecht, als er für das Krügel fünfundzwanzig Kreuzer berappen musste. Was für eine Wurzerei*, dachte er. Und als er die Speisekarte durchsah, pfiff er leise durch die Zähne, da war unter anderem ein einfaches Gulasch um sage und schreibe fünfundvierzig Kreuzer angeschrieben. Aus dem Studium der Speisekarte wurde er jäh herausgerissen, als ihm jemand auf die Zehen trat. Verärgert sah er auf und blickte in das frech lächelnde Gesicht der Meyenburg.

»Ich bitte vielmals um Entschuldigung, mein Herr, dass ich Ihnen auf die Zehen gestiegen bin. Es tut mir außerordentlich leid.«

Heinrich verbeugte sich galant und erwiderte:

»Keine Ursache, gnädiges Fräulein. Das kann schon vorkommen. Apropos kommen: Wo wollten S' denn so gach** hinlaufen?«

»Mein Herr, mich dürstet.«

»Darf ich Sie auf ein Glaserl Champagner einladen?«

---

* Wucher
** schnell

»Nur wenn S' mit mir anstoßen.«

Heinrich nickte und bestellte beim Ober zwei Gläser Champagner. Die Meyenburg stellte sich neben ihn an den Tisch und drückte ihre Hüfte an die seine. Heinrich stieg das Blut nicht nur in den Kopf. Als die Champagnergläser serviert worden waren, stießen sie an. Heinrich nahm einen winzigen Schluck, die Meyenburg hingegen leerte ihr Glas in einem Zug. Heinrich starrte dabei auf ihren Hals und ihren Busen und flüsterte mit heiserer Stimme:

»Heute um fünf beim Demel?«

Friederike stellte ihr Glas energisch ab, trat ihm noch einmal, aber diesmal ausgesprochen zart auf die Zehen, flötete: »Ich dank recht schön, mein Herr. Bis demnächst …«, und tauchte im Gedränge unter.

― ⚘ ―

Beim hektischen Laufen zu ihrer Equipage waren sie im strömenden Regen patschnass geworden. Aber statt sie in seine Arme zu nehmen und vielleicht mit seinem Mouchoir ihr die Regentropfen vom Antlitz zu tupfen, saß er in sich versunken im anderen Eck der Kutsche. Regungslos starrte er hinaus ins Unwetter. Und so kramte Liebtraud in ihrem Handtäschchen, zog ein Taschentuch heraus und trocknete sich selbst das Gesicht ab. Dicke Tropfen klatschten an die Scheibe der Kutsche und rannen schräg nach hinten. Ein schreckliches Unwetter. Ein schrecklicher Tag.

»Ich werde daheim Tee aufstellen lassen.«

»Wenn du magst.«

»Trinkst du mit mir eine Schale? Jean kann im Salon den Kamin anheizen. Mir ist kalt.«

»Ich bin anderweitig beschäftigt.«

Er sah sie weiterhin nicht an, sondern starrte in die vom Unwetter gepeinigte Stadt hinaus. Kurz bevor sie daheim anlangten, rief er dem Kutscher zu, dass er anhalten solle. Er sprang aus der Equipage, murmelte »Adieu« und verschwand im stürmischen Grau des Regens.

꧁꧂

Der arme Einzi! Gestern hatte er doch glatt nicht zu ihr kommen können, weil da die Weltausstellung eröffnet worden war. Und da hatte der Einzi als eine der wichtigsten Persönlichkeiten der Stadt ja dabei sein müssen. Toni Kotcheva verstand das. Schließlich war sie nicht dumm. Bei der Bildung haperte es halt ein bisserl, weil die Schule ihr nie Spaß gemacht hatte. Aber kochen konnte sie. Und das schätzte der Einzi sehr. Heute war sie schon in aller Herrgottsfrüh zum Fleischhauer in die Lange Gasse geeilt und hatte die am Vortag bestellte Fledermaus[*] abgeholt. Vorbestellen musste sie deshalb, weil so eine Fledermaus meist nur zwanzig Loth[**] wog und bei Rindfleisch-Connaisseuren sehr begehrt war. Am Ersten des jeweiligen Monats besuchte der Einzi sie immer zu Mittag. Es war mittlerweile Tradition geworden, dass sie ihm zu diesem Anlass eine Fledermaus auftischte und er ihr ein prall gefülltes Couvert über-

---
[*] Ein zartes, geschmacksintensives Fleisch, das vom Kreuzbein des Rindes ausgelöst wird.
[**] Ein österreichisches Loth betrug zu dieser Zeit 17,5 Gramm.

reichte, in dem sich die Apanage für den kommenden Monat befand. Nach dem Mittagessen verwöhnte sie ihren Einzi jenseits der Kulinarik. Dazu stimmte sie ihn schon während des Mittagessens ein. Zu diesem Behufe trug sie außer ihrem seidenen Morgenmantel nur einen Hauch von Eau de Lavende. Und während der Einzi schnabulierte, streichelte ihn Toni, die ihm immer gegenübersaß, mit dem nackten Fuß. Das Dessert genoss der Einzi dann entspannt auf dem Sofa. Ja, so mochte er das. Und sie selbst mochte das auch. Dieses erotische Souper war ein Ritual geworden, wie der Einzi bemerkte. Toni liebte das Wort Ritual. Einen Ausdruck, den sie zuvor nicht gekannt hatte, der aber nun in ihr Gedächtnis eingebrannt war. Teil dieses monatlichen Rituals war es auch, nachdem sie ein kleines gemeinsames Nickerchen gemacht hatten, in die Stadt zu spazieren und dort in einer Kaffeekonditorei Mehlspeis und Kaffee zu genießen. Im Sommer fuhren sie meist in den Prater ins erste Kaffeehaus. Dort spielten immer großartige Orchester, und dann tanzte sie mit dem Einzi den Nachmittag und den Abend durch. All das ging ihr durch den Kopf, als sie die Suppe über einem Leinentuch in eine Terrine abgoss. So ein Leinentuch war ein idealer Filter, in dem die Schwebestoffe, das Fett sowie das zerkochte Liebstöcklkraut hängen blieben. Ihre Mutter, von der sie diesen Kniff gelernt hatte, machte sich die Arbeit des Filtrierens meist nur zu hohen Festtagen. Da der Einzi die Suppe aber möglichst klar wollte, war es für Toni keine Frage, sich die Mühe mit dem Leinentuch zu machen. Es war auch keine Frage, dass sie ihrem Einzi immer neue Variationen der Fledermaus servierte. Einmal mit

Apfelkren, Schnittlauchsauce und Gerösteten, dann wieder mit Semmelkren oder so wie heute mit Cremespinat. Der blubberte frech auf dem Herd und spritzte. Gerade, als Toni ihn von der heißen Herdplatte wegzog und ihn hinüber zur Warmhaltezone des Herdes bugsierte, läutete es. Toni zuckte zusammen. Wer war das? Der Einzi läutete doch nie. Der hatte einen Schlüssel. Ob er ihn vergessen hat? Toni atmete tief durch, zupfte den Seidenmantel rund um ihr Dekolleté zurecht, sodass man den Ansatz ihrer Brüste sah, und eilte zur Wohnungstür. Ihr strahlendes Lächeln, das sie beim Öffnen der Türe hatte, verschwand augenblicklich. Vor der Tür stand ein distinguierter Fremder, der ob ihrer verführerischen Erscheinung erfreut die Augen aufriss. Instinktiv zog Toni mit ihrer Rechten den Seidenmantel vorm Dekolleté zusammen und fragte erschrocken:

»Wer san Sie? Was woll'n Sie?«

Der Fremde lachte und beschwichtigte:

»Aber, aber, Fräulein Kotcheva! Was sind S' denn so misstrauisch? Darf ich mich vorstellen?«

Der Fremde ergriff ihre Rechte und hauchte einen eleganten Handkuss über ihren Handrücken. Dabei verrutschte die Seide und enthüllte einen Teil ihres Busens. Vor Scham wäre sie am liebsten im Erdboden versunken.

»Ernst Xaver Huber mein Name. Direktor Dr. Ernst Xaver Huber. Ich bin ein Schulfreund und Geschäftspartner von Ihrem lieben Heinrich.«

Toni verhüllte neuerlich ihre Blöße und stand sprachlos in der Tür.

»Darf ich eintreten?«

Sie nickte, trat zur Seite, und Huber spazierte ins Vorzimmer, in dem es verführerisch nach Rindsuppe und Erdäpfelschmarrn roch. Toni schloss die Tür, während Huber sich neugierig umsah. Dann machte er einige Schritte in Richtung Küche, wo er sich wie selbstverständlich auf einem Küchensessel niederließ.

»Sie scheinen ja eine fantastische Köchin zu sein, mein liebes Fräulein Kotcheva.«

»Das Kochen hab i von meiner Frau Mutter g'lernt.«

»Kompliment an die Frau Mama. Das riecht ja alles ganz vorzüglich.«

»Das hab' ich fürn Einzi … fürn Heinrich gekocht.«

Huber schüttelte betrübt den Kopf, sah Toni mit einem mitleidigen Blick an und sagte:

»Das ist ein Jammer. Ein furchtbarer Jammer.«

»Um Gottes willen! Was ist denn g'schehen?«

»Der Heinrich kann leider nicht kommen. Er lässt sich in aller Form entschuldigen und bat mich, dass ich Ihnen das hier überbringen soll.«

Toni setzte sich ebenfalls, ergriff den Umschlag, den Huber ihr überreichte, öffnete ihn und zählte überschlagsmäßig die Geldscheine durch. Dann atmete sie tief durch. Der Einzi hatte sie nicht im Stich gelassen. Nun konnte sie auch die Fledermaus beim Fleischhauer bezahlen. Dort hatte sie heute früh anschreiben lassen müssen, da sie keinen einzigen Kreuzer mehr im Geldbörsl gehabt hatte. Sie seufzte vor Erleichterung und merkte nicht, dass ihr Morgenmantel seit dem hektischen Griff nach dem Couvert neuerlich verrutscht war und weiter verrutschte. Erst als sie Hubers gierigen Blick auf ihre Brüste bemerkte, sprang sie auf und rückte ihren Seidenmantel zurecht. Gleichzeitig bat sie Huber in einem recht resoluten Tonfall zu gehen.

Der ignorierte ihre Aufforderung, bedachte sie mit einem treuherzigen Dackelblick und fragte devot:

»Darf ich ein Stückerl vom Rindfleisch kosten? Und was gibt es Gutes dazu? Wenn ich mich nicht irre, duftet es nach Erdäpfelschmarrn und Spinat.«

Toni war baff. Sie stand wie angewurzelt da und beobachtete, wie Huber aufstand und sich als Häferlgucker betätigte. Und nicht nur das! Der unverschämte Mensch steckte doch glatt einen Finger in den Spinat und schleckte ihn mit Genuss ab.

»Der Spinat ist ein Gedicht. Chapeau, Fräulein Kotcheva!«

Toni resignierte. Wortlos ging sie zur Küchenkredenz, nahm einen Teller, einen Schöpflöffel sowie eine Fleischgabel und ging zum Herd. Dort fischte sie ein Stück Fledermaus aus dem Suppentopf, ließ es auf den Teller klatschen und fügte einen Schöpflöffel Erdäpfelschmarrn sowie Spinat dazu. Den solchermaßen nicht gerade liebevoll angerichteten Teller knallte sie vor Huber auf den Küchentisch.

»Messer und Gabel finden S' in der Bestecklade des Tisches. Wünsche wohl zu speisen.«

Mit diesen Worten kehrte Toni dem ungebetenen Gast den Rücken zu und verließ mitsamt dem Couvert die Küche. Sie eilte ins Schlafzimmer, wo sie sich hektisch ankleidete. Als sie zurück in die Küche kam, saß Huber mit seligem Grinsen und ausgestreckten Beinen da. Der Teller war penibel leer geputzt.

»Fräulein Kotcheva, es war grandios. Was jetzt noch

fehlen tadat*, wär' ein Schluckerl Wein oder ein Glasl Bier!«

Toni glaubte ihren Ohren nicht zu trauen. Ihre Körperhaltung versteifte sich, und sie antwortete mit honigsüßer Stimme:

»Das kann der Herr Direktor gerne haben. Im Wirtshaus, das sich im Nachbarhaus befindet.«

Hubers zufriedenes Grinsen verschwand. Er stand auf, hüstelte verlegen und begab sich zur Tür. Toni eilte voraus und öffnete sie. In der offenen Tür blieb Huber stehen, nahm ihre Rechte und zelebrierte neuerlich einen formvollendeten Handkuss. Und dann, Toni blieb die Luft weg, zückte der unverschämte Kerl sein Portemonnaie, zupfte einen Fünfguldenschein heraus und steckte ihn in den Ausschnitt ihres Kleides.

»Das ist für Sie, mein verehrtes Fräulein Kotcheva!«

Als er draußen im Stiegenhaus war, drehte er sich noch einmal um und rief:

»Falls Sie jemals finanzielle Unterstützung brauchen, stehe ich Ihnen jederzeit gerne zur Verfügung!«

Toni schloss die Tür, atmete tief durch und murmelte:

»Um alles Geld der Welt werd' i das niemals tun.«

Der Ärger über den ungebetenen Gast hatte Toni hungrig gemacht, und so verputzte sie den Rest von Fledermaus, Erdäpfelschmarrn und Spinat. Danach lehnte sie sich mit prall gefülltem Bauch zurück, sodass der Küchensessel ächzte. Von postprandialer Müdigkeit überwältigt, verharrte sie gut und gerne eine Viertelstunde lang in dieser Position. Sie starrte an die

---

* täte

gefliese Küchenwand und dachte an den Einzi. Wie lange kannte sie ihn schon? Über zwei Jahre. In diesem Zeitraum hatte er noch nie ihr Ritual versäumt. Toni seufzte. Dass er sie manchmal vergeblich warten ließ, wenn er versprochen hatte zu kommen, damit hatte sie sich abgefunden. Aber sein heutiges Fernbleiben machte sie richtig traurig. Warum war er nicht persönlich erschienen? Hatte er wirklich so viel zu tun? Toni sah verzagt beim Fenster hinaus. Sie starrte auf die Wand des Nachbarhauses, wo Sonnenstrahlen ein Spiel von Licht und Schatten auf die nackten Ziegel und Mauerritzen zauberten. Plötzlich packte sie das Verlangen hinauszugehen. Sie eilte zu ihrer Psyche* im Schlafzimmer, wo sie sich frisierte und schminkte. Danach setzte sie einen kecken Sommerhut auf, warf einen Paletot über und schnappte den zierlichen Regenschirm, den ihr der Einzi erst neulich geschenkt hatte. Man wusste ja nie. Nach dem gestrigen Sauwetter war es ratsam, für alle Wetterkapriolen gewappnet zu sein. Kapriolen! Das war auch so ein Wort, das sie vom Einzi gelernt hatte. Als sie hinaus auf die Josefstädter Straße trat, empfing sie ein strahlend schöner Tag. Beim Spaziergang in die Innere Stadt schienen ihr heute alle Menschen ein besonders sonniges Gemüt zu besitzen. Alle, auch die Weiberleut', sahen Toni freundlich an, und so schwebte sie wie auf Wolken dahin. Als sie über den Graben in Richtung Stephansdom promenierte, bemerkte sie, dass ihr ein junger Husaren-Leutnant folgte. Auf ihrem Weg entlang des Doms blieb sie immer wieder stehen und tat

---

* Mit Spiegel versehene Kommode

so, als ob sie das monumentale Bauwerk genau betrachten würde. Tatsächlich aber warf sie dem Husaren, der in seiner blauen Uniformjacke, den krapproten Reithosen und kniehohen Stiefeln einfach umwerfend aussah, immer wieder einen koketten Blick zu. Als sie am erzbischöflichen Palais vorbeigegangen war und nach einem kurzen Zögern in die Wollzeile einbog, hörte sie hinter sich ein Räuspern.

Mit erstauntem Augenaufschlag wandte sie sich um und blickte in das spitzbübisch lächelnde Gesicht des Husaren. Er tippte an seinen Tschako und sagte mit ungarischem Akzent:

»Schenes Fräulein, darf ich Sie einladen? Auf Kaffeetrinken bei Heiner?«

»Ganz schön unverschämt, Herr Leutnant. Eine Dame so auf der Straße anzusprechen …«

»Oh, Fräulein ist streng. Bezaubernd!«

Toni war sprachlos. Der Leutnant nutzte diesen Augenblick des Verblüfftseins, nahm ihre Hand und hauchte einen Kuss darauf:

»Erlaube, mich vorzustellen: Leutnant Geza von Nardasdy.«

Toni musterte ihn amüsiert, er aber ergriff ihren Arm, hängte sich bei ihr ein und steuerte sie in Richtung Konditorei Heiner. Toni ließ dies kichernd geschehen. Sie fühlte so ein merkwürdiges Prickeln. So wie damals, als sie den Einzi kennengelernt hatte.

In der Konditorei führte der Leutnant sie zu einem Ecktisch. Mit einer knappen Verbeugung und einer einladenden Handbewegung bat er Toni, Platz zu nehmen. Er setzte sich ihr gegenüber, und als sie bestellt hatten –

Toni eine Topfengolatsche* und eine Melange, der Leutnant einen Türkischen und eine Dobostorte –, ergriff er wie selbstverständlich ihre Hand.

»Schönes Fräulein, darf ich fragen nach Ihrem Namen?«

»Ich heiß' Antonia. Antonia Kotcheva.«

»Bezaubernd! Darf ich Toni sagen?«

»Sie sind ausgesprochen frech, Herr Leutnant. Wir kennen uns doch noch gar net.«

»Oh! Es kommt mir wie Ewigkeit vor. Ich hab' Sie gesehen, und mein Herz hat angefangen zu pumpern. Wie blöd hat's gepumpert. Es wollt' nur in Ihrer Nähe sein. Ganz nahe …«

Die Charmeoffensive des Husaren kam ins Stocken, als der Kaffee und die Mehlspeisen serviert wurden. Verlegen biss Toni in die Golatsche, schlürfte ihre Melange und trachtete danach, dem feschen Leutnant möglichst nicht in die Augen zu schauen. Sein links und rechts wegstehender Schnauzbart, sein schwarzbläuliches Haar, das glatt zurückgekämmt und stark pomadisiert war, die dunklen Augen sowie sein schlankes, ebenmäßig geschnittenes Gesicht machten sie ganz kribbelig. Am liebsten hätte sie ihm das Haar zerrauft, den Bart gezupft und seinen Mund geküsst. Mit roten Wangen stopfte sie die Golatsche in sich hinein und spülte mit Kaffee nach. Sie aß so schnell, dass sie vor ihm fertig war. Als sie endlich einmal aufblickte, ergriff er neuerlich ihre Hand, sah ihr in die Augen und flüsterte:

»Du wunderschöne Toni, du. Komm, lass uns bisserl spazieren gehen.«

---
* Süßes Hefe-oder Plunderteiggebäck, das mit Quark gefüllt ist

Als sie nickte, stand er auf, ging vor zur Sitzkassierin zahlen, kam zurück, reichte ihr seinen Arm und führte sie aus dem Kaffeehaus hinaus. Die Blicke der anderen Kaffeehausgäste folgten ihnen, und eine Dame murmelte bewundernd: »So a fesches Paar.«

Geza von Nardasdy führte Toni hinunter zum Donaukanal und dann über die Ferdinandsbrücke in den 2. Bezirk. Hier kannte sie sich überhaupt nicht aus, doch das war ihr völlig egal. Ihr Herz pochte, die Schläfen pulsierten, und dieses wunderbare Kribbeln wollte nicht und nicht vergehen. In diesem Zustand ließ sie sich von dem Husaren widerstandslos zu einem kleinen Hotel führen, das seine Zimmer stundenweise vermietete und das Geza von Nardasdy offensichtlich gut kannte. Als er die Hotelzimmertüre hinter sich schloss und ihr dabei kurz den Rücken zuwandte, konnte sie nicht anders, als ihm voll Übermut einen kräftigen Klaps auf den Husarenhintern zu geben. Er zuckte zusammen, drehte sich um und keuchte:

»Das hättest net tun sollen.«

Ehe Toni sich versah, hatte der Husar die rote Uniformhose sowie die Untergatte hinuntergelassen und fummelte hektisch am Lederriemen seines Degens. Mit fiebrigem Blick schleuderte er Degen und Degengehänge aufs Bett, drückte Toni den Lederriemen in die Hand, drehte sich um und beugte sich vornüber. Toni blickte auf einen nackten, stark behaarten Soldatenarsch, der vor Aufregung zuckte. Ohne lange nachzudenken, schlug sie zu. Wie die Regentropfen eines Gewitters prasselten in Folge die Hiebe auf Geza von Nardasdys Hintern. Und während sich Tonis Enttäuschung über Einzi und ihre Wut über den unverschämten Dr. Huber entluden, stöhnte der Husar voll Ekstase:

»Joi, joi, Mama!«

⁂

Es war Freitag und das Ende einer anstrengenden Börsenwoche nahte. Heute noch den Tag überstehen, am Abend ein intimes Dinner mit Liebtraud in seiner Wohnung und morgen den Tag etwas entspannter beginnen, vielleicht gar nicht die Börse besuchen, sondern nur einige Arbeiten im Bureau erledigen. Und am Sonntag in Ruhe ausschlafen und vielleicht einen kleinen Ausflug machen. In den Prater oder auch weiter hinaus, zum Beispiel auf den Bisamberg. Das hatte Ernst Xaver Huber im Sinn, als er am Vormittag den Börsensaal betrat. Doch binnen weniger Augenblicke war die Mischung aus Müdigkeit und Entspanntheit verflogen. Denn am Börsenparkett flogen die Fetzen. Es wurde lauthals gestritten, geschrien und geschimpft, und plötzlich hatte einer der Coulissiers einem anderen eine schallende Ohrfeige verpasst. Worauf sich eine Gruppe von Erbosten auf den Schläger stürzte, ihn mit Fäusten und Tritten traktierte und aus dem Börsensaal hinaus expedierte. Huber traute seinen Augen nicht, so etwas hatte er in all den Jahren noch nie erlebt. Mit eingezogenem Kopf, die Schultern schmal machend, huschte er durch die aufgebrachte Meute von Börsianern vor zum Schranken, hinter dem er aufatmend verschwand. Just in diesem Moment schwang ein junger Börsenangestellter die Glocke, mit der jede Insolvenz angekündigt wurde. Augenblicklich erstarrten alle. Todesstille trat ein, dann verkündete der Glockenschwinger mit kräftiger Baritonstimme den Namen des Insolventen, worauf sofort wieder Lärm, Unruhe und Geschrei ausbrachen. Einer von Hubers Angestellten stürzte auf ihn zu und schrie:

»Herr Direktor, endlich sind S' da. Ein Unheil is' g'schehen. Große Pakete unserer Aktien sind unter Preis verkauft worden. Wir befinden uns im freien Fall.«

Huber kniff die Augen zusammen, ging zu seinem Schreibtisch, setzte sich und ließ sich die bisherigen Ereignisse schildern: Alles hatte heute Morgen mit der Insolvenz des Börsen-Comptoirs Petschek begonnen. Zwanzigtausend Stück Effekten dieses Händlers konnten nicht untergebracht werden. Darauf geriet die gesamte Börsenwelt aus den Fugen. Keiner der Spekulanten wagte zu kaufen, alle wollten nur verkaufen. Verschlimmert wurde die Lage dadurch, dass die großen Banken, die hinter dem Schranken saßen, ebenfalls große Mengen von Effekten auf den Markt warfen. Und während Huber den Schilderungen seines Angestellten zuhörte, erklang am Börsenparkett immer und immer wieder die Glocke und verkündete eine Insolvenz nach der anderen. Aber statt sich so wie alle anderen Börsianer aufzuregen und vor Angst und Nervosität in hektische Aktivität zu verfallen, blieb Huber mit versteinerter Miene an seinem Schreibtisch sitzen. Eigentlich überraschte ihn das alles nicht. Das Unheil hatte bereits vor längerer Zeit begonnen. Alle Wiener – vom Dienstmann bis zum Hotelier – hatten sich riesengroße Hoffnungen bezüglich der Weltausstellung gemacht. Man erwartete Millionen von Gästen aus allen Teilen der Welt. Die Volks-

meinung war, dass sich ein Besucherstrom in die Stadt
ergießen und ganz Wien im Geld der Fremden schwimmen würde. Tausende Geschäftsleute gaben in Antizipation dessen ihren letzten Kreuzer dafür aus, um dem herbeifantasierten Ansturm gewachsen zu sein. Das Personal wurde verdrei- oder sogar vervierfacht, es wurden Schulden in Millionenhöhe gemacht. Die Mietpreise für Wohnungen stiegen in ungeahnte Höhen, für Hinterhofzimmer in der Leopoldstadt, also in unmittelbarer Nähe der Weltausstellung, wurden zwischen acht und zehn Gulden verlangt. Das führte dazu, dass die Berichterstatter der ausländischen Journale in ebendiesen vermeldeten, dass man nicht unter Ausgaben von dreißig Gulden pro Tag in Wien leben könne und dass sich die gesamte Reichshaupt- und Residenzstadt in einen einzigen Räuberwald verwandelt hätte. Darüber erschrak ganz Europa, und so konnte Wien Anfang Mai nicht die Hälfte des Fremdenverkehrs vom Vorjahr ausweisen. Das Ausbleiben des erhofften Geldregens erzeugte Missmut und Verdrossenheit. Hunderte und Tausende von Wohlhabenden, die normalerweise ihr Geld zur Börse trugen und dort spekulierten, beschlossen angesichts dieser Krise, ihr Geld lieber sicher daheim zu verwahren und nicht zu investieren. Als das tägliche Kaufvolumen an der Börse plötzlich zurückging und der Stau der angebotenen Papiere immer größer wurde, purzelten die Notierungen nach unten. Plötzlich wurden all die Makler, Agenten, Börsianer und Banker von einer kollektiven Angst ergriffen. Lawinenartig schwoll die Masse der zum Kaufe angebotenen Papiere an. Doch niemand wollte kaufen, alle nur verkaufen. Und so begann in den heiligen Hallen

am Schottenring die Totenglocke zu erklingen. Vorerst noch dann und wann, später in immer kürzerer Abfolge. Insolvenz folgte auf Insolvenz. Man sprach von einer Häuserkrise, von der Entwertung aller Baugründe, vom Zusammensturz aller Baubanken und von allem, was vor einigen Tagen noch einen respektablen Wert darstellte. All das ging Huber durch den Kopf, als er still dasaß und teilnahmslos der Dinge harrte, die noch kommen würden. War das nun der Anfang vom Ende?

⁓☙⁓

Heinrich von Strauch verkroch sich. Dies hatte er schon früher gerne getan. Als Kind hatte er sich oft versteckt. In Kästen oder in verborgenen Winkeln und Ecken des väterlichen Palais. Gerne verbarg er sich auch in den Wirtschaftsräumen, wo er den weiblichen Bediensteten beim Klatsch zuhörte, wenn sie Wäsche wuschen und bügelten, Gewand ausbürsteten, Knöpfe annähten, Socken stopften oder ähnliche Arbeiten verrichteten. Da die Mädeln meinten, unter sich zu sein, redeten sie so, wie ihnen die Schnäbel gewachsen waren. Solchermaßen gewann der kleine Heinrich schon sehr früh Einblicke in die Gedankenwelten weiblicher Wesen. Das war lange her, doch seine Vorliebe fürs Verstecken war ungebrochen. Zurzeit versteckte er sich am liebsten zwischen den üppigen Brüsten der Friederike Meyenburg. Seit er sie am Nachmittag nach der Weltausstellungseröffnung wiedergetroffen, sie abends ins Carl Theater begleitet und danach stürmisch geliebt hatte, war er wie besessen von ihr. Das ging so weit, dass er einfach nicht aus ihrer

Wohnung wegging. Dort verbrachte er mit ihr im Bett liegend mehrere Tage. Er verließ Friederikes Wohnung nur, um sie abends ins Theater zu begleiten und danach mit ihr zu dinieren. Alles andere ließ er von Meyenburgs Dienstmädel von der Greißlerin, die ums Eck ihr Geschäft hatte, heimbringen. Da die Kleine, die übrigens Mizzi hieß, recht gut kochen konnte, gab es für ihn überhaupt keine Veranlassung, das Meyenburg'sche Domizil, das von deren Verlobten Nikolaus Graf Collredi finanziert wurde, zu verlassen.

Eng aneinandergekuschelt, lagen sie in Friederikes Bett und genossen die postprandiale Müdigkeit, die das von Mizzi zubereitete Frühstück mit Eiern und Speck mit sich brachte. Während sie vor sich hindösten und ihren Gedanken nachhingen, sagte Heinrich von Strauch plötzlich voll Zärtlichkeit:

»Weißt, du bist nicht nur eine wunderschöne Frau, du hast auch einen wunderschönen Namen: Mey … en … burg.«

Zu seiner Verwunderung rückte Friederike ein Stück von ihm weg. Sie setzte sich auf, studierte Heinrich von Strauchs Gesicht und sagte mit einem leicht schmollenden Unterton:

»Hast das jetzt ernst gemeint? Oder willst mich pflanzen*?«

»Wie… wieso? Was … was ist denn los?«

»Geh, Hasi, bist du wirklich so naiv oder stellst dich nur ein bisserl dumm?«

»Was meinst?«

---

* verkackeiern

»Glaubst wirklich, dass ich Meyenburg heiß'?«
»Ja, natürlich. Das steht doch auf allen Theaterzetteln und Programmen.«
»Geh, Hasi, das ist doch nur ein Künstlername.«
»Und wie heißt du wirklich?«
»Ich? Ich bin die Fritzi Meyer aus Hernals.«

※

Mein Hasi!
Die Kompromittirung Deiner Person, die beinahe in meinem Domicil stattgefunden hätte, und die damit verbundenen Unannehmlichkeiten für Dich, thun mir unendlich leid. Du weißt, wie sehr ich Dich – Du mein unermüdlicher Rammler – liebe. Umso mehr blutet mir das Herz, wenn ich Dir mittheilen muß, daß wir jetzt für einige Zeit vernünftig sein müssen. Mein Verlobter, der Graf Collredi, braucht wegen dem ganzen Gschiß an der Börse meine volle Unterstützung. Der ist nämlich ganz arm jetzt. Hoffentlich nur vorübergehend und nicht wirklich, denn sonst muß ich die Verlobung auflösen. Sobald ich in dieser Sache ein bisserl klarer sehe, melde ich mich bei Dir.
Au revoir, mein Haserl!
Fritzi

Heinrich von Strauch ließ das Billet, das ihm Reserl am Tablett gemeinsam mit dem Frühstück ans Bett serviert hatte, sinken und starrte vor sich hin. Nun, eine Überraschung war das nicht. Schließlich hatte ihn Collredi vorgestern mit Friederike fast in flagranti ertappt. Es war mitten in der Nacht gewesen, als der Graf lautstark an Friederikes Tür gepumpert* und Einlass begehrt hatte. Friederike hatte ihn im Handumdrehen aus dem Bett geworfen, seine Kleider zusammengerafft und ihn mitsamt dem Gewand in Mizzis Dienstbotenkammerl versteckt. Das war ausgesprochen peinlich gewesen, als er splitternackt vor dem Mädel gestanden hatte. Zuerst hat die Mizzi große Augen gemacht, dann aber hatte sie ihm beim Ankleiden und Hinausschleichen aus der Wohnung geholfen. Dafür hatte er der Kleinen einen Gulden in die Hand gedrückt. Unten bei der Eingangstür des Hauses hatte er nochmals Geld lockermachen müssen, damit ihm der Hausmeister aufsperrte. All das war ziemlich genant** gewesen. Trotzdem ergriff ihn nun ein Gefühl von innerer Leere. Traurigkeit breitete sich in ihm aus. Friederike hatte ihn verlassen. Sie, die sein Trost und seine Stütze in den letzten Tagen gewesen war. Diese verdammte Börse! Nirgendwo konnte er ihr entfliehen. Wie ein Fluch lasteten all die Geldgeschäfte auf seinem Leben. Er fühlte sich beengt. Geröll, das die Gletscher der Gier auf seiner Seele zurückgelassen hatten, drohte ihn zu zermalmen. Er begann keuchend zu atmen, Schweiß trat auf seine Stirn, er ließ das Billet zu Boden fallen. Sein Herz pochte wie verrückt, und er vermeinte, in tausend Teile zu zerspringen. Sterben! Vielleicht war das die Lösung. Er schob das Silbertablett mit Kaffee und Kipferl zur Seite, taumelte aus dem Bett, tapste zum Schreibtisch im Arbeitszimmer, öffnete die rechte untere Schublade und holte eine aus edlem Holz

---

* geklopft
** peinlich

gefertigte Kassette hervor. Vor Aufregung schnaufend, setzte er sich, öffnete die Schatulle und entnahm ihr die sorgfältig geölte und in den Strahlen der Morgensonne matt schimmernde Pistole seines Herrn Papa, in deren Griff die Initialen A. v. S. eingearbeitet waren. Seine Finger glitten über die Initialen, und er dachte: Antonius von Strauch hat mich gezeugt, seine Waffe wird mich auslöschen. Er spannte den Hahn, hob mit zitternder Hand die Waffe empor. Er fühlte die Kühle des Metalls an seiner Schläfe, schloss die Augen, sein rechter Zeigefinger zuckte. Doch just in diesem Moment klopfte es, und er hörte Reserls Stimme:

»Euer Gnaden, der Herr Dr. Huber möcht' Sie sprechen. Es pressiert.«

Heinrich ließ die Pistole sinken, biss die Zähne zusammen und knurrte:

»Ich hab keine Zeit. Ich bin unpässlich.«

»Um Gottes willen, Euer Gnaden! Was ist Ihnen?«

Heinrich von Strauch hörte, wie die Eingangstür zu seinen Gemächern, deren Angeln quietschten, geöffnet wurde. Schnelle Schritte folgten. Er ließ die Pistole auf den Schreibtisch fallen, sprang auf und stürmte den Eindringlingen entgegen.

»Euer Gnaden! Sie sind ja kasweiß im G'sicht. Soll ich einen Doktor rufen?«

»Heinrich, ist dir nicht gut?«

Ohne zu antworten, schloss Heinrich von Strauch die Tür zu seinem Arbeitszimmer und ging an den beiden vorbei in den Salon. Dort ließ er sich auf die Récamière fallen, atmete mehrmals tief durch und sagte schließlich mit matter Stimme:

»Was ist los, Ernstl? Was bestürmst du mich?«

Huber nahm ihm gegenüber Platz, beugte sich vor und sagte leise:

»So wie du im Augenblick beieinander bist, sollte ich dich jetzt gar nicht mit dieser Causa belasten. Es muss aber sein. Es geht nicht anders.«

»Was muss sein?«

»Ich muss dir leider mitteilen, dass wir zahlungsunfähig sind.«

»Was?«

»Heute Morgen wurde die Strauch & Compagnon Bank-Actiengesellschaft an der Börse ausgeläutet.«

~⊚~

Ein säuerlich stinkender Schwall schoss aus seinem Mund und ergoss sich in die Schüssel des Leibstuhls. Nach neuerlichem Zusammenkrampfen seines Magens schoss die nächste Ladung in das Keramikgefäß. Sie fiel allerdings nicht mehr so üppig aus wie die vorherige. Immer und immer wieder krampfte sich sein Magen zusammen, Tränen rannen über seine Wangen, die Nase verlegte sich*, er keuchte und rang um Luft. Ein dünner Speichelfaden hing aus seinem Mundwinkel herab. Endlich gab sein Magen Ruhe, er sackte auf den kalten Bodenfliesen zusammen. Sein erhitzter Körper empfand die Kühle als angenehm. Er schnäuzte sich in die Faust und dachte: Wie ein Griasler** benehm' ich mich. Gleichzeitig wurde ihm schmerzlich bewusst, dass ihn

---

* durch die Nase keine Luft bekommen
** Obdachloser

nur mehr seine privaten Besitztümer vom Zustand der vollkommenen Mittellosigkeit trennten. Schließlich hatte er zuvor das Papier, das der Ernstl ihm vorgelegt hatte, unterschrieben. Damit hatte er sein Einverständnis gegeben, dass alle Forderungen und Vermögenswerte der Strauch & Compagnon Bank-Actiengesellschaft zur Abdeckung der Verbindlichkeiten herangezogen werden sollten. Das, so hatte es ihm der Ernstl eindringlich erklärt, wäre er seiner Ehre und auch der Ehrbarkeit des Namens seiner Familie schuldig. Das war also das Ende, das Ende von allem. Mühsam erhob sich Heinrich von Strauch, wusch sich das Gesicht mit kaltem Wasser und wankte zurück ins Schlafzimmer. Dort zog er die Vorhänge zu und ließ sich ins Bett fallen. Er vergrub seinen Kopf unter einem Polster und döste so lange vor sich hin, bis ihn Morpheus gnädig in seine Arme nahm. Er träumte von einer schönen, warmen Frau, die ihren Rock hob, unter dem er sich verkriechen konnte. Dort in der dunklen Geborgenheit weiblicher Intimität konnte ihm diese grausame Welt nichts mehr anhaben.

⁂

»Sie wünschen?«
　»Zum Freiherrn von Strauch vorgelassen zu werden.«
　»Werden Euer Gnaden erwartet?«
　»Das nicht. Aber es ist wichtig.«
　»Wen darf ich melden?«
　»Gustav Ritter von Boschan.«
　Jean führte den Besucher in die Eingangshalle des Palais und bat ihn, dort zu warten. Erhobenen Haup-

tes stieg er die Prunkstiege in den zweiten Stock empor, wo er an die Eingangstür der Gemächer des Jüngels klopfte. Er hörte trippelnde Schritte, es wurde geöffnet, und Resis bezopftes Haupt lugte durch den Türspalt. Sie flüsterte:

»Was störst du denn?«

»Net ich stör'. So a junger Halawachl, ein Ritter von Boschan, stört. Der will den Herrn Baron sprechen und meint, dass es wichtig sei. Was immer das heißen mag.«

»Uiii! Das ist jetzt gar net g'scheit. Der gnädige Herr ist nämlich indisponiert.«

»Was is er? Indisponiert?«

»Na ja, ihm is halt net guad. G'spiebn hat er. Und jetzt schlaft er ein Randerl*.«

»Dieser Ritter von Boschan muss a Freund vom gnädigen Herrn sein. Mir scheint, der war schon einmal auf Besuch da. Ergo dessen werd' i jetzt reingehen und ihn aufwecken.«

»Glaubst wirklich?«

Ja, das glaub ich, dachte Jean, als er den Salon durchschritt. Es ist ja noch schöner, dass der Jüngel am helllichten Tag schlaft. Das hätt' der alte Herr Baron nie und nimmer gemacht. Resi trippelte ihm hinterher und zupfte an seinem Ärmel.

»Was is?«

»Du! Ich hab' da was g'hört heute Morgen. Ich versteh' das net ganz. Weißt eh, der Direktor Huber war da …«

»Ja und?«

»Der hat irgendwas dahergeredet vom Ausläuten an der Börse und dass sie zahlungsunfähig sind. Daraufhin

---

* ein Nickerchen machen

hat der gnädige Herr was unterschrieben, der Direktor Huber is 'gangen und dem gnädigen Herrn hat's den Magen umgedreht.«

Jean wurde blass. Die Börse! Hatte der Jüngel am Ende das ganze G'schäft, das sein Vater über Jahrzehnte aufgebaut hat, ruiniert? Das würde ihm ähnlich schau'n. Der deppate Gschrapp! Jean begann vor Panik zu schwitzen. Um Himmelherrgottswillen, wenn die Bank wirklich bankrott war, würde wahrscheinlich der Haushalt aufgelöst werden. Und er würde auf seine alten Tage auf der Straße stehen. Vor Erregung und Zorn bebend, klopfte er an die Tür des Arbeitszimmers, und als es darauf keine Reaktion gab, betrat er es. Da schau her, was macht denn die Pistole des alten Herrn Baron auf dem Schreibtisch des Jüngels? Der wird doch keinen Blödsinn machen? Sich am Ende gar erschießen? Oder jemand anderen eine Kugel in den Leib jagen? Seiner Frau Gemahlin oder dem Direktor Huber? Na ja, mir kann's wurscht sein, dachte Jean und klopfte an die Tür des Ankleidezimmers. Als auch hier keine Antwort erfolgte, betrat er es und ging weiter zur Tür des Schlafzimmers, wo er laut und fordernd anklopfte.

»Ja?«

Er öffnete die Schlafzimmertür, trat in das verdunkelte Zimmer, verneigte sich, so wie er es gewohnt war, und sprach in schnarrendem Ton zu dem unter Decken und Pölstern vergrabenen Heinrich von Strauch:

»Gnädiger Herr! Ein Ritter von Boschan möchte Sie sprechen. Er sagt, es sei wichtig.«

Reserl hatte ihren Kopf an seine Schulter gelehnt, während er immer wieder einen kräftigen Schluck aus der Weinflasche machte. Es war doch eh alles powidl, dachte Jean. Wenn der Jüngel stier[*] ist, wird alles verkauft werden. Das Palais, das Gebäude, in dem sich die Bank befindet, die Baugesellschaften, die Firmenbeteiligungen, alles. Und natürlich auch der Weinkeller, den der alte Herr Baron angelegt und den der Jüngel kräftig ausgebaut hatte. Als ihn der depperte Gschrapp zuvor hinuntergeschickt hatte, um ein paar Flaschen Wein zu holen, war eine für ihn selbst mitgekommen. Sollte er sie etwa im Keller lassen, dass sie dann von den Gläubigern des Jüngels ausgesoffen werden würde? Nein, das kam gar nicht infrage! Das wäre dem alten Herrn Baron auch nicht recht gewesen.

Jean erhob die Flasche und murmelte:

»Auf den Alten!«

»Wen meinst denn?«

»Na, auf den alten Herrn Baron. Auf den Vater vom Jüngel.«

»Wie? Wer is der Jüngel?«

»Na, wer?«

»Unser gnädiger Herr?«

Jean machte wiederum einen kräftigen Schluck, rülpste und grummelte verbittert:

»Das gnädige kannst dir sparen. Und den Herrn auch. Wahrscheinlich werden wir alle miteinand' bald unter der Brücke schlafen.«

Tränen begannen über Reserls Wangen zu rinnen, und sie kuschelte sich ganz eng an ihn. Die Situation aus-

---

[*] bankrott

nützend, griff er ihr an den Hintern. Zu seiner Überraschung machte sie keinerlei Anstalten, den Übergriff abzuwehren. Auch nicht, als seine Finger frech zwischen ihre Popobacken vordrangen. Sein Vorstoß hatte lediglich einen Seufzer sowie das Aufziehen von Rotz seitens Reserls zur Folge. Jean war erschüttert. Er zog seine Hand zurück, nahm einen kräftigen Schluck Wein und dachte sich: Das macht keinen Spaß, wenn sie sich nicht wehrt. Und nach einem weiteren Schluck murmelte er:
»Jetzt samma wirklich im Oasch daham*.«

―・―

Wo war nur der Stock? Der elegante Flanierstock mit satiniertem Metallstab und silbernem Griff, den ihm der alte Herr Baron zu seinem fünfzigsten Geburtstag geschenkt hatte. Jean kramte hektisch in seiner Dachkammer herum und überlegte, wann er das letzte Mal den Spazierstock verwendet hatte. Das musste schon Monate her sein. Oder sogar Jahre? Eigentlich benötigte er den Flanierstock nicht, da er als Dienstbote kaum jemals Zeit hatte, spazieren zu gehen. Er hatte Anrecht auf einen dienstfreien Sonntag pro Monat, und selbst den verbrachte er meistens daheim im Palais. Ja, dieses alte Barockgebäude war sein Zuhause. Und das würde ihm nun wegen dieses Sautrottels von einem Jüngel abhandenkommen. Es galt zu retten, was noch zu retten war. Notmaßnahmen mussten ergriffen werden. Dies war heute umso einfacher, da sich der Jüngel gestern mit seinem Freund, diesem Gustav von Boschan, fürchterlich angesoffen hatte.

---

* Jetzt ist alles im Arsch.

Gezählte fünf Mal hatte er in den Weinkeller hinabsteigen müssen, um jeweils zwei neue Flaschen heraufzubringen. »Eine für mich und eine für Gustav!«, so hatte es ihm der Jüngel befohlen. Heute war vom Jüngel oben im zweiten Stock nichts zu hören und zu sehen. Reserl hatte ihm zugeflüstert, dass der gnädige Herr sich in seinem Schlafzimmer befinde und keinesfalls gestört oder gar aufgeweckt werden wolle. Als Jean seine Dachkammer schon etwas verzweifelt ein zweites Mal durchsuchte, fiel ihm etwas Glitzerndes hinter dem Kasten auf. Mühsam kniete er nieder. Allerdings nur auf das rechte und nicht auf das linke Knie. Denn das schmerzte ihn seit einem Sturz vor einem Jahr. Er packte den silbernen Knauf und zog den Stock hinter dem Kasten hervor. Umgefallen war er. Deshalb hatte er ihn nicht gefunden. Sich auf den Stock stützend, stand er schnaufend auf und richtete sein Gewand. Er hatte seinen Festtagsanzug an. Nun nahm er seine Melone, setzte sie auf und warf einen prüfenden Blick in den schon zum Teil erblindeten Spiegel. Er strich über seinen links und rechts waagerecht abstehenden und mit Bartwichse kunstvoll geformten Schnauzbart, zog die Melone ein bisschen tiefer ins Gesicht und verließ sein Gemach. Er stieg die Dienstbotentreppe polternd hinunter und rannte an deren Ende in einen jungen Hausknecht hinein.

»Hoppla, der Herr! Wohin denn so eilig?«

Jean verpasste dem unverschämten Bengel einen Schlag mit dem Knauf seines Stocks, sodass dieser aufjaulte.

»Depperter Fetzenschädl, depperter. Erkennst mi net?«

Der Halbwüchsige riskierte einen genaueren Blick und begann katzbuckelnd zu jammern:

»Entschuldigung! Bitte vielmals um Entschuldigung, Herr Jean. Aber in Zivil sind S' mir so fremd.«

»Halt Er keine Volksreden, mach Er mir lieber das Tor auf.«

»Jawohl, Herr Jean. Sofort, Herr Jean.«

Er verließ das Palais, spazierte die Bräunerstraße vor zum Graben und flanierte diesen entlang in Richtung Tuchlauben. Mit Wohlgefallen bemerkte er, dass ihm Dienstmänner, Dienstboten, aber auch Handwerker auswichen und Platz machten. Tja, das Gwandl macht's Mandl, dachte er schmunzelnd, und ihm wurde bewusst, dass er nicht nur in der Livree eine gute Figur machte. Hocherhobenen Hauptes spazierte er vor zum Platz am Hof, überquerte diesen in Richtung Wipplingerstraße, ging den Stoß im Himmel entlang und bog nach links zu Maria am Gestade ab. Einem plötzlichen Impuls folgend, betrat er die Kirche, bekreuzigte sich und ging dann langsam das helle gotische Kirchenschiff vor zum Hauptaltar. Er nahm die Melone ab und kniete auf einer Kirchenbank nieder. Wobei er sehr darauf achtete, sein Gewicht auf das rechte Knie zu verlagern. Er bekreuzigte sich aufs Neue und bat den Herrgott und die heilige Jungfrau Maria um Unterstützung für das, was er vorhatte.

~⚬~

»Wenn Ihr Falotten mir nicht stante pede mein Geld auszahlt, gehe ich ins nächste Wachzimmer und komm' mit der Sicherheitswache wieder!«

Um seine Entschlossenheit zu unterstreichen, schlug er mehrmals mit dem Silberknauf des Stocks auf das Pult des Bankbeamten. Der und seine Kollegen waren in den Gesichtern weiß wie die Wand. Die anderen Kunden, die sich im Bankhaus Placht aufhielten, zogen ängstlich die Köpfe ein. Und dann stand plötzlich der Direktor des Instituts, Johann Baptist Placht, vor Jean. Mit gedämpfter Stimme und eisigem Lächeln sagte er:

»Aber, mein Herr, ich bitt' Sie. Was machen S' denn für einen Bahöö*?«

»Ah so? Einen Bahöö mach ich? Das ist noch gar nix! Weil i gleich einen Skandal machen werd'! Einen Skandal, der sich in Windeseile in ganz Wien herumsprechen wird.«

Jean wandte sich von Placht ab und rief mit donnernder Stimme, sodass man es bis auf die Straße hinaus hören konnte:

»Das Bankhaus Placht zahlt keine Gelder mehr aus! Rechtmäßig veranlagte Gelder. Das Bankhaus Placht kann nimmer zahlen!«

Johann Baptist Placht lächelte nicht mehr. In verbindlichem Ton fragte er: »Um welche Summe handelt es sich denn?«

»Um dreimal zweihundert Gulden plus höchste Fructificirung. Laut den Reklame-Insertionen Ihres Bankhauses werden Veranlagungen bis zweihundert Gulden ohne Kündigung a vista durchgeführt. Von diesem Recht will ich jetzt auf der Stelle Gebrauch machen!«

Der Beamte, der Jean zuvor abzuschatzeln** versucht hatte, presste zwischen den Zähnen hervor:

»Für eine Ihrer Veranlagungen führen wir dies gerne. Aber nicht für drei.«

---

* Krach
** abwimmeln

»Wieso? Sind S' stier? Ist das Bankhaus Placht bankrott?«

Johann Baptist Placht hob beschwichtigend die Arme und säuselte:

»Ich bitte Sie, mein Herr! Beruhigen Sie sich. Es hat alles seine Richtigkeit.«

Und zu dem widerspenstigen Beamten fuhr er seine Stimme stark anhebend fort:

»Der Herr bekommt sein Geld. Dafür steh ich mit meinem Namen. Also, zahlen S' unserem werten Kunden das Geld aus.«

Der Beamte zuckte mit den Schultern, erhob sich und ging zum Safe, aus dem er sechshundert Gulden sowie zwanzig Prozent Fructificirung holte. Unter dem scharfen Blick des Bankiers zählte er die Geldscheine auf das Pult, nahm dafür die von Jean überreichten Papiere und schob Jean eine Übernahmebestätigung hin, die dieser quittierte. Als das vollzogen war, trat Johann Baptist Placht auf Jean zu, nahm ihn amikal beim Arm und führte ihn zum Ausgang. Dort schüttelte er ihm lange die Hand und sagte so laut, dass es alle im Kontor hören konnten:

»Mein Herr, es ist mir und meinem Bankhaus eine Ehre, dass wir so hervorragende und korrekte Kunden wie Sie haben. Ich wünsche Ihnen einen guten Tag. Und beehren Sie uns bald wieder.«

Jean taumelte aus dem Komptoir und atmete tief durch. Ganz gleich, was an der Börse weiter geschehen würde, er hatte seine Ersparnisse wieder. Sowie ein nettes Sümmchen an Zinsen.

Dort, wo die dicken Vorhänge aneinandergrenzten, sickerte Morgenlicht in die Bettengruft, in der sich Heinrich von Strauch vergraben hatte. Einige Lichtstrahlen erreichten seinen Kopfpolster und weckten ihn aus dem Koma der Verzweiflung. Der Schädel brummte nicht mehr so wie noch vor Stunden. Sein Körper schien den Alkoholabusus, dem er sich hingegeben hatte, überwunden zu haben. Die Folgen waren einerseits ein pelziger Mund, der nach Wasser dürstete, und andererseits ein knurrender Magen, der Hunger schrie. Heinrich von Strauch schlug die Bettdecke zurück und setzte sich auf. Ein leichtes Schwindelgefühl überkam ihn, außerdem verspürte er ein Kribbeln in seinem linken Arm und der Hand. So, als ob Hunderte Ameisen darin auf und ab laufen würden. Benommen am Bettrand sitzend, griff er zur Glocke und läutete nach Reserl. Es dauerte eine Zeit, bis diese die Schlafzimmertüre öffnete und ins Schlafgemach spähte.

»Sind S' endlich aufgewacht, gnädiger Herr?«

»Was heißt endlich?«

»Na, weil S' den ganzen gestrigen Tag und die darauffolgende Nacht g'schlafen haben. Grad ein einziges Mal sind S' auf den Topf gegangen. Und dann waren S' gleich wieder im Bett und haben weiterg'schnarcht.«

Kaum hatte er Reserls Worte vernommen, als sich seine Blase meldete. Dies tat sie mit unverschämter Vehemenz. Er stand auf, hielt einen Augenblick inne, weil sich alles um ihn herum drehte, und stöhnte verzweifelt:

»Reserl! Wo ist mein Nachttopf?«

Reserl stand mittlerweile neben ihm. Sie bückte sich, holte mit einem Griff das Gefäß hervor und hielt es ihm entgegen. Heinrich von Strauch lüpfte sein Nachthemd, machte einen Schritt auf Reserl zu und erleichterte sich in den hingehaltenen Topf.

»Zum Glück hab ich ihn gestern Nacht noch ausgeleert. Sonst wär er jetzt über'gangen.«

»Reserl, ich hab Hunger.«

»Gleich, gnä' Herr. Ich leer nur den Scherm* aus. Dann bring i das Frühstück.«

Reserl entschwand und Heinrich von Strauch ging zum Fenster. Er zog die Vorhänge zur Seite, strahlendes Tageslicht ließ ihn blinzeln. Langsam trottete er zum Bett zurück, richtete die Polster und begab sich in eine angenehme Sitzposition. Er gähnte mehrmals, rieb sich die Augen und überlegte, ob er noch einmal aufstehen und sich ein Glas Wasser holen sollte. Da er aber nicht wusste, wo sich in seinen Wohnräumen die Trinkgläser befanden, beschloss er, sich zu gedulden. Er kratzte die Wangen und registrierte, dass die Bartstoppeln viel zu lang waren und juckten. Eine Rasur war überfällig. Und so begab er sich, nachdem er von Reserl mit Kaffee, Wasser und zwei Kipferln mit Butter versorgt worden war, zu Maître Pöltl in die Wipplinger Straße. Er war froh, aus dem Palais fortzukommen, denn hier herrschte eine merkwürdige Stimmung. Die sonst so fröhliche Reserl machte einen geknickten Eindruck. Und Jean, der sich wie immer höflich und reserviert verhielt, hatte ein bösartiges Blitzen in den Augen sowie einen schnarrend aggressiven Ton bei allem, was er sagte. Auch seine Frau Gemahlin, der er im Stiegenhaus zufällig begegnet war, hatte ihn kühl und feindse-

---

* Nachttopf

lig angesehen. Nun ja, Liebtraud hatte sich ja noch nie durch sonderliche Herzenswärme ausgezeichnet. Trotzdem war diese starke Ablehnung, die er zuvor in den wenigen Momenten ihres Aufeinandertreffens wahrgenommen hatte, ungewohnt. Ob es sich herumgesprochen hatte, dass die Strauch & Compagnon Bank-Actiengesellschaf bankrott war? Wahrscheinlich. Daran musste er sich gewöhnen. Was niemand wusste, war, dass er vor zehn Tagen eine Reisetasche voll Geld aus dem Tresor seiner Bank geholt hatte. Diese Tasche stand nun in seinem Arbeitszimmer. Keine Ahnung, wie viel Geld er da auf die Seite geschafft hatte. Aber es reichte sicher, um einige Monate zu überstehen. Allerdings, und das bedauerte er nun, hatte er von diesem Geld der Meyenburg ein Collier um tausendfünfhundert Gulden gekauft. Außerdem hatte er sich von Eduard Sachers Feinkosthandlung drei Kisten Champagner sowie Gänseleber, geräucherten Lachs und Kaviar in Friederikes Wohnung liefern lassen, da ihm die Sachen, die die Mizzi von der Greißlerin ums Eck heimgebracht hatte, auf die Dauer zu fad geworden waren. Die Lieferung der Delikatessen hatte auch zu einer Rechnung von einigen Hundert Gulden geführt. Na ja, weg ist weg. Aber was wichtig war, war das Faktum, dass er noch immer über genügend Bargeldvorräte verfügte.

»Gott zum Gruß, Maître Pöltl.«

»Meine Verehrung, Herr Baron. Hab' Sie ja schon eine kleine Ewigkeit nimmer g'sehn.«

»Nun ja, ich war die letzten Tage ein bisserl verreist.«

»Ah! Sehr schön. Darf man fragen, wohin Euer Gnaden verreist ist?«

Heinrich von Strauch erwog einen Augenblick lang, dem Barbier eine Lüge aufzutischen, wie zum Beispiel: eine Landpartie ins Salzkammergut. Aber dann beschloss er, bei der Wahrheit zu bleiben, und sagte mit leisem Lächeln:

»Ich begab mich an den Busen der Natur. Dort habe ich in den Armen einer schönen Frau eine Woche lang verweilt.«

Pöltl sah ihn mit großen Augen an, machte eine Verbeugung und replizierte:

»Herr Baron wissen das Leben zu genießen.«

Ja, das weiß ich sehr wohl, dachte Heinrich von Strauch und war plötzlich gar nicht mehr so bedrückt. Ich bin ein Genießer und werde dies bis zum Ende meiner Tage bleiben. Und was den Konkurs betrifft, so werde ich mich schon irgendwie aus diesem Schlammassel herauswursteln. Es wär' ja nicht das erste Mal, dass einer in Konkurs geht und später wie Phönix aus der Asche aufersteht. Und während er so dalag, sich entspannte, die warmen Kompressen, das Einseifen sowie die Rasur und das anschließende Applizieren von Rasierwasser und Bartöl genoss, schien ihm die Welt wieder vollkommen in Ordnung zu sein. Als er zahlte, bemerkte er, dass Pöltl einen wehmütigen Zug um den Mund hatte und ihm bei der Verabschiedung alles nur erdenkliche Glück wünschte.

»Wie meinen S' denn das?«

»Na ..., weil der Mensch Glück braucht. Denn wenn a Mensch kein Glück hat, dann ist alles aus.«

»Was soll denn aus sein?«

»Haben S' denn nicht die schreckliche Neuigkeit im Neuen Wiener Abendblatt gelesen? Ein guter Kunde von mir, ein begabter junger Mann, hat sich gestern umgebracht. Mit einer Kugel mitten ins Herz.«

»Ah so? Kenn' ich ihn?«

»Gustav Ritter von Boschan. Sein Vater ist Bauunternehmer.«

~·~

Wie betrunken taumelte Heinrich von Strauch durch die Innenstadt. Der Gustl ist tot, hämmerte es durch sein Gehirn. Er hat mich doch vorgestern noch aufgerichtet und getröstet. Und fröhlich gesoffen haben wir. Edle Burgunderweine, die mein Herr Papa einst gekauft hatte. Der Gustl ist tot. Das konnte und wollte er nicht glauben. Das Leben geht weiter, hatte der Gustl zu ihm gesagt, als er über die Pleite seiner Bank lamentiert hatte. Nimm's dir nicht zu Herzen, hatte der Gustl gesagt. Und nun hatte er sich selbst eine Kugel ins Herz gejagt. Sie hatten doch beide so gelacht und immer wieder angestoßen auf die Liebe, auf all die Lustbarkeiten und auf das Leben. Mein Gott, was war das für ein wunderbarer Abend gewesen!

Jetzt ist er tot. Der Gustl. Aber vielleicht hatte sich der Pöltl auch nur geirrt? Vielleicht hatte sich irgendeiner der jungen Börsenstrolche, irgendein Ritter von und zu erschossen? Und der Gustl lebt. Ist quietschlebendig und wohlauf. Ich muss mir Gewissheit verschaffen! Sofort. Und so lenkte Heinrich von Strauch seine Schritte hin zum Café Griensteidl. Dort stürzte er sich als Erstes auf den Zeitungsständer und angelte sich die gestrige Ausgabe des Neuen Wiener Abendblattes. Er warf sich auf die nächstbeste Sitzbank, bestellte, ohne aufzusehen und den Ober, der ihn mit einem »Womit kann ich dienen, Herr Baron?« begrüßte, zu beachten, einen Kaffee verkehrt*. Dann schlug er die Zeitung auf und begann sie zu überfliegen. Er musste nicht lange suchen, um fündig zu werden:

Selbstmord eines Millionärs.
    (Orig.-Ber. des »Neuen Wiener Abendblatt«.)
Immer noch fordert die unheilvolle Börsenkatastrophe der letzten Tage neue Opfer. Heute ist es ein Mann, dessen Name in finanziellen Kreisen zu den bedeutendsten und angesehensten zählt, den die Krisis hinweggerafft. Es ist Gustav Ritter v. Boschan, welcher heute Morgens durch einen Pistolenschuß sich entleibt hat, und es unterliegt nach den Aufschreibungen und Briefen, welche der Unglückliche zurückgelassen, keinem Zweifel, daß die Folgen der verhängnisvollen Börsenkrisis ihn zu dem verzweifelten Schritte getrieben…

Heinrich von Strauch ließ die Zeitung sinken, da ihm das Wasser in die Augen schoss. Verzweifelt suchte er in seinem Sakko und in den Hosentaschen nach einem Taschentuch. Doch er fand keines und murmelte:

»Die Reserl, das Mensch, wird auch immer nachlässiger. Früher hätt' es das nicht gegeben, dass sie vergisst, mir ein frisches Taschentuch einzustecken.«

Da er keine Wahl hatte, wischte er sich die Tränen mit der Faust aus den Augenwinkeln. Um sich vom Schmerz

---

* Altwiener Kaffeespezialität, die zu zwei Drittel aus Milch und einem Drittel Kaffee besteht. So wie ein Caffè latte.

über den Tod seines Freundes abzulenken, nahm er mehrere Schluck Kaffee und starrte danach lange Zeit ins Leere. Schließlich griff er wieder zum »Neuen Wiener Abendblatt« und las weiter:

Allein auch Herr Gustav Ritter von Boschan genoß trotz seiner Jugend ein bedeutendes Renommée, er gehörte der Allg. österr. Baugesellschaft und der Franko-ungarischen Bank als Verwaltungsrath an und zählte jedenfalls an der Börse zu den angesehensten Persönlichkeiten. Leider war der junge Mann, der den ehrenhaftesten Charakter besaß und den tadellosen Ruf seines Hauses so hoch hielt, in letzterer Zeit an der Börse stark engagiert; er hatte große Verluste, und eben aus übertriebenem Ehrgefühl, da er fürchtete, daß sein Vater die entstandenen Börsendifferenzen nicht zahlen werde, legte der hoffnungsvolle junge Mann heute Morgens Hand an sich. Gustav von Boschan kam gestern Nachts gegen 11 Uhr, ohne daß er in seinem Wesen sich auffallend verändert hatte, anscheinend ruhig nach Hause.

»Fett wie eine Haubitze[*] war er …«, murmelte Heinrich von Strauch und erinnerte sich mit Wehmut, dass der Gustl, wenn er so richtig betrunken war, immer ganz ruhig wurde. Er nahm einen Schluck Kaffee und las weiter:

Er wohnte auf dem Opernring Nr. 19, wo ihm ein Theil der elterlichen Wohnung eingeräumt war. Heute Morgens wurde er in gewohnter Weise von seinem Diener

---
[*] stockbesoffen

geweckt, dem er hierauf die Kleider zum Putzen übergab. Als sie der Diener zurückbringen wollte, fand er die Thüre verschlossen. Er wartete einige Zeit. Da die Thüre noch immer nicht geöffnet wurde und auf sein Anklopfen keine Antwort erfolgte, begann der Diener Unheil zu ahnen. Mittlerweile war für den jungen Bankier auch ein Brief angelangt, auf dessen Bestätigung gewartet wurde. Nun erachtete es der Diener für nothwendig, auch andere Hausgenossen von dem rätselhaften Umstande in Kenntnis zu setzen; die Thür wurde gewaltsam eröffnet, und zu ihrem größten, unbeschreiblichen Entsetzen fanden die Eintretenden den jungen Bankier mit durchschossener Brust als Leiche in dem Bette liegen.

Sofort wurde die erschütternde Kunde dem alten Vater hinterbracht, der bereits in seinem in demselben Hause befindlichen Bureau arbeitete. Betäubt von der unglaublichen Botschaft eilte er an das Sterbebett seines Sohnes. Es wurde sofort nach dem Arzt geschickt. Aerztliche Hilfe war leider zu spät. Herr Dr. Schmerling, welcher sich alsbald einstellte, konnte nur mehr konstatiren, daß der Unglückliche mit dem Leben abgeschlossen habe.

Der erschütternde Vorfall hat in dem Publikum und insbesondere an der Börse große und theilnahmsvolle Sensation hervorgerufen.

Heinrich von Strauch ließ das »Neue Wiener Abendblatt« auf die Marmorplatte des Kaffeehaustisches sinken und starrte neuerlich eine Zeit lang ins Leere. Plötzlich sprang er auf, kramte einige Münzen aus seinem Portemonnaie, knallte diese auf den Tisch und rannte aus dem

Kaffeehaus. Im Laufschritt eilte er heim, wobei er immer wieder vor sich hin murmelte:

»Große und teilnahmsvolle Sensation …«

~~~

»Reserl!«

Heinrich von Strauchs Stimme bebte vor Ungeduld.

»Reserl! Zum Kuckuck! Wo steckst du?«

»I komm' schon, gnädiger Herr! Bin schon da.«

Keuchend und mit gerötetem Gesicht erschien Reserl in Heinrich von Strauchs Salon, in dem er nervös auf und ab ging.

»Pack sofort meine Sachen in einen Reisekoffer. Und deine sieben Zwetschken packst auch!«

»Wie… wie… so?«

»Weil wir verreisen. Hast du einen Koffer?«

»Einen Strohkoffer.«

»Gut. Steh nicht in der Gegend umadum, beeil dich.«

»Was … was … soll i dem gnädigen Herrn einpacken?«

»Na, was? Sommersachen! Sachen fürs Land. Nichts Elegantes.«

»Jawohl, gnädiger Herr.«

»Jean! Jean! Wo ist Er? Jean!«

Heinrich von Strauch hörte die Schritte des Alten die Dienstbotentreppe herauftapsen. Er ging zur Tapetentür, die zur Dienstbotentreppe führte, öffnete sie und rief:

»Geh' Er gleich wieder hinunter und sag Er dem Kutscher, dass er anspannen soll. Wir fahren in einer halben Stund'.«

Und als Jean rief: »Jawohl, gnädiger Herr!«, fügte Heinrich von Strauch hinzu:

»Und die Köchin soll auch ihre Sachen packen, denn die kommt mit. Die begleitet uns.«

Dies war ein Entschluss, den er spontan gefasst hatte. Sollten seine Frau und alle, die hierblieben, sich von den Küchenmädeln verköstigen lassen. Er selbst legte Wert auf ein gutes Papperl, und deshalb kam die Köchin mit. Neuerlich tigerte er in seinem Salon hin und her. Seitdem er entdeckt hatte, dass die Pistole seines Vaters verschwunden war, hielt ihn hier nichts mehr. Er hatte den fürchterlichen Verdacht, dass der Gustl vorgestern die väterliche Pistole entwendet und sich damit erschossen hatte. Wenn die Polizei nun nachforschen würde, wem die Waffe gehörte, war es mittels der Initialen A. v. S. nicht allzu schwer, ihn als den Besitzer auszuforschen. Nein, er wollte es sich gar nicht vorstellen, wie das sein würde, wenn man ihn diesbezüglich befragen würde. Er begann zu zittern. Vielleicht würde eine Mittäterschaft konstruiert werden. Dass er dem Gustl die Waffe in die Hand gedrückt habe. Dass er ihn ermuntert hätte. Um Gottes willen! Und dazu noch der Bankrott. Die Gläubiger würden das Palais stürmen. Und die Justiz würde ihn einsperren. Bei Wasser und Brot. Nein! Da lieber gemeinsam mit der Köchin fliehen. Nichts wie weg von hier. Er hielt mit seinem irrwitzigen Gezappel erst inne, als Reserl mit einem großen Lederkoffer und einem kleinen Strohkoffer vor ihm stand.

»Hast alles eingepackt?«

»Jawohl, gnädiger Herr.«

»Gut. Dann fahr' ma.«

»Wohin fahr ma denn? Wenn i fragen darf?«
»Dorthin, wo wir vorerst sicher sind.«
»Und wo is' das?«
»Das wirst schon sehen.«

༺☙༻

Rastlos. Hin und her. Her und hin. Wie ein nervöser Kanarienvogel im Käfig, so flatterte Heinrich von Strauch durch die Räume seiner Maurer Villa. Rundum herrschte nächtliche Stille. Einzig seine Schritte und das Knarren der Holzböden waren zu hören. Hin und wieder war das Schnauben eines der Pferde drüben im Stall zu vernehmen. Er hatte das Gefühl, dass ein riesiges Uhrwerk in ihm ratterte. Dessen aufgezogene Feder trieb seine Beine an. Ohne Rast und Ruhe liefen sie. Es war aber keine Uhrfeder, die in ihm für Unruhe sorgte, sondern nackte Angst. Panik. Wann würden sie kommen, seine Häscher? Die Gendarmen, um ihn zu verhaften. Ihn, den Gefallenen. Den Bankier. Den Millionär, dessen Reichtum wie Butter in der Sonne dahingeschmolzen war. Sein Bankhaus war in Konkurs. Zahlungsunfähig! Hunderte Gläubiger wollten Geld von ihm. Wann würden sie kommen? Die Aktionäre, deren Effekten nun nicht mehr wert waren als das Stück Papier, auf das sie gedruckt worden waren. Heinrich von Strauch blieb im Salon, von dem man hinaus auf den mondbeschienenen Balkon und den Park der Villa sehen konnte, abrupt stehen. Hatte er nicht gerade einen Schatten bei der Gebüschgruppe gesehen? Jetzt wieder! Dort bewegte sich was. Hatten sie ihn ausfindig gemacht? Lauerten sie da draußen? Sammelten sie sich? Hunderte von Aktionären und Investoren, die seinem Bankhaus ihr Erspartes anvertraut hatten? Rotteten sie sich vor seiner Villa zusammen? Mit Knüppel, Schirmen, Beilen und Messern bewaffnet, um mit ihm abzurechnen? Er musste sich verstecken. Aber wo? Neuerlich setzte sich das Uhrwerk in seinem Inneren in Bewegung und er lief kreuz und quer durch die Räume der nächtlich stillen Villa. Am besten wäre es wohl, wenn er sich im Dienstbotentrakt verstecken würde. Dort hatte der Hausherr nichts zu suchen. Aber wie sollte er dorthin gelangen? Am besten durch die Hintertüre. Heinrich von Strauch eilte die Treppe hinunter in das Souterrain der Villa. Er riss die Küchentür auf, zündete eine Kerze an, die auf einem Kerzenhalter stand, und stolperte durch die Küche zum Hinterausgang. Vorsichtig, ganz vorsichtig, um nirgends anzustoßen und Lärm zu machen. Kruzitürken! Wann war er das letzte Mal hier in der Küche gewesen? Vor zwanzig Jahren? Das letzte Mal, als er sich hier hereingeschlichen hatte, war er ein junger Hupfer gewesen, der hinter einem drallen Küchenmädel her war. Wie hatte sie geheißen? Ach, du vermaledeite Misere! Sein Gehirn funktionierte nicht mehr. Einzig an ihre schneeweißen, wohlgerundeten Popobacken konnte er sich erinnern. Mit der Linken hatte er ihr immer an den Busen gefasst. Sie hatte abgewehrt, aber schwupp war seine Rechte unter ihren Rock gefahren und hatte sie in den Hintern gezwickt. Wie hatte sie nur geheißen? Sosehr er sich auch bemühte, seine Erinnerung ließ ihn im Stich. Plötzlich stand Heinrich von Strauch vor einer Mauer. Verdammt! Hatte man, ohne ihn zu unterrichten, den Hintereingang zugemauert? Mit nervös zitternden

Händen tastete er sich an der feuchten Mauer entlang. Das Licht der Kerze leuchtete ihm nur ein, zwei Schritte im Voraus den Raum aus. Ah! Da war was! Holz! Ein Türstock. Endlich. Er hatte die Tür gefunden. Was nun, wenn sie verschlossen war? Dann würde er in der Falle sitzen, wenn die wilde Meute oben die Tür eintrat und die Villa stürmte. Natürlich würden sie auch in die Küche hinuntersteigen und ihn finden und abstechen. Wie eine Sau. Mit den Küchenmessern, an denen er zuvor vorbeigeschlichen war und die im flackernden Kerzenlicht kalt und gefährlich glänzten. Fast hätte er eines zur Selbstverteidigung mitgenommen. Doch was sollte er mit einem Messer schon ausrichten, wenn die Meute mit Stöcken und Prügeln bewaffnet war? Heinrich von Strauch brach der Angstschweiß aus. Er atmete hysterisch keuchend durch den Mund. Seine Hand berührte das kalte Metall der Türklinke. Er drückte sie ganz langsam nieder und lehnte sich vorsichtig gegen die Tür. Ein Ächzen und Quietschen ertönte, die alte Tür ging einen Spaltbreit auf. Ob seine Verfolger das Geräusch vernommen hatten? Er durfte nicht zögern. Hinaus, nichts wie hinaus! Die verdammte Villa war eine einzige riesengroße Falle. Er stolperte über die Steinstufen, die von der Hintertür emporführten, fiel hin und schlug sich das Knie an. Er stöhnte leise, rappelte sich auf und humpelte quer über den Hof zum Gesindehaus. Auch hier griff er mit bangem Gefühl nach der Klinke. Doch auch diese Tür ließ sich öffnen. Gott sei Dank sperren die Leute am Land nicht zu! Zu seinem großen Entsetzen quietschten hier die Angeln. Einige Sekunden stand er wie versteinert da, dann betrat er den Flur des ebenerdigen Gesindehauses und schloss die unverschämt laute Tür hinter sich. Im Mondlicht, das zuvor hereingeschienen hatte, hatte er entlang des Flurs eine ganze Reihe von Zimmern gesehen. Er beschloss, zur Resi ins Bett zu schlüpfen. Dazu musste er ihre Kammer finden. Vorsichtig öffnete er die Zimmertüre, die sich direkt vor seiner Nase befand. Er lauschte und vernahm ein männlich lauteres und ein weiblich leiseres Schnarchen. Aha, das war das Zimmer vom Ziguri und seinem Eheweib. Er schloss die Tür, schlich weiter und öffnete die nächste. Hier schlug ihm eine Geruchswolke von Leder, Stall und Pferd entgegen. Das war das Zimmer des Kutschers. Im nächsten Raum vernahm er regelmäßiges weibliches Atmen. War das die Resi? Er schlich zu dem Bett, doch plötzlich erstarrte er mitten in der Bewegung. Das weibliche Wesen, das hier schlief, drehte sich stöhnend im Bett um und ließ dabei einen fahren. Es stank fürchterlich, sodass Heinrich von Strauch die Flucht ergriff. Draußen am Flur, nachdem er mehrmals tief durchgeatmet hatte, wurde ihm bewusst, dass er um ein Haar zur dicken Ottilie unter die Decke gekrochen wäre. Und er erinnerte sich, dass die Köchin zu Beginn seiner Flucht, als sie zum Kutscher auf den Kutschbock geklettert war, eine Salve an Flatulenzen abgefeuert hatte. Ein fürchterliches Weib.

Im nächsten Zimmer, das am Ende des Ganges lag, hörte er nichts, sah er nichts und roch auch nichts. Das bedeutete, dass er den ganzen Flur zurückgehen und seine Suche auf der anderen Seite der Eingangstür fortsetzen musste. In seinem aufgeregten Zustand verzählte er sich bei seinem Retourweg und betrat nochmals das Zimmer des Hausmeisterehepaars, in dem nach wie vor ein Duett von Schnarchlauten dargeboten wurde. Im darauffolgenden Zimmer hörte er leise Atemzüge. Als er zum Bett schlich, wurde ihm ganz warm ums Herz. Denn das, was er da roch, waren die mädchenhaften Ausdünstungen Resis. Heinrich von Strauch entledigte sich seiner Kleidung, zog Schuhe und Strümpfe aus, versteckte alle Sachen hinterm Bett und schlüpfte dann vorsichtig unter die Bettdecke. Resi murmelte etwas, als er sich neben sie legte und an sie drückte. Sie wachte jedoch nicht auf. Da ihm in Resis warmem Bett die Angst wie ein Stein vom Herzen fiel, merkte er, wie etwas anderes hart wie ein Stein wurde. Er kuschelte sich an das Mädel und streichelte ihren Rücken. Als er beim Gesäß angelangt war, vernahm er Resis verschlafene Stimme:

»Hör sofort auf!«

Hatte er sich verhört? Hatte Resi ihn abgewiesen und obendrein geduzt? Das konnte nicht sein. Er griff ihr neuerlich an den Hintern. Doch statt dass sie ihm diesen entgegenstreckte, begann sie mit den Beinen zu strampeln und zischte wütend:

»Finger weg! Hab i g'sagt!«

Er zuckte zusammen, als ob ihn ein Blitz gestreift hätte. So weit war es also gekommen. Dass ihm seine Dienstboten nicht mehr bedingungslos zu Willen waren und ihn obendrein duzten. Normalerweise hätte er jetzt das Mädel bei den Haaren gepackt und ihren Schädel so lange geschüttelt, bis ihr bisserl Hirn zusammengeronnen und sie wieder zur Vernunft gekommen wäre. Aber in dieser Situation durfte er sich nichts Derartiges erlauben. Heinrich von Strauch musste seinen Zorn hinterschlucken, sich eisern beherrschen und ruhig verhalten.

Hatten nicht gerade im Gang draußen die Bodenbretter geknarrt? Da! Schon wieder. Waren das Schritte, die er da hörte? Eiskalt lief es ihm den Buckel hinunter. Er drehte sich um, krümmte sich zusammen und zog vorsichtig die Decke über den Kopf. Er atmete flach und lauschte gespannt, ob er vom Gang weitere verdächtige Geräusche hörte. Nur ja nicht die Resi ganz aufwecken! Die würde am Ende einen Mordsbahöö machen, und seine Verfolger würden ins Zimmer stürmen und sich an ihm vergreifen. Noch lange diese und andere düstere Gedanken wälzend, schlief er schließlich ein.

⁂

Es war kurz vor halb neun Uhr morgens, als Ernst Xaver Huber an die Pforte des Strauch'schen Palais pochte. Zuerst leise, dann laut und fordernder. Schließlich wurde das Tor einen Spaltbreit geöffnet, und Huber sah in das griesgrämige Gesicht von Jean, dem Majordomus. Es folgten eine knappe Verneigung und die Frage:

»Herr Direktor Huber, Sie wünschen?«

»Lassen S' mich eintreten.«

»Der Herr Baron ist nicht anwesend.«

»Das ist mir bekannt. Glauben S', ich bin auf der Nudelsuppe dahergeschwommen*? Ich muss dringend die Frau Baronin sprechen!«

Jean verzog das Gesicht zu einer arroganten Fratze, musterte Huber von oben bis unten, verbeugte sich schließlich noch einmal und ließ den ungebetenen Gast eintreten.

Huber herrschte den Domestiken an:

---

* Glauben Sie, ich bin blöd?

»Gehen S' voraus und melden S' meinen Besuch. Aber rasch! Es pressiert.«

Jean schloss das Tor und marschierte gemessenen Schrittes die Prunkstiege des Palais empor. Huber folgte ihm ungeduldig. Sie durchschritten den großen Salon, dann die Bibliothek und schließlich den kleinen Salon der Dame des Hauses. Vor der hohen Flügeltür, die zu ihrem Schlafzimmer führte, hielt Jean kurz inne. Mit einer unglaublichen Manieriertheit hob er den rechten Arm, ballte langsam seine weiß behandschuhte Rechte zu einer lockeren Faust und klopfte an. Als keinerlei Reaktion erfolgte, klopfte er neuerlich. Wiederum gab es keine Reaktion. Als Jean zum dritten Klopfen ansetzte, erklang Liebtrauds verschlafene Stimme:

»Wer stört?«

»Verzeihen Sie, gnädige Frau, aber der Herr Direktor Huber besteht darauf, zu Ihnen vorgelassen zu werden.«

»Um Gotteshimmelswillen, ist Heinrich etwas zugestoßen?«

Nun schaltete sich Huber ein:

»Nein. Soviel ich weiß, nicht. Aber es pressiert.«

Liebtraud schwieg eine Zeit lang. Schließlich antwortete sie:

»Ernstl, sei so gut und warte einen Augenblick. Du darfst gleich eintreten.«

Dann hörte Huber, wie sie ihre Zofe Marie rief und befahl:

»Öffne die Vorhänge, reich mir mein Morgenjackerl und frisier' mich.«

Huber wippte ungeduldig mit dem Fuß. Er stellte sich vor, wie sie in die Morgenjacke schlüpfte und wie Marie ihr langes Haar bürstete und aufsteckte. Schließlich riss ihm der Geduldsfaden und er flehte durch die verschlossene Tür:

»Liebtraud, bitte lass mich eintreten. Es ist dringend. Sehr dringend.«

Statt eine Antwort zu erhalten, hörte er ihre Stimme kommandieren:

»Die Haarspange mit den Rubinen und den Spiegel.«

Neuerlich wippte er mit dem Fuß und bemerkte voll Ärger, dass Jean seine Unruhe mit hochgezogenen Augenbrauen quittierte.

»Ernstl, bist du noch da?«

»Ja. Selbstverständlich. Bitte lass mich eintreten.«

»Das schickt sich zwar nicht, aber von mir aus. Bitte tritt ein.«

Jean öffnete die Tür, und Huber stürmte ins Schlafgemach der Dame des Hauses.

»Liebtraud, guten Morgen. Mein Gott, bist du schön!«

»Geh! Ich bin noch ganz verschlafen.«

»Ich bitt' dich, werd' wach und steh auf! Unheil naht.«

»Um Gottes willen! Wo brennt's denn?«

»Brennen tut's nirgends. Und trotzdem: Die Situation ist brandgefährlich.«

»Ernstl, was ist dir? Bist verrückt geworden? So wie Heinrich?«

»Liebtraud, wir haben es brandeilig. Vorher war ein Bote bei mir, der mich unterrichtet hat, dass der Gerichtsvollzieher auf dem Weg hierher ist. Er wird alles pfänden, was nicht niet- und nagelfest ist. Und darüber hinaus wird er dich und die Kinder delogieren. Das Palais wird nämlich versteigert.«

Liebtraud von Strauch wurde weiß wie die Wand und begann zu stottern:

»Aber ... aber ... wo ... wohin? Wo sollen wir hingehen?«

»Das weiß ich nicht. Vielleicht zu deinem Herrn Papa. Oder in die Maurer Villa. Die ist weit weg vom Schuss. Bis der Gerichtsvollzieher dort antanzt, fließt noch einiges Wasser die Donau hinunter. Da hättest du eine Verschnaufpause und könntest nachdenken. Aber jetzt bitte ich dich nur eines: Beeil dich!«

Ein Ruck ging durch Liebtrauds Körper, und sie befahl dem Majordomus:

»Jean, sagen Sie dem Kindermädel, dass sie die Kinder reisefertig machen soll. Sofort! Und zwei Koffer soll sie auch packen. Mit dem Kinderg'wand. Im Anschluss rufen S' einen Fiaker, der soll in den Hof hereinfahren. Dann kommen S' herauf, packen selber ihr Zeug zusammen und helfen der Marie. Marie! Pack für mich den großen Koffer. Stopf so viel rein, wie nur geht. Und beeil dich. Denn du musst ja auch deine Sachen einpacken. Schau nicht so dumm. Renn!«

Liebtraud eilte zu ihrem Kleiderschrank, riss die Tür auf, suchte hektisch unter ihren Kleidern eines aus, schlüpfte aus ihrer Morgenjacke sowie aus dem Nachthemd und verschwand, so wie Gott sie erschaffen hatte, hinter dem Paravent, der die Frisierkommode verdeckte. Huber schluckte und musste sich eingestehen, dass ihr schlanker, biegsamer Körper ihm nach wie vor nicht gleichgültig war.

»Ernstl! Sei so lieb und hol mir aus dem Abstellkammerl die große Ledertasche. Da links hinter der Tapetentür.«

Er tat, wie ihm befohlen, und trat mit der Ledertasche hinter den Paravent. Liebtraud saß nackt auf einem Hocker und puderte sich Gesicht und Wangen.

»So, und jetzt gibst du bitte alle Flakons, Tiegerln und das andere Klumpert, das da herumsteht, in die Tasche. Vergiss ja nicht den Kamm und die Bürste!«

Sie eilte nackt zu einer hohen Biedermeierkommode, öffnete eine Lade, entnahm ihr ein Korsett und schlüpfte in dieses.

»Ernstl, komm und schnür mir das Korsett zu.«

Huber war mittlerweile hochgradig erregt und konnte dies nur mühsam verbergen. Mit zitternden Fingern begann er das Korsett zu schnüren, während Liebtraud Seidenstrümpfe anzog. Als er fertig war, beugte er sich vor, küsste ihren Nacken und registrierte, dass sich ihre Brustwarzen aufrichteten. Dennoch schüttelte sie ihn ab und sagte energisch:

»Sei jetzt bitte nicht kindisch. Reiß dich zusammen und hilf mir ins Kleid!«

Huber tat, was sie verlangte, und suchte dann unter der Unzahl von Damenfußbekleidungen Liebtrauds fliederfarbene Stiefeletten, während Marie mit der Hilfe von Jean hektisch Kleider, Mäntel, Jacken und Wäsche in einem riesigen Schrankkoffer verstaute. Da die Zofe beschäftigt war, musste er ihr auch beim Schuhanziehen und Schnüren helfen. Und während sie Mantel, Schal und Hut holte, hatte er in eine zweite Ledertasche allerlei Schuhwerk zu stopfen. Liebtraud war nun voll angekleidet. Sie ließ ihren Blick prüfend durchs Zimmer gleiten und rief dann: »Ah ja!« Das galt dem Schmuckköfferchen, das nach wie vor auf der Psyche stand. Sie klappte es zu und wies Huber an:

»Ernstl, nimm bitte die beiden Ledertaschen, ich nehm' das Köfferchen.«

Dann stiegen sie die Treppe hinunter in den Hof des Palais, wo ein Fiaker sowie die Kinder und das Kindermädchen warteten. Liebtraud kommandierte:

»Was steht ihr wie die Ölgötzen herum? Steigt's ein! Aber rasch!«

Marie und Jean schleppten den Schrankkoffer herbei, den der Fiakerkutscher verstauen half. Liebtraud zog die Zofe in die Kutsche und sah Huber fragend an. Der sagte leise:

»Mauer? Konveniert dir das?«

Als sie zustimmte, schloss er die Fiakertür, drückte dem Kutscher einen Geldschein in die Hand und sagte ihm die Maurer Adresse. Der hob erstaunt eine Augenbraue, sah den Geldschein an und raunzte:

»Das reicht aber nur bis nach Hietzing, gnä' Herr!«

Huber seufzte und zog einen weiteren Geldschein aus der Brieftasche.

Der Kutscher brummte nun:

»Ja, das könnt' sich bis Mauer ausgehen. Als dann: Fahr ma!«

∽◎∽

Ha! Das war ein Geniestreich gewesen, der ihm da gestern eingefallen war. Liebtraud in aller Herrgottsfrüh heimzusuchen und ihr einzureden, dass alle ihre Sachen und auch das Palais von einem Gerichtsvollzieher beschlagnahmt werden würden, war schlichtweg genial. Mit dieser Lügengeschichte hatte er sie aus dem Palais hinausgebracht. Und zwar weit hinaus! Aufs Land nach Mauer. Es war ein gewagter Coup gewesen, doch er hatte geklappt. Das Tüpfelchen auf dem i war, dass er diesem unmöglichen Jean, den er auf den Kutschbock des Fiakers verfrachtet hatte, im letzten Moment vor der Abfahrt die Schlüssel des Palais abgenommen hatte. Damit war er nun Herr des Strauch'schen Stammsitzes. Ernst Xaver Huber war mit sich und der Welt vollends zufrieden, obwohl sich just in diesem Moment finstere Wolken zusammenballten und es mit aller Macht zu schütten anfing. Den Mantelkragen aufstellend und den Hut tief ins Gesicht ziehend, stapfte er zum Café Griensteidl, wo er sich ein ordentliches Frühstück bestellte. Während er die Melange schlürfte und zwei Eier im Glas sowie ein Buttersemmerl verspeiste, überlegte er die nächsten Schritte. Ja, er würde die illiquide Strauch & Compagnon Bank-Actiengesellschaft liquidieren. Dazu würde er auch das Privatvermögen des untergetauchten Barons heranziehen, zu dem zweifellos das Palais in der Innenstadt gehörte. So, und nur so konnte sein Plan aufgehen, Heinrich von Strauch zu vernichten und sich selbst ein kleines Vermögen zu retten. Tja, in Zukunft würde er derjenige sein, der mit Silberlöffeln speisen und Champagner saufen würde. Er würde die beiden Baugesellschaften Unitis und Wiener Wohnstatt weiterführen, die er vorsorglich schon vor einiger Zeit finanziell und rechtlich von der Strauch & Compagnon Bank-Actiengesellschaft getrennt hatte und für deren operative Führung er seitdem alleine verantwortlich war. Oberflächlich und faul, wie Heinrich von Strauch war, hatte er auch diese Aufgabe mit Freuden dem lieben Ernstl überlassen. Strauch, dieser liederliche Falott! Weiber, Weiber und nichts als Weiber hatte er im Kopf gehabt. Und wenn es einmal etwas zu tun gegeben hätte, hatte der Herr Baron immer seinen Lieblingsspruch von sich gegeben:

»Der Ernstl wird sich darum kümmern!«

Während er Tag und Nacht baraberte, hatte sich der Herr Baron in den Theatern, Tanzsälen und Séparées der Stadt mit allen möglichen Weibspersonen amüsiert. Champagnisieren und mulattieren*, das waren die Lieblingsbeschäftigungen des Herrn von Strauch gewesen, während er, der aus kleinbürgerlichen Verhältnissen stammende Ernst Xaver Huber, sich zersprageln musste. Und als Dank dafür hatte man ihm zugetragen, dass Heinrich von Strauch hinter seinem Rücken ihn als G'schaftlhuber apostrophierte. Zur Hölle soll er fahren, der Herr Baron! Apropos Weiber: Mit großer Genugtuung wird er, der liebe Ernstl, morgen hinaus nach Mauer fahren, die verunsicherte Frau Baronin trösten und mit großem Vergnügen an ihren spitzen Brustwarzen knabbern. Eine Art der Liebkosung, die die Baronin von Strauch besonders liebte und zu der es heute Morgen leider nicht gekommen war. Doch davon, wie von allem anderen, was rundum geschah, hatte Heinrich von Strauch keine Ahnung. Dieser Ignorant, dieser Widerling! Nun, im Mai waren die Iden des März endlich gekommen. Besser spät als nie, dachte Huber und steckte mit Genuss das letzte Stück Buttersemmel in den Mund. Dabei lächelte er und murmelte:

»Ich bin eine unverschämt g'scheite und gerissene Rotzpip'n.«

---

* einen Mulatschak (Bacchanal) feiern / die Sau raus lassen

Regen trommelte an die Fensterscheibe, dicke Tropfen platschten auf das Fensterbrett. Heinrich von Strauch lauschte den Geräuschen und erwachte langsam. Das Rauschen des Regens hatte eine beruhigende Wirkung, er drehte sich um und beschloss, noch ein wenig weiterzuschlafen. Seine Verfolger hatten ihn offensichtlich nicht gefunden. Es war eine brillante Idee gewesen, sich im Dienstbotentrakt zu verstecken. Nun, in der Früh würde er sehen, ob sie noch da waren. Aber vielleicht war das alles letzte Nacht auch nur ein grauenhafter Wachtraum gewesen? Nur Einbildung und Imagination? Wenn sie wirklich da gewesen waren, so würden sie jetzt sicher nicht im Regen herumirren und ihn suchen. Ja, der Regen war sein Verbündeter. Der würde diese Gierhälse, diese Geier, diese Börsenstrolche hinwegspülen. So wie einst alle Sünder von der Sintflut hinweggespült worden waren. Und später, wenn sich die Wolkendecke lichten und ein frischer Wind die dunklen Regenverursacher verblasen würde, könnte er ganz unbekümmert aus Resis Bett schlüpfen, hinüber in seine Villa gehen und sich ein üppiges Frühstück schmecken lassen. Er tastete das Bett nach Resis warmem Körper ab, doch da war nichts. Aha, die Resi war also schon aufgestanden! Auch gut, sie würde sicher in der Villa drüben ihren Alltagspflichten nachkommen. Alltagspflichten? Na geh! Heinrich von Strauch schmunzelte schläfrig. Die hatte er endgültig hinter sich gelassen. Nie wieder würde er einer geregelten Arbeit nachgehen und auch keinem geregelten Tagesablauf mehr Folge leisten. Beim neuerlichen Einschlafen genoss er den Gedanken, dass sich in seiner großen Reisetasche genug Geld befand, um davon jahrelang gut leben zu können. Um Banalitäten wie Alltagspflichten, Erwerbstätigkeit, Bankgeschäfte und Unternehmertum brauchte er sich nicht mehr zu kümmern. Er hatte alles Geld der Welt.

Ein bekanntes Geräusch sickerte in seinen Schlaf. Das Klappern von Pferdehufen. Er sah sich in einer Kutsche sitzen und durch ferne Länder reisen. An seiner Seite ein süßes Mädel und zu seinen Füßen eine Tasche voller Geld. Plötzlich hielt das Geräusch inne. Pferdeschnauben und Stimmen waren zu hören. Mit einem Schlag war er hellwach. Er setzte sich mit einem Ruck im Bett auf und lauschte. Tatsächlich, da waren Leute bei seiner Villa angekommen! Gläubiger, die der Regen doch nicht fortgespült hatte. Sie waren hier und suchten ihn. Er sprang aus dem Bett, schlüpfte in Hemd, Hose, Jacke, Socken, Schuhe und den dicken Lodenjanker, den er hier in Mauer immer bei schlechtem Wetter trug. Seine Finger zitterten so sehr, dass er sich kaum die Schnürbänder zubinden konnte. Es gelang ihm erst nach mehrmaligen Anläufen. Geld! Verdammt! Er hatte die Tasche drüben in der Villa. Hektisch griff er nach seinem Portemonnaie und hoffte inständig, dass es noch einige Geldscheine enthalten würde. Ein Umstand, um den er sich bisher nie gekümmert hatte, da man ihm überall Kredit gab oder die Rechnungen einfach an sein Bankhaus schickte. Erst hier in Mauer hatte er begonnen, immer etwas Bargeld einzustecken. Die Stimmen wurden lauter, Angstschweiß brach aus. Sollte er vorne bei der Tür hinaus und durch den dichten Regen davonrennen? Sollte er dieses Risiko auf sich nehmen? Nein. Klüger war es, durch das Fenster ins Unkraut, das hinter dem Dienstbotenhaus wucherte, zu steigen und dann über den Zaun in den Wald zu verschwinden.

Als Reserl wenig später ins Dienstbotenhaus stürmte und »Gnädiger Herr! Ihre Frau Gemahlin und Ihre Kinder sind gerade angekommen!« rief, verhallte dieser Ausruf ungehört in einem leeren Zimmer. Die einzigen Geräusche, die zu vernehmen waren, waren das Rauschen des Regens und das Platschen dicker Tropfen, die durch das sperrangelweit geöffnete Fenster in unregelmäßigen Abständen auf den Holzboden fielen.

Juni

Er musste es schaffen. Koste es, was es wolle. Deshalb scheute er weder Zeit noch Mühe. Unbeirrt saß er nun schon den zweiten Tag an seinem Schreibtisch und schrieb und schrieb und schrieb. Nein, es war keine Abhandlung, keine Aufstellung, kein Bericht, keine Prosa und schon gar nicht Lyrik, was er da schrieb. Es handelte sich um einen einzigen Satz, den er immer und immer wieder vor sich aufs Papier warf. Am ersten Tag erfolgte dies ziemlich zögerlich und zum Teil auch zittrig. Doch als er die Sache überschlafen und sich in der Früh neuerlich ans Werk gemacht hatte, stellte sich peu à peu der Erfolg ein. Immer schwungvoller und echter aussehend geriet das Geschriebene. Gegen Mittag, als ihm das Handgelenk schmerzte und die Schrift vor seinen Augen zu verschwimmen begann, machte er eine Pause und begab sich ins Restaurant Faber, um dort vorzüglich zu speisen. Hernach, als er sich beim Demel auch noch mit Kaffee und Apfelstrudel gestärkt hatte, ging ihm die Angelegenheit schließlich wunderbar von der Hand. Buchstaben und Schreibduktus dieses einen Satzes glichen allmählich Heinrichs Handschrift wie ein Ei dem anderen. Ernst Xaver Huber griff nun zu einem Blatt Briefpapier, auf dem sich Heinrich von Strauchs Name in fein ziselierten Buchstaben befand. Er atmete tief durch und schrieb dann zügig folgenden Satz:

Ich, Heinrich von Strauch, verfüge, daß mein gesamter Privatbesitz sowie mein Stadtpalais, Innere Stadt, Bräunerstraße 5, veräußert und daß der Erlös zur Befriedigung der Forderungen meiner Aktionäre und Klienten verwendet wird.

Heinrich von Strauch
Wien, am 1. Juni 1873

～❧～

»Meine Herren, es hat mich viel Zeit, Nerven und Überzeugungskraft gekostet, um Ihnen dieses Papier schlussendlich vorlegen zu können. Diese Willenserklärung von Heinrich von Strauch sollte genügen, um ein gerichtliches Konkursverfahren abwenden zu können.«

Ernst Xaver Huber überreichte Leopold von Wertheimstein ein Couvert, auf dem das Strauch'sche Wappen prangte. Dieser ergriff es, ohne eine Miene zu verziehen, öffnete es und entnahm ihm das darin enthaltene Schreiben.

Huber begann zu schwitzen, er ballte die Fäuste, sodass seine Knöchel weiß hervortraten. Nervös kaute er an seiner Unterlippe. Er spürte die Spannung, die in der Luft lag, als der Vizepräsident der Kreditanstalt das Schreiben aufklappte. Die beiden anderen Herren, Prokurist Fleischmann vom Bankhaus Epstein sowie ein Vertreter des Bankhauses Fey, den Huber nicht kannte, sahen ihm dabei interessiert zu. Würde die Fälschung auffliegen? Würde man ihn mit Schimpf und Schande davonjagen und ihn wegen versuchten Betrugs verhaften? Hubers Nerven waren bis zum Zerreißen gespannt. Am liebsten wäre er aufgesprungen und aus Wertheimsteins Bureau weggelaufen. Langsam ließ dieser das Schreiben sinken und gab es an Fleischmann weiter. Der überflog es, nickte und reichte es dem Abgesandten des Bankhauses Fey. Der sah sich das Papier verdächtig lange an, und Huber bekam einen Schweißausbruch. Er krampfte die Hände ineinander und starrte vor sich auf den Boden.

»Ich weiß nicht … ich weiß nicht …«

Gleich spring ich auf und renn davon, dachte Huber. Einfach weg. Weit weg.

»Was wissen Sie nicht, mein lieber Dr. Müller?«, fragte Leopold von Wertheimstein.

»Ich weiß nicht, ob es g'scheit ist, dass wir diesen Weg beschreiten. Vielleicht sollten wir doch lieber den Konkursrichter und einen Masseverwalter einschalten.«

»Aber geh! Das ist doch nicht notwendig«, entgegnete Wertheimstein. »Ein Masseverwalter kostet nur unnötig Geld und eine Abwicklung vor Gericht unnötig viel Zeit.«

Nun meldete sich der Prokurist Fleischmann zu Wort:

»Also ich sehe das genauso wie der Herr von Wertheimstein. Mit diesem Dokument können wir über das gesamte Strauch'sche Vermögen verfügen. Und das ist noch immer beachtlich. Ich bitte Sie, da gibt es ein Palais, dann das Haus am Schottenring, in dem sich der Sitz der Bank befindet, dann die Baugesellschaften Wiener Wohnstatt, Neu-Wien, Unitis, H. Strauch & Cie Baugesellschaft und Niederösterreichische Wohnbaugesellschaft samt den dazugehörigen Liegenschaften, Zinshäuser in allen möglichen Landesteilen Österreichs sowie die erst unlängst gegründete Orient-Eisenbahn-Actiengesellschaft, an der ja unsere Bank auch Anteile hält. Wenn wir all das in die Hände eines Masseverwalters legen, könnte es passieren, dass dieser bei der Verwertung eigene Interessen oder gar Interessen Dritter verfolgt. Nein! Da bin ich absolut dagegen. Ich bin überzeugt, dass wir mit dieser Vollmacht nicht nur die Forderungen aller Gläubiger befriedigen können, sondern dass sogar ein gar nicht so kleiner Gewinn für unsere Institute herausschauen wird.«

Huber, der sich mittlerweile gefasst hatte, seufzte:

»Mein Gott! Es ist ein Jammer. Wenn mein Freund Heinrich von Strauch hier mit uns am Tisch sitzen würde, könnten wir sicher eine für alle Seiten zufriedenstellende Lösung finden. Heinrich hatte immer ein goldenes Händchen gehabt, wenn es darum ging, anstehende finanzielle Probleme zu lösen.«

Wertheimstein seufzte ebenfalls und fragte:

»Wie geht es denn dem Herrn Baron? Sie sind ja der Einzige, der derzeit Kontakt zu ihm unterhält. Wir, die wir ja alle seine Kollegen sind, haben seit Wochen nichts mehr von ihm gehört oder gesehen. Wo steckt er eigentlich?«

»Nun, wo er derzeit ist, weiß ich auch nicht«, antwortete Ernst Xaver Huber wahrheitsgemäß und fuhr frech lügend fort: »Mit großer Mühe konnte ich ihn gestern draußen am Land aufstöbern und in einem mehrstündigen Gespräch überzeugen, dass er diese den Herren vorgelegte Vollmacht ausfertigt und unterschreibt. Danach ist er aufgestanden, hat mich umarmt und hat, bevor er gegangen ist, gesagt: Adieu, Ernstl. Mach das Beste daraus.«

Wertheimstein runzelte die Stirn und sagte leise:

»Das klingt besorgniserregend. Der Baron Strauch wird sich doch am Ende nichts antun wollen.«

Und Fleischmann ergänzte leise:

»Dann hätte der große Krach ein weiteres Opfer gefordert.«

Jetzt hat er's vermasselt. Der Jüngel. Der feine Binkel. Dieser Schafskopf. Alles ist perdu. Das Palais, die Bank, alles. Gott sei Dank muss das der alte Herr Baron nicht mehr miterleben! Jean schüttelte den Kopf. Wie konnte man nur so ein riesiges Vermögen verjuxen? Das hat diese Missgeburt von einem Menschen nicht nur durch Blödheit und Vergnügungssucht fertiggebracht, sondern vor allem durch sein Verschwinden. Es scheint, als ob sich der Jüngel in Luft aufgelöst hat. Unglaublich! So etwas täte sich unsereiner nie erlauben. Dazu haben wir einfachen Leut' zu viel Anstand. Aber was hat man heutzutage von seiner Anständigkeit? Nichts. Gar nichts. Diese und ähnliche Gedanken gingen ihm durch den Kopf, als er auf einem Holzschemel im Foyer der Villa saß und sich so überhaupt nicht zu Hause fühlte. Sein Zuhause war das Barockpalais in der Stadt gewesen. Dort hatte er immer etwas zu tun gehabt. Hier war alles kleiner, und es gab keine Schar von Dienstboten, die es zu dirigieren galt. Es gab nur das Hausmeisterehepaar, die Reserl, das Kindermädel, die Zofe und die Otti, die er gerade im Souterrain mit allerlei Kochgerätschaften hantieren hörte, sowie Ferdinand, den Kutscher. Jeans Hirngespinste verflogen mit einem Schlag, als er ein zuerst leises Kichern und danach ein lustvolles Kudern hörte. Nach einem Augenblick der Verwunderung verzog er voll Widerwillen das Gesicht. Ah ja! Der Huber war schon wieder im Haus. Seit dem Verschwinden des Jüngels klebte der an der Frau Baronin wie ein Stück Hundedreck am Stiefelabsatz. Auf Zehenspitzen ging Jean den Flur entlang zum Arbeitszimmer des Jüngels. Die Angeln dieser Tür quietschten im Gegensatz zu allen anderen Türangeln des

Hauses nicht. Vorsichtig öffnete er die Tür und schlich am Schreibtisch vorbei zur Balkontür. Mit spitzen Fingern drehte er den Schlüssel im Schloss um, öffnete sie und erstarrte, da ein ächzendes Geräusch erklang. Wie versteinert stand er da und lauschte, doch das lustvolle Stöhnen von nebenan wurde ohne Unterbrechung fortgesetzt. Jean betrat den Balkon, der sich sowohl vor dem Arbeitszimmer als auch vor dem Salon entlang der Hausfassade erstreckte. Er schlich zu der großen Flügeltüre, von der man in den Salon hineinsehen konnte. Was er da erblickte, erboste ihn. Die Frau Baronin hatte die Bluse abgestreift. Ihre nackten Brüste bebten über dem Korsett, während Huber an ihrer rechten Brustwarze knabberte. Sauerei, so was! Doch Jeans Empörung verebbte sogleich wieder. Warum soll sich die Frau Baronin nicht auch vergnügen und ein bisserl fremd pudern*? Schließlich hatte es der Jüngel hemmungslos mit anderen Weibern getrieben. Nur, dass sie das mit dem Huber tat, war degoutant. Der war doch nichts weiter als ein Glücksritter und ein Börsenstrolch. Jean wandte sich kopfschüttelnd ab und schlich zurück. Vorsichtig schloss er die ächzende Balkontür und wartete einen Augenblick, ob aus dem Salon eine Reaktion kam. Als dies nicht der Fall war, schlich er am Schreibtisch vorbei und wollte schon das Arbeitszimmer verlassen, als ihm eine Ledertasche auffiel, die rechts neben dem Schreibtisch stand. Er betrachtete sie interessiert, weil sie wie eine jener Taschen aussah, die Ärzte bei einer Krankenvisite mit sich trugen. Seit wann beschäftigte sich der Jüngel mit Medizin? Das war ja ganz was Neues! Jeans Neugierde war geweckt. Er

---

* Geschlechtsverkehr ausüben

schlich zur Tasche, hob sie auf den Schreibtisch und öffnete sie. Dann traf ihn fast der Schlag. Sein Herz begann wie wild zu rasen, und alles drehte sich um ihn herum. Er taumelte und musste sich am Schreibtisch anhalten. Es brauchte einige Zeit, bis er sich von dem Schock, den ihm der Anblick Zehntausender Gulden, die fein säuberlich gebündelt in der Tasche lagen, erholt hatte. Schließlich machte er die Tasche zu, packte sie und verschwand aus dem Zimmer und aus der Villa.

～⚘～

Ernst Xaver Huber schritt flott durch die Innenstadt. Ein Gefühl von Zufriedenheit durchströmte ihn. Dass seine Pläne tatsächlich aufgegangen waren, war unglaublich. Er hatte es geschafft, Heinrich von Strauch zu vernichten. Das war nach dem Gespräch mit Leopold von Wertheimstein, von dem er gerade kam, Faktum. In dessen Bureau im Hauptgebäude der Kreditanstalt hatte er Huber davon in Kenntnis gesetzt, dass sich Heinrich von Strauchs Palais, der Firmensitz der Strauch'schen Bank am Schottenring sowie alle Liegenschaften der Baugesellschaft Neu-Wien, der H. Strauch & Cie Baugesellschaft und der Niederösterreichischen Wohnbaugesellschaft wie die warmen Semmeln verkaufen ließen. Es herrschte ein regelrechtes G'riss um diese Immobilien. Dadurch werde das Bankenkonsortium, das die Abwicklung des Bankhauses durchführte, alle Forderungen erfüllen und die Strauch & Compagnon Bank-Actiengesellschaft ordnungsgemäß auflösen können. Was blieb, war die Frage, was mit den Liegenschaften der Baugesellschaften Unitis und Wiener Wohnstatt, mit den Gesellschaften selbst sowie mit der dazugehörigen Ziegelfabrik geschehen werde. Huber, der mittlerweile das Nachahmen von Heinrich von Strauchs Handschrift perfekt beherrschte, hatte Wertheimstein gefälschte Übertragungserklärungen vorgelegt, die ihn zum Eigentümer dieser Gesellschaften machten. Diese Frechheit hatte er sich in den letzten Tagen ausgedacht. Nach dem Motto: Probieren wird man es ja noch dürfen.

Wertheimstein hatte das Papier eingehend studiert und mit einem Nicken zur Kenntnis genommen. Dann hatte er Huber davon unterrichtet, dass besprochen werden müsse, wie mit diesen Vermögenswerten weiter zu verfahren sei.

»Wie meinen S' denn das?«

»So, wie ich es gesagt habe. Auch wenn Ihnen Heinrich von Strauch die Unitis und die Wiener Wohnstatt abgetreten hat, so ist sie dennoch Teil der Vermögensmasse, die der Herr Baron uns, dem Bankenkonsortium, übertragen hat.«

»Das heißt?«

»Das heißt, dass wir keinesfalls auf diesen Teil des Strauch'schen Vermögens verzichten werden.«

Huber hatte geschluckt. Die Unterredung hatte von einer Minute auf die andere eine für ihn äußerst unerquickliche Wendung vollzogen. Er war leichenblass geworden, und Wertheimstein, der ihn die ganze Zeit mit kühlem Blick betrachtete, war fortgefahren:

»Wir wollen aber nicht streiten. Deshalb sollen Sie ja einen Plan entwerfen, wie wir gemeinsam die Unitis und die Wiener Wohnstatt Baugesellschaft, deren Liegenschaften und Häuser sowie die Ziegelfabrik weiterführen können.«

Huber hatte augenblicklich begriffen, dass Wertheimstein ihn nicht ausbooten, sondern Hubers Beteiligung nur auf einen gewissen Anteil beschränken wollte. Nun, damit konnte er leben. Seine Zukunft war gesichert.

»Herr von Wertheimstein, ich habe verstanden und bin mit dem Prozedere einverstanden.«

»Gut. Dann wäre da noch eine Kleinigkeit …«

»Ja?«

»Ich habe in Erfahrung gebracht, dass Heinrich von Strauch eine Villa in Mauer bei Wien besitzt. Die taucht in der Vermögensaufstellung, die Sie angefertigt haben, nirgendwo auf.«

Huber war knallrot im Gesicht geworden.

»Ja … ja … das stimmt. Aber … aber dort … dort wohnen derzeit Heinrichs Gemahlin und seine Kinder.«

»Hält er sich dort versteckt?«

»Nein. Er ist … er ist untergetaucht«, stammelte Huber und fuhr dann mit einer spontanen Lügengeschichte fort:

»Wir verkehren brieflich miteinander. Über ein Café in der Mariahilfer Vorstadt. Dort werden die Briefe hinterlegt. Und dort haben wir uns auch zweimal persönlich getroffen.«

»Was gedenken Sie, mit der Villa zu tun?«

»Nun, die Frau Baronin mag nicht länger in Mauer bei Wien residieren. Sie wird in den nächsten Tagen zu ihrem Herrn Vater in dessen Villa in Hietzing übersiedeln.«

»Dann wird die Villa ja leer stehen.«

»Ja, und ich dachte … ich dachte, dass man sie mir

als Bonifikation für meine geleistete Arbeit zugestehen würde. Es ist keine große Villa, mehr ein Landhaus.«

Huber hatte dies hündisch bettelnd vorgebracht und dabei in Leopold von Wertheimsteins Gesicht geblickt, das keinerlei Regung verriet. Nach einer längeren, bleischwer auf Hubers Nerven lastenden Pause replizierte der Vizepräsident der Kreditanstalt:

»Na gut. Verfügen Sie über diese Villa nach Ihrem Gutdünken. Aber: Sie erarbeiten besagten Plan. Und: Betrachten Sie die Villa als eine Art Vorschuss. Der Wert der Villa wird schlussendlich bei der Berechnung Ihrer zukünftigen Firmenanteile miteinbezogen werden.«

All das war Huber immer und immer wieder beim eiligen Durchqueren der Stadt durch den Kopf gegangen. Knapp vor Abgabeschluss betrat er das Haus Schulerstraße N° 17, wo sich das Inseraten-Bureau des Neuen Wiener Tagblatts befand. Einer der hier Tätigen blickte auf, erkannte Huber und begrüßte ihn mit einem müden:

»Herr Direktor Huber, ich begrüße Sie. Spät sind S' dran.«

»Ich hoffe, nicht zu spät.«

»Aber nein. Vor Ihnen waren ein paar andere da, die alle auch in der morgigen Sonntagsausgabe inserieren wollen. Was kann ich für Sie tun?«

»Nun, ich möchte ein schönes Landhaus draußen in Mauer bei Wien zum Verkauf anbieten.«

»In Mauer bei Wien. Da wohnt a Cousine von mir. Im Sommer sind ma gern da draußen. Is a schöne Gegend.«

»Sie sagen es. Deshalb hoff ich, dass wir die Villa schnell verkaufen werden.«

»Eine Villa? Da schau her!«

»Na ja … tun wir nicht übertreiben, schreib' ma: Landhaus.«

»Ein Landhaus ist aber keine Villa.«

»Na gut, dann schreiben wir halt Villa.«

Der Beamte, der mittlerweile das Inseraten-Formular vor sich liegen hatte, trug mit einem Fuzerl von einem Bleistift bei der Spalte Überschrift das Wort »Villa« ein. Huber diktierte folgenden Text:

»Mauer bei Wien, schön und groß, mit zwei Veranden, zwei Nebengebäuden, großer Grund, Haus- und Garten-Einrichtung zu verkaufen. Preis 24.000 fl. Zuschriften unter 'Landluft' an die Exped.«

Der Beamte trug alles in gestochen schöner Schrift in das Formular ein und versah es mit der Anzeigennummer 3706. Er legte das Formular Ernst Xaver Huber zur Begutachtung vor und rief dann:

»Karl! Komm bitte! Es gibt noch ein Inserat.«

Aus den hinteren Räumen des Büros kam ein junger, etwas rundlicher Kerl im Arbeitsmantel.

»Herr Direktor, das ist der Karl Loibelsberger, der setzt immer die Inserate, die ganz knapp vor Anzeigenschluss daherkommen. Schau, Karl, da hast in Summe noch elf Inserate, die in die Sonntagsausgabe reinmüssen.«

Der Schriftsetzer sah die Formulare durch und replizierte:

»Das ist kein Problem. I schurl* jetzt rüber in die Druckerei, setz die Sachen, und morgen steht dann alles in der Zeitung. Habe die Ehre, meine Herren!«

Huber grüßte ebenfalls, zückte seine Brieftasche und sagte, während er die Annonce bezahlte:

---

* laufe

»Es tut mir leid, dass ich so spät dran bin. Aber es ging nicht früher.«

Lächelnd erwiderte der Beamte:

»Kein Problem. Der Loibelsberger macht das schon.«

~~~

Es muffelte. Kein Wunder, schließlich befand sich der neue Barbiersalon von Maître Pöltl nicht mehr in der Inneren Stadt, sondern in der Vorstadt. Genauer gesagt in der Laimgrubengasse in der Mariahilfer Vorstadt. Huber saß auf einem wackeligen Besucherstuhl und sah dem Barbier zu, wie er einen Kunden rasierte. Das massige Gesicht eines dicken Fleischhauermeisters war ohne große Vorbereitungen mit Pinsel und Rasierschaum eingerieben worden, und dann ging es zügig zur Sache. Mit schnellen geübten Bewegungen glitt Pöltls Rasiermesser über die feisten Backen. Der Schnauzbart wurde vorerst ausgespart und danach mit einigen Schnitten der Schere zurechtgestutzt. Dann griff Pöltl zu einem Waschlappen, der in der Waschschüssel schwamm, drückte ihn aus und wischte damit die letzten Seifenreste von des Fleischerhauers Gesicht. Nun kam das Aftershave, das Pöltl einfach auf die Wangen seines Klienten spritzte und dann dort verrieb. Das war's. Der schwergewichtige Mann erhob sich ächzend aus Pöltls Rasiersessel, den er, wie Huber bemerkte, aus seinem ehemaligen Salon in der Wipplinger Straße hierhertransportieren hatte lassen. Der Dicke zückte sein Geldbörsl, drückte Pöltl eine Münze in die Hand und sagte:

»Meister Pöltl, Sie san a Zauberer. Man kommt stachelig wie a Kaktus daher und verlässt Ihr Etablissement im Handumdrehen glatt rasiert. Das lob' ich mir.«

Zufrieden stapfte der Fleischhauermeister die drei Stufen empor, öffnete die quietschende Eingangstür, grüßte mit einem lauten »Hawedere!« und warf dann die Tür, die neuerlich einen schrillen Quietscher von sich gab, hinter sich zu. Pöltl seufzte:

»Da! Da, sehen S', Herr Direktor, wie's in der Vorstadt zugeht. Es hilft alles nix, die Leut' da haben einfach keinen Stil. Da kann man nix machen. Wenn S' bitte Platz nehmen wollen.«

Huber ließ sich auf dem Rasierstuhl nieder, und Pöltl kippte den Stuhl ein wenig rückwärts in eine angenehm halb liegende Position. Er holte frische Handtücher, mit denen er Hubers Oberkörper abdeckte, und verschwand dann hinter einem Paravent. Wenig später kam er mit einem Lavoir* heißen Wassers, in das er frische Tücher eingeweicht hatte. Diese applizierte er nun auf Hubers Gesichtspartien, die danach rasiert wurden. Dies war eine sich mehrmals wiederholende Prozedur. Dann wurden die zu rasierenden Stellen mit einer Lotion eingerieben, die die Haut schützte. Danach erst kamen Seife und Pinsel zum Einsatz. Und während Pöltl mit Bedacht Hubers vordere Wangen, Hals und Kinn mit gefühlvollen schnellen Bewegungen rasierte, lamentierte er:

»Mein Gott, wie ich meinen schönen Barbiersalon und meine noblen Kunden vermisse. Aber dieser vermaledeite Börsenkrach hat nicht nur mich finanziell ruiniert, sondern auch viele meiner Kunden. Während ich vor dem 9. Mai jeden Tag an die zwanzig Kunden hatte, die noch

---
* Waschschüssel

dazu gutes Geld bezahlten, hatte ich nach dem Krach nur mehr zwei bis drei Kunden pro Tag. Mit Ausnahme von Ihnen und einigen anderen Getreuen ließ sich keiner mehr blicken. Meine Kunden waren ja durchwegs Börsenmakler, Bankiers und Bankbeamte. Die hatten plötzlich alle kein Geld und auch keine Lust mehr. So wie der Herr Baron von Strauch. Wie geht's dem eigentlich?«

Pöltl machte eine kurze Pause und schärfte an einem Lederriemen das Messer. Huber antwortete mit geheucheltem Mitleid in der Stimme:

»Mein Gott ... der Heinrich ... der ist wie vom Erdboden verschluckt. Weiß der Kuckuck, wo der sich aufhält. Keine Menschenseele weiß, was der jetzt treibt.«

»Hat er sich am End' gar umgebracht?«

»Na, das wollen wir doch nicht hoffen«, murmelte Huber und dachte sich: Verrecken soll der Saukerl. Und während Pöltl das Messer wieder ansetzte und weiterrasierte, meinte er:

»Herr Direktor, möglich wäre es. Es gibt mittlerweile unzählige Opfer der Börse. Aus dem Stand kann ich Ihnen zwei meiner Kunden nennen: den Börsenmakler Samuel Deutsch. Ein feiner Mensch, der mir immer ein anständiges Trinkgeld gegeben hat. Und natürlich Gustav Ritter von Boschan, der infolge der Zahlungsunfähigkeit des Bankhauses Reizes alles verloren hatte. Der arme Kerl schoss sich mit dem Revolver mitten ins Herz.«

Da Huber mit geschlossenen Augen dalag, sich jeglichen Kommentars enthielt und die Rasur genoss, schwieg auch der Barbier. Nachdem er mit der Rasur fertig war, verschwand er neuerlich hinter dem Paravent, Huber hörte Wasser plätschern und sah dann, dass Pöltl mit einem frisch gefüllten Lavoir daherkam. Ah, nun bekomme ich die kalten Kompressen, dachte Huber. Und so war es auch. Sorgfältig, man könnte fast sagen liebevoll, applizierte Pöltl die kalten Tücher auf den rasierten Hautstellen. Als er sie nach kurzer Zeit entfernte, setzte er mit seinem Sermon dort fort, wo er vorher innegehalten hatte:

»Ja, und der Max Modern, der ja ein äußerst erfolgreicher Agent an der Börse und ein guter Kunde von mir war, der hat sich gleich nach dem großen Krach ertränkt. Der ist in die Donau gegangen … Haben S' den Modern gekannt, Herr Direktor?«

»Ja, vom Sehen.«

»Und den Herrn Deutsch, den Samuel Deutsch, haben S' sicher auch gekannt. Der war ja ein ganz bekannter Mann an der Börse. Der hat vor lauter Verzweiflung Zyankali geschluckt. Da hab' ich gerade noch Glück g'habt. Ich hab' nur viele Kunden und mein G'schäft in der Innenstadt verloren. Aber net mein Leben.«

Erfrischt von Maître Pöltls Rasierwasser verließ Ernst Xaver Huber wenig später das Souterrainlokal. Fröhlich pfeifend spazierte er hinauf zur Gumpendorfer Straße und diese entlang vor zum Ring. Tja, dachte er sich, so ein Besuch bei alten Bekannten ist immer wieder erfrischend. Wenn man vom Unglück anderer Leut' hört, ist es doch höchst erbaulich, dass es einem selbst so gut geht.

⁓❦⁓

Die Strahlen der nachmittäglichen Sonne wärmten seine Glieder. Auch die Hausmauer, an der er seinen alten krummen Rücken gelehnt hatte, strahlte wohlige Wärme ab. Zufrieden nuckelte er an einer Meerschaumpfeife, die er vor Jahrzehnten in einem aberwitzigen Anfall von Großmannssucht erstanden hatte. Ja, damals, in der guten alten Zeit waren Meerschaumpfeifen ein Symbol des bürgerlichen Wohlstandes gewesen. Etwas, das einem jungen Kammerdiener, der er damals war, nicht zustand. Doch nun in den modernen Zeiten, in denen die feinen Herrschaften Zigarren und neuerdings auch Zigaretten rauchten, war seine Meerschaumpfeife ein Relikt, das nur von alten Deppen, wie er selbst einer war, geraucht wurde. Die Pfeife und seinen Spazierstock hatte er stets mit größtmöglicher Sorgfalt aufbewahrt. Letzteren hätte er, wie er vor ein paar Wochen überhaps* seine Sachen hatte packen müssen, fast vergessen. Keuchend und schwitzend war er noch einmal die vier Stockwerke hinaufgeeilt, um ihn zu holen. Gott sei Dank! Denn weder die Frau Baronin noch irgendwer von den Bediensteten hatte mittlerweile Zutritt zum Palais. Es war, wie man hörte, um gutes Geld verkauft worden. Alle Dienstboten waren vom neuen Besitzer auf die Straße gesetzt worden. Über Nacht hatten keines der Dienstmädeln und keiner der Hausknechte mehr ein Dach über dem Kopf. Und natürlich auch kein Papperl und keine Bezahlung. Nur weil dieser Schafskopf von einem Jüngel sich aus dem Staub gemacht hatte, waren jetzt die Dienstboten die Ang'schmierten**. Sauerei! Ang'schmiert waren aber auch wir Dienstboten, die mit dem Jüngel und der Frau Baronin in die Villa nach

---

* übereilt
** Dummen

Mauer gekommen waren. Vor einer Woche waren alle von der Frau Baronin in den Salon beordert worden. Ganz blass hatte sie auf der Récamière gesessen, dort wo erst unlängst der Huber an ihren Brüsten genuckelt hatte. Huber, der jetzt stocksteif neben ihr stand, hatte verkündet, dass die Reserl, die Otti und er mit sofortiger Wirkung aus dem Dienst entlassen seien. Dem alten Hausmeisterehepaar teilte er mit, dass man sie auch weiterhin in der Villa benötigte. Der Zofe, dem Kindermädel und dem Kutscher beschied er, dass sie sich ab sofort in den Diensten der Frau Baronin befinden würden. Auf Jeans Frage, was denn passiert sei, hatte er kühl erwidert:

»Es geht Sie zwar nichts an, ab ich sag's Ihnen trotzdem: Die Villa ist verkauft worden und der Hausstand wird aufgelöst. Die Frau Baronin hat Ihre Dienstbotenbücher bereits mit dem Entlassungsdatum und jeweils mit einem, wie mir scheint, sehr schmeichelhaften Zeugnis versehen. Damit werden S' ohne große Spompanadln* eine neue Anstellung finden.«

Damit hatte er ihm, der Otti und der Reserl, die mittlerweile plärrte** wie ein Schlosshund, die Dienstbotenbücher überreicht.

»Wenn Sie also Ihre Sachen zusammenpacken und im Laufe der nächsten Stunde das Haus verlassen. Im Namen der Frau Baronin danke ich für Ihre Dienste. Sie können jetzt gehen.«

Kaum hatten sie den Salon verlassen, begann auch die Otti zu plärren. Jean hatte die beiden Frauen bei den Händen genommen und sie hinüber ins Dienstboten-

---
* hier: Schwierigkeiten
** weinte

gebäude geführt. Während sie dort zu packen begannen, hatte er sich in den verwilderten Teil des Gartens hinter dem Haus begeben und war wenig später mit des Jüngels Tasche, die ziemlich erdig und grauslich aussah, zurückgekehrt. Seelenruhig hatte er hernach seine sieben Zwetschken zusammengepackt und war aus seiner Livree geschlüpft. Letztere ließ er achtlos am Boden liegen. In seinem Zivilgewand, mit Melone, dem Spazierstock unterm Arm und seinem Koffer und der Tasche in den Händen, schaute er sodann nach den beiden Frauen. Als er sie völlig verzweifelt in Ottis Zimmer sitzen sah, sagte er vergnügt:

»Gemma, meine Damen! Brech' ma in ein neues Leben auf.«

Als Reserl neuerlich einen Weinkrampf bekam, trat er auf sie zu und streichelte ihr Haar. Dann griff er in seine Hosentasche und steckte ihr ein dickes Bündel Geld zu, das er zuvor der Tasche des Jüngels entnommen hatte.

»Da hast was für ein neues Leben. Du bist a g'schicktes Madl. Du kannst gut nähen. Mach' mit dem Geld eine Weißnäherei auf.«

Reserl sah das Geldbündel ungläubig an und schluchzte:

»Aber woher hast denn so viel Geld?«

»Das ist ein Teil meiner Ersparnisse«, log Jean und erzählte den beiden, wie er sein Geld gerettet hatte.

»Der Placht ist ein durch und durch schlechter Kerl, der unzählige Menschen um alles, was sie besessen haben, gebracht hat. Mein Gott! Hab' ich einen Riecher gehabt! Und auch die nötige Courage. Ha! Ich bin da hineinspaziert in den Placht'schen Kontor und hab' auf den Tisch g'haut. Dann hat mir der Placht persönlich mein Geld plus der Fructification ausbezahlt.«

Als er das erzählt hatte, bemerkte er, dass die Otti ihn mit ihren rot geweinten Augen ganz bewundernd anschaute. Dieser Blick gab ihm den Mut, sich mit folgenden Worten an sie zu wenden:

»Ottilie, ich verfüge über ein kleines Vermögen. Und wenn's uns, dich als Köchin und mich als Diener, aus der Villa rausschmeißen, dann mieten wir uns ein kleines Häuserl hier in Mauer und führen fortan gemeinsam ein glückliches Leben auf dem Land.«

Zuerst hatte die Otti groß geschaut und nichts gesagt. Dann hatte sie ihn an ihren dicken Busen gedrückt und geantwortet:

»Du bist zwar a grauslicher alter Krauderer*, aber i hab' di trotzdem lieb. Und drum bleib i bei dir.«

---

* missmutiger alter Mann

Juli

Sein Magen knurrte. Immer und immer wieder wie ein bösartiger Hund. Er kauerte sich zusammen, schloss die Augen und versuchte die Erinnerung an den Duft irgendeines der Gerichte abzurufen, die er im Lauf seines Lebens besonders genossen hatte. Er bemühte sich verzweifelt, sich den feinen Geruch eines Kalbsbratens oder den würzigen eines Schweinsbratens, den Duft eines scharf angebratenen Entrecôte oder das Paprikaaroma eines Gulaschs vorzustellen. Sosehr er sich auch anstrengte, es gelang ihm nicht. Er roch in dem Graben, in dem er sich verkrochen hatte, nur Moder und Erde. Vor Verzweiflung krümmte er sich noch mehr zusammen, sodass er nun die Haltung eines Fötus einnahm. Er erinnerte sich an seinen Herrn Papa, wie er vor vielen Jahren ein Diktum des Baron Rothschilds verwendet hatte, um eine Einladung, die ihm nicht konvenierte, abzulehnen:

»Warum sollen wir bei Ihnen schlecht essen? Kommen S' doch lieber zu mir und wir essen gut.«

Tja, sein Herr Papa war ein Genießer gewesen, der aus dem Burgund die köstlichsten Weiß- und Rotweine importiert, Kaviar vom Kaspischen Meer und Lachs aus Schottland geliebt hatte. Und Champagner war im Hause des Antonius Strauch zu jeder Gelegenheit in Strömen geflossen. Kein günstiger Crémant und schon gar kein Sekt. Nein, nur Champagner.

Heinrich von Strauch war eingedöst und träumte, dass er einen Coup de Champagne in der Hand hielt. Auf einem Silbertablett wurden Blinis mit Kaviar gereicht, und es spielte Musik. Ein Hausfest im Palais seines Vaters. Wunderbar! Gierig griff er zu und stopfte Blinis in sich hinein. Und jetzt schmeckte er das salzig-fischige Aroma des Kaviars. Oh, wie köstlich! Er goss Glas um Glas Champagner in sich hinein und bekam, weiß der Kuckuck warum, auf einmal Lust auf Rostbraten. Er wusste nicht wie, aber plötzlich befand er sich am Graben, überquerte ihn und spazierte in den Trattnerhof hinein. In die Restauration Zur großen Tabakspfeife. Ins Extrastüberl. Dort traf er auf einen alten Bekannten, den Journalisten und Dichter Ferdinand Kürnberger, der bei seinem Eintreten von der Zeitungslektüre aufsah und ihn freundlich begrüßte. Kürnberger aß gerade einen Rostbraten. Heinrich von Strauch konnte nicht erkennen, welchen. War es ein Vanille-, ein Esterhazy- oder ein Zwiebelrostbraten? Er nahm alles etwas ungenau wahr, wie von Rauch verhüllt. Der Ober servierte ihm ein Krügel Bier und sagte:

»Zum Essen den faschierten Rostbraten, mein Herr? So wie immer?«

Er war sich nicht sicher, nickte aber trotzdem zustimmend. Er nahm einen kräftigen Schluck Bier, während Kürnberger sich zu seinem Tisch hinüberbeugte und zu dozieren begann:

»Die Börse, die liegt nun da. Wie die schöne weiße Leiche einer erschlagenen Diva.«

»Aber ...«

»Nix aber! Da liegt sie, das Götterkind, die Börse. Sie ist noch im Sterben schön mit einem Agio verhauchend, mit einem letzten Atemzug über pari.«

Heinrich von Strauch wagte einen Einwand:

»Die Börse, das sogenannte Götterkind, hat mich ruiniert. Ich habe nichts mehr. Keinen lumpigen Kreuzer.«

Kürnberger strich über seinen mächtigen Bart, nickte düster und fuhr fort:

»Oh Börse, wie roh beschimpfen sie dich! Vergessen sind deine Güte, dein Lächeln, deine Wohltaten, deine viele, viele Menschenliebe. Undankbares Geschlecht! Aus allen Tonarten schimpft's: Schwindelperiode, Fäulnis, Demoralisation, Korruption, Babel und Ninive, Sodom und Gomorrha ...«

»Sie sagen es. Das ist die traurige Wahrheit.«

»Oh Börse, du Götterkind! Wenn alles dich verlässt, der Dichter bleibt dir treu. Bist du doch Blut von unserem Blute – dein Name heißt Fantasie. Börse oder Fantasie, Fantasie oder Börse, es ist von der nämlichen Person die Rede. Oder zumindest von einer Ähnlichkeit wie Mutter und Tochter. Der Dichter nennt's die Fantasie, wir nennen's die Börse. Er nennt's ›Meine Göttin‹ und wir nennen's erst recht ›Unsere Göttin‹.«

»Ihre Göttin hat mich ruiniert. Und Zehntausende andere auch! Uns alle hat der Teufel geholt.«

»Aber was fängt der Teufel mit ihrer Substanz, mit dem dichten, soliden Fantasiestoff an? Er schafft damit Gründer, Syndikate, Bankdirektoren, Verwaltungsräte, Aktionäre, Generalversammlungen, Regierungskommissäre, beteiligte Journalisten, Börsenwölfe und Börsengimpel und überhaupt sonderbare Schwärmer. Wunderliche Menschen! Sie glauben zu realisieren, und sie fantasieren. Sie glauben Papiere zu haben, und sie haben Fantasie. Aber mit einer Art Selbstquälerei nehmen sie sich das noch übel, schimpfen es Schwindel, Korruption, materielles Treiben. Dabei ist das alles doch reinstes Fantasietreiben, Leben in Visionen, asketische Bußübung, Spiel im stofflosesten Stoffe, der nichts ist als Fantasie. Nackte, blanke, in ihrer wahren Gestalt enthüllte Fantasie.«

Der Ober servierte Heinrich von Strauch den Rostbraten, und da sein Magen dermaßen wild knurrte, verschlang er ihn, trotz Kürnbergers bitterböser Eloge auf die Börse, die schließlich in folgendem Satz gipfelte:

»Und zuletzt, Herr Baron, was sage ich weiter? Ich soll doch an Sie selbst glauben, nicht wahr? Aber wer sagt mir, dass Sie selbst etwas Wirkliches sind und nicht beim ersten scharfen Blick eines Regierungskommissärs in blauen Dunst auseinanderrinnen? Ja, dass der Regierungskommissär nicht wieder in einen Vertuschungskommissär sich verflüchtigt beim ersten scharfen Blick einer soliden Disziplinaruntersuchung?«

Kaum hatte sein Tischnachbar diese Worte gesprochen, löste er sich auf. Zuerst die äußeren Konturen seiner Erscheinung und dann das Innere. Letzteres in blauem Dunst. Heinrich von Strauch saß nun alleine in dem Extrastüberl, das ihm plötzlich kalt und düster erschien. Er kaute den letzten Bissen, und es fiel ihm ein, dass er keinen Kreuzer in der Tasche hatte. Kalter Schweiß trat ihm auf die Stirn. Wie gelähmt saß er da. Als der Ober kam und abservierte, sprang er auf und rannte aus der Restauration hinaus, durch unzählige enge Gassen, gehetzt von ihn verfolgenden Furien. Die Fantasie, die Fantasie …

Heinrich von Strauch schrie auf und saß kerzengerade und hellwach in jenem Erdgraben, der ihm seit Tagen als Rückzugsort und Bettstatt diente. Nein, er hatte weder Champagner getrunken noch Kaviarblinis oder Rostbraten gegessen. Sein Magen war leer. Schmerzhaft leer.

Der Hunger trieb ihn an, aufzustehen und aus dem Erdloch zu kriechen. Der Morgen dämmerte, und er richtete sich auf. Seine Knie zitterten, ihm wurde schwarz vor Augen. Er taumelte und konnte sich gerade noch an einen Baumstamm lehnen, bevor er ohnmächtig wurde. Er wusste nicht, wie lang er am Fuße des Baumes, an dessen Stamm er offensichtlich hinuntergerutscht war, gelegen hatte. Die ersten Sonnenstrahlen wärmten seine starren Glieder, er rieb sich die Augen, hielt sich am Stamm fest und stand langsam auf. Er lehnte sich an, atmete mehrmals tief durch, und allmählich verging das Flimmern vor den Augen. Die Sonne schimmerte durch das Blattwerk des Baumes, der ihn stützte. Ohne Ziel wankte er hinaus aus dem Wald in die Weinberge. Vor ihm im Tal lagen die Wiener Vororte Mauer und Atzgersdorf. Mit zitternder Hand musste er sich an einem Weinstock festhalten, da ihm schon wieder schwarz vor den Augen wurde. Nach einiger Zeit hatte er auch diesen Schwächeanfall überwunden. Ohne sich zu überlegen, wohin, taumelte er zwischen den Rebstöcken ins Tal hinab. Angetrieben von der Hoffnung, einen barmherzigen Menschen zu finden, der ihm vielleicht ein Stück Brot schenken würde. Plötzlich sah er eine alte Frau, die im Weingarten arbeitete. Vielleicht hat sie ein Pschorrpackerl* dabei? Angetrieben von rasendem Hunger, geblendet von der grellen Sonne, taumelte er auf die Winzerin zu. Als er zwischen zwei Rebstöcken vor ihr auftauchte, riss es sie wie einen Zauberer**. Sie kreischte »Jessasmarantjosef!«, griff sich an die Brust, taumelte und fiel um.

---

* Jausenpaket
** sehr erschrecken

Er tapste zu der am Boden liegenden Frau, die ganz weiß im Gesicht war und nach Luft schnappte. Ohne nachzudenken, fiel er vor ihr auf die Knie und wollte ihr aufhelfen. Doch sie stieß ihn weg, lallte Unverständliches und versuchte, sich das Oberteil ihres eng sitzenden Dirndls aufzureißen. Er verstand. Sie wollte besser Luft bekommen. Also half er ihr beim Öffnen. Plötzlich machte die Alte ein gurgelndes Geräusch, stieß einen krächzenden Laut aus, zuckte an allen Gliedern und erschlaffte in seinen Armen. Er schüttelte sie, doch sie reagierte nicht. Langsam ließ er sie auf den Boden gleiten. Tot. Die Alte war tot. Ratlos hockte er eine Zeit lang neben ihr. Als er sich nach und nach von dem Schock erholt hatte, meldete sich sein rasender Hunger wieder. Also durchsuchte er ihre Kleider. Nichts. Gar nichts hatte sie bei sich. Nicht einmal ein Stück Brot.

»Du Fallot, du host mei Muatta am Gewissen!«

Wie eine Furie stürzte sich die Lanner auf ihn. Heinrich von Strauch zog den Kopf ein, machte einen Buckel und versuchte, so gut es ging, den auf ihn einprasselnden Schlägen auszuweichen. Rasende Wut stieg in ihm hoch. Er trat um sich, sodass die beiden Gendarmen, die ihm die Hände mit einem Spagat auf den Rücken gefesselt hatten, zur Seite sprangen. Auch die vor Wut bebende Frau wich zurück. Er schrie sie an:

»Des is net wahr! Des stimmt net! Ich hab ihr gar nix angetan. A Schlagl* hat's g'habt und ich wollt ihr helfen.

---

* Schlaganfall

G'schnauft und geröchelt hat s' wie a Dampfmaschin'. Da hab ich ihr vorn des Dirndl aufgeknöpft, damit's mehr Luft kriegt. Aber g'holfen hat's nix. Das Schlagl hat sie nimmer auslassen.«

»Und dann hast ihr das Geldbörsl g'stohlen, du Krätzen.«

»Ich hab' Geld braucht, und die Alte hat nix mehr braucht. Also hab' ich ihr Geldbörsl g'nommen. Und in Kalksburg beim Greißler hab ich mir um das Geld zwei Wecken Brot und a Kranzl Wurscht kauft, weil ich einen Hunger g'habt hab'.«

Einer der Gendarmen brummte:

»Den Diebstahl gibt er also zu. Jetzt brauch' ma nur mehr das Geständnis vom Mord.«

»Aber bitte! Bitte!«, rief plötzlich ein dürres Mädchen, dessen Gesicht über und über mit Sommersprossen bedeckt war, »das war ka Mord. Der hat die Oma net erwürgt.«

Hoffnung! Ein Funken von Hoffnung, dachte Heinrich von Strauch, als er sich so wie alle anderen Erwachsenen dem Mädchen zuwandte. Es stand etwas abseits in einer Gruppe von Kindern, in der nun ein groß gewachsener, ausgesprochen kräftig gebauter Bub mit ruhiger Stimme sagte:

»Zumindest erwürgt hat er die alte Frau Lanner nicht. Ich war vorher mit meiner Cousine in der Kirche und hab mir die aufgebahrte Frau Lanner genau angeschaut.«

Ein pausbäckiges Mädchen, das dem großen Buben sehr ähnlich sah, krähte aufgeregt:

»Ja, er hat ihr oben die Bluse aufgeknöpft, und dann

hamma den Hals von der Lanner Oma untersucht. Da war nix. Keine Würgemale. Nix.«

Die Frau, die vorher wie von Sinnen auf ihn eingedroschen hatte, fauchte den Buben an:

»Wos host g'mocht?«

Der große Bub wurde knallrot im Gesicht, senkte den Blick und sagte leise:

»Ich bitte um Entschuldigung. Aber es hat mich brennend interessiert, ob Ihre Frau Mutter tatsächlich erwürgt worden ist. Darum hab ich nachg'schaut. Es gab keine Würgemale an ihrem Hals.«

Am liebsten hätte Heinrich von Strauch einen Luftsprung vor Freude gemacht. Er schrie in die Runde:

»Sehn S', der Bub ist mein Zeuge. Ich hab' die Alte nicht erwürgt! Der Bub kann's bezeugen!«

Einer der beiden Gendarmen packte ihn grob am Oberarm und brummte:

»Schluss jetzt. Mir gengan runter in d' Kirch'n und schau'n selber nach. Wenn das stimmt, dass es keine Würgemale gibt, dann hat der Kerl die Tote nur bestohlen.«

Flankiert von den beiden Gendarmen, marschierte Heinrich von Strauch nun in Richtung Maurer Pfarrkirche. Plötzlich räusperte sich der Stillere von den beiden und fragte den anderen:

»Sag, kennst du den Buam? Den Bladen?«

»Net persönlich. Aber die Frau Lanner hat mir erzählt, dass das der Sohn von einem Wiener Polizeiunterkommissär is, der was jetzt bei der Weltausstellung Dienst macht. Deshalb is sein Sohn bei Verwandten hier am Land.«

»Und wie heißt er?«

»Die Kinder rufen ihn Mizzi Pepi.«
»Mizzi Pepi?«
»Ja ... Joseph Maria ... Joseph Maria Nechyba heißt er eigentlich.«

Na, servus! Das wird peinlich, dachte Heinrich von Strauch, als ihn die beiden Ordnungshüter in die Amtsstube des Gendarmeriepostens hineinstießen. Hier drinnen war alles eng und verwinkelt. Die Decke hing tief, es roch nach Staub, und durch die kleinen Fenster drang nur wenig Tageslicht. Hinter dem aus rohen Brettern zusammengezimmerten Schreibtisch thronte der Maurer Gendarmeriekommandant Alois Hödl. Er blickte von einem vor ihm liegenden Schriftstück auf und wunderte sich:
»Wen bringt ihr denn do daher?«
»Dös G'spenst vom Kadoltsberg. Wir ham ihn oben am Waldrand erwischt. Nachdem uns der Greißler in Kalksburg an Zund* geben hat.«
Alois Hödl betrachtete den Gefangenen aufmerksam. Dann kratzte er sich mit seinem Bleistift oberhalb des rechten Ohrs. Schließlich stand er auf und ging einmal um den Gefangenen herum, starrte ihn schließlich aus kurzer Distanz ins Gesicht und murmelte:
»Herrschaftszeiten! Jo is denn das die Möglichkeit? Das gibt's doch nicht!«
Heinrich von Strauch, dem das Getue des Gendarmeriekommandanten äußerst unangenehm war, nickte kurz und sagte leise:

---

* Hinweis

»Gott zum Gruß, Herr Hödl.«

»Ja, potzblitz! Das ist ja wirklich der Herr Baron! Um Gotteshimmelswillen, wie schau'n denn Sie aus?«

Der größere der beiden Gendarmen trat einen Schritt zur Seite und starrte Heinrich von Strauch ebenfalls an. Schließlich rief er:

»Recht hast, Alois! Man möcht's net glauben, aber das G'spenst vom Kadoltsberg is der Herr Baron.«

Und während er das sagte, machte sich der kleinere Gendarm hektisch daran, den Strick, mit dem Strauchs Hände noch immer zusammengebunden waren, zu lösen. Nachdem er von der Fessel befreit war, atmete Heinrich erleichtert auf und ließ sich auf den Sessel, der vor dem Schreibtisch des Kommandanten stand, fallen. Fragend sahen die beiden Gendarmen ihren Kommandanten an, doch der winkte ab und setzte sich ebenfalls nieder. Er öffnete ein silbernes Etui, zog mit spitzen Fingern eine filterlose Zigarette heraus, klopfte damit einige Male auf den Schreibtisch, leckte sie dann der Länge nach ab und steckte sie in den Mund. Der kleinere Gendarm hatte inzwischen eine Schachtel mit Schwefelhölzern gezückt und gab seinem Vorgesetzten Feuer. Hödel blies eine Rauchwolke in den Raum, lehnte sich zurück, schlug ein Bein über das andere und sagte schließlich in sehr höflichem Tonfall:

»Herr Baron, könnten Sie mich bitte über die Umstände aufklären, die Sie zum Gespenst vom Kadoltsberg haben werden lassen?«

Unmittelbar neben der Amtsstube befand sich der Gemeindekotter, in den Heinrich von Strauch, nachdem er mit dürren Worten den Gendarmen seinen tiefen Fall geschildert hatte, eingesperrt wurde. Der Kotter war ein unwirtliches Loch, in das sich durch ein vergittertes Fenster nur wenige Sonnenstrahlen verirrten. Heinrich sah im Dunkeln eine Pritsche und wollte sich auf diese setzen, als er eine Stimme hörte:

»Wennst di auf meine Haxn setzt, kriegst an Bock, dass da des Oaschloch beim Mäu aussehängt*.«

Heinrich zuckte zusammen. Von der Pritsche erhob sich eine riesige Gestalt, die sich vor ihm aufbaute und ihn musterte. Er blickte in ein sehr junges, eigentlich nicht unsympathisches Gesicht. Der Kerl maß ihn mit abschätzenden Blicken von oben bis unten. Schließlich grinste er und legte sich wieder nieder.

»Auf der Pritschn lieg i. Du kannst di auf'n Erdboden legen.«

Heinrich seufzte und setzte sich auf den Boden. Er war feucht und kalt. Ein Schauer überrieselte ihn, und von oben, von der Pritsche, ertönte:

»Ja, ja, dieses Etablissement ist net des Grand Hotel.«

Einige Zeit später wurde die Zellentür geöffnet, und der große Gendarm zog einen Strohsack in die Zelle.

»Der is für Sie, Herr Baron. Was Besseres hamma leider net.«

Heinrich stand auf und stammelte:

»Zu gütigst ... zu gütigst von Ihnen. Ver... Vergelt's Gott.«

---

* Wenn du dich auf meine Beine setzt, bekommst du einen Tritt, dass dir das Arschloch beim Maul herauskommt.

Er zog den Strohsack in sein Eck und ließ sich darauf nieder. Das hier ist immerhin besser als das Erdloch, in dem ich die letzten Tage gehaust habe, schoss es Heinrich von Strauch durch den Kopf. Und oben von der Pritsche vernahm er:

»Da schau i aber! Für den Herrn Baron wird des Loch da noch zum Grand Hotel umgebaut.«

※

»Herr Baron?«

Er fuhr aus dem Nickerchen, das ihn übermannt hatte, hoch, streckte und schüttelte sich wie ein Hund und dachte: Der Strohsack is gar net so unbequem. Wahrscheinlich bequemer als die Pritsche.

»Herr Baron, kommen S' bitt' schön?«

Aus der anderen Zellenecke ertönte:

»Ja, ja, was a Baron is, der lasst sich halt bitten.«

Heinrich stand auf und folgte dem kleineren Gendarm in die Wachstube.

Alois Hödl saß über einen Akt gebeugt. Ohne aufzusehen, sagte er:

»Nehmen S' bitt' schön Platz.«

Heinrich tat, wie ihm geheißen, und fragte sich, was jetzt wohl auf ihn zukommen würde.

»Herr Baron, stimmt es, dass Sie Reingard Lanner am 15. Juli ihrer Barschaft, die sich auf einen Gulden und acht Kreuzer belief, beraubt haben?«

»Bitt' schön, ich bin kein Räuber. Aus purer Verzweiflung, weil ich am Verhungern war, hab' ich der Toten das Portemonnaie abgenommen.«

»In Ordnung. Also bessern wir das aus und schreiben: bestohlen hat. Und dann fügen wir hinzu: Dies geschah aufgrund purer Verzweiflung, da der Täter seit …«, Hödl hielt im Schreiben inne und sah Heinrich von Strauch fragend an, »wie lange haben S' nix gegessen gehabt?«

»Ich kann mich nicht mehr erinnern. Ein paar Tage halt.«

»Gut. Dann schreiben wir: da der Täter seit einigen Tagen nichts mehr gegessen hatte. Mit dem gestohlenen Geld suchte er umgehend die Greißlerei in Kalksburg auf, wo er sich mit Brot und Wurst versorgte. Aufgrund zielführender Hinweise aus der Bevölkerung konnte Heinrich von Strauch am 17. Juli aufgespürt und verhaftet werden. Er wird am 18. Juli in das Wiener Polizeigefängnis überstellt werden. Mauer bei Wien, am 17. Juli 1873. Alois Hödl, Gendarmeriekommandant.«

»Ich werde nach Wien überstellt?«

»Ja, Herr Baron. Da morgen sowieso ein Grüner Heinrich von Wien zu uns herausgeschickt wird, um den Zygmunt Karminsky abzuholen. Und da schick ma Sie gleich mit. Das geht in einem Aufwaschen. Apropos …«

Alois Hödl winkte den größeren Gendarmen zu sich und fragte:

»Haben Sie für den Herrn Baron alles so vorbereitet, wie ich es angeordnet habe?«

»Jawohl!«

Hödl wandte sich nun wieder Heinrich zu und sagte in diskretem Tonfall:

»Ich hab' mir erlaubt, Ihnen ein Lavoir, Seife, zwei große Kübeln frisches Wasser und ein Handtuch herrichten zu lassen. Falls sich der Herr Baron waschen möchte.«

»Waschen? Das wäre wunderbar. Wochenlang hab ich mich nicht mehr gewaschen.«

Hödl stand auf und sagte:

»Na, dann kommen S' mit.«

Die beiden Männer überquerten den Hof des Gendarmeriepostens und betraten einen ebenerdigen Anbau, in dem sich Hödls Dienstwohnung befand. Hödls Frau empfing Heinrich mit einem warmherzigen »Herr Baron, schön, Sie wiederzusehen. Kommen S' bitte weiter in die Kuchl, dort steht unser Waschtisch. Ich mach gleich Wasser heiß. Ich hab auch einen Paravent aufgestellt, damit der Herr Baron ganz ungestört is'.«

Heinrich von Strauch war gerührt. Hödls Frau nahm ihn vorsichtig beim Arm und führte ihn zum Paravent. Hödl brummte:

»Herr Baron, Sie können sich hier in Ruhe waschen. Wenn S' die Kleider abgelegt haben, wird meine Frau sie säubern. Inzwischen können S' einen alten Anzug von mir anziehen. A Seif', an Waschlapp'n, a Scher' und an klanen Spiegel hamma auch zum Waschtisch gelegt. Da können S' nachher Ihren Bart und die Haar' stutzen. Wann S' fertig sind, kommen S' bitt' schön wieder hinüber in den Gendarmerieposten.«

Heinrich von Strauch tat, wie ihm geheißen. Nachdem er sein vollkommen verschmutztes Gewand ausgezogen und der Frau Hödl übergeben hatte, wusch er sich seit langer Zeit wieder einmal mit Seife und warmem Wasser. Eine Wohltat! Und er dachte sich: Es gibt doch noch Menschen, die dankbar sind.

Es rumpelte fürchterlich. Mit einem bitteren Lächeln fiel Heinrich eine Pointe ein: Der Grüne Heinrich ist kein Comfortable* und von komfortabel weit entfernt. Angelehnt an dieses Wortspiel, dachte er an all die Wohltaten, die ihm der Hödl und dessen Frau in der kurzen Zeit seines Aufenthaltes im Maurer Gemeindekotter hatten zukommen lassen. Er hatte sich waschen können und heute in der Früh, bevor sie den Grünen Heinrich bestiegen hatten, hatte er seine Kleidung tadellos gesäubert zurückbekommen. Die Nacht über hatte er Hödls altes Gewand getragen. Ja, die Hödls waren ihm dankbar dafür, dass er vor einigen Monaten ihre Tochter Marie vor dem Ersticken an einer Gräte gerettet hatte. Auch jetzt in dem rumpelnden Gefängniswagen hatte es Heinrich relativ gut. Hödl hatte ihn nicht gefesselt. Seinem Mitgefangenen hingegen hatten die Gendarmen Hände und Füße mit Stricken zusammengebunden, sodass er alle Mühe hatte, auf der schmalen Holzbank aufrecht sitzen zu bleiben. Als der Grüne Heinrich in Speising jäh anhielt, fiel er vornüber. Sein Oberkörper knallte auf den Bretterboden, und der Kerl schrie auf. Dann fluchte er, was das Zeug hielt. Heinrich, der vor dem kräftig gebauten jungen Mann mächtig Respekt hatte, konnte nicht anders und fragte höflich:

»Darf ich Ihnen aufhelfen?«

»Na! Lass mi ruhig auf der Erd' da umadumkugeln, du Wappler**.«

Heinrich, der sich bereits gebückt hatte, zuckte zurück und zauderte.

---
* Mietdroschke
** Nein! Lass mich ruhig auf dem Boden da herumpurzeln, du Dummkopf.

Der andere schrie ihn an:

»Schwindlicher! Hüf ma auf! Aber a bisserl plötzlich!«

Neuerlich zuckte Heinrich zusammen. Dann half er aber dem am Boden liegenden Kerl auf. Da sich just in diesem Moment der Grüne Heinrich wieder in Bewegung setzte, war dies gar kein so leichtes Unterfangen. Als sie endlich auf den Holzbänken einander gegenübersaßen, atmete Heinrichs Mithäftling tief durch und sagte:

»Net, dass du glaubst, i bin a warmer Bruada, aber i hätt' gern, dass d' di neben mi setzt.«

»Ich soll mich neben Sie setzen? Wollen S', dass ich Sie halt? Damit S' nicht wieder runterfallen?«

Der junge Kerl grinste frech:

»Du bist gar net so deppert, wie du ausschaust.«

Diese Bemerkung nötigte Heinrich ein Lächeln ab. Wenn er die letzten Monate rekapitulierte, war er sich nicht sicher, wie blöd er wirklich war. War es dumm gewesen, seinem Schulfreund Huber zu vertrauen? Saudumm war es auf jeden Fall, nicht auf sein Bauchgefühl gehört zu haben. Letzte Weihnachten hatte er den Vorsatz gefasst, sich zu Jahresbeginn aus all seinen Veranlagungen und Geschäften zurückzuziehen und ein friedliches Leben als Privatier zu führen. Doch deppert, wie er war, hatte er dies nicht getan. Heinrich von Strauch seufzte:

»So ein Schaß.«

Der Kerl neben ihm grinste:

»Aber geh! Das is ja ganz was Neues, dass des a Schaß da is.«

»Aber in das Schlamassl, in dem ich mich jetzt befinde, bin ich durch meine eigene Schuld geraten.«

»Aber geh! Glaubst, i vielleicht net? Wenn i die Gfraßter beim Heurigen net birnt* und auf der Gendarmerie nachher net randaliert hätt', wär' i jetzt net verschnürt wie a Postpackl.«

Mit einem heftigen Ruck blieb der Gefangenentransporter neuerlich stehen. Geistesgegenwärtig griff Heinrich zu und konnte seinen Schicksalsgenossen vor einem neuerlichen Sturz auf den Boden bewahren.

»I dank dir recht narrisch.«

»Keine Ursache.«

Der Kerl sah Heinrich prüfend an.

»Heast**, was bist denn du für einer? Du redest und benimmst dich wie ein feiner Herr.«

Heinrich zuckte mit den Schultern und schwieg.

Sein Nachbar stieß ihm den Ellbogen in die Seite und lachte:

»Komm, red' scho! Leg nieder***! Was hast verbrochen?«

»Ich hab' eine Geldbörse gestohlen.«

»Geh, das gibt's do net. So a feiner Binkel wie du muss doch Schotter**** in Hülle und Fülle haben. Also, i will die Wahrheit hören!«

»Ich hab wirklich eine Geldbörse gestohlen. Weil ich vor lauter Hunger schon ganz narrisch war. Ich hab' seit Tagen nichts mehr gegessen gehabt.«

»Und warum?«

»Weil ich bankrott gegangen bin und mich meine Gläubiger verfolgt haben. Bis heraus nach Mauer. Da hab' ich's mit der Angst zu tun bekommen, bin davongelaufen und hab' mich im Wald versteckt.«

---

* verprügelt
** Wienerische Anredefloskel. Kommt von »hören«
*** gestehe
**** Geld

»Na serwas ... I bin übrigens der Zygmunt. Kannst aber a Guada zu mir sagen. So rufen mi meine Haberer*. Und du?«

»Ich bin der Heinrich.«

»Heinrich was?«

»Heinrich ... Heinrich von Strauch.«

»Von Strauch? Was? I glaub's net! Du bist wirklich ein Baron?«

Heinrich nickte. Der Guade sah ihn mit unverhohlener Neugierde an und murmelte:

»Geh! Mach kan Schmäh!«

»Ich mache keinen Schmäh! Das is die traurige Wahrheit. Schaun Sie mich an, ich hab' alles verloren.«

»Oida, des find i leiwand**, dass i mit dir da auf einem Bankl hock ... i mit dem Baron Heinrich im Grünen Heinrich! Haha.«

»Gschissener, warum sagen s' Baron zu dir?«

Heinrich verkroch sich in einem Eck der Gemeinschaftszelle. Nicht antworten, nicht auffallen, nicht bewegen. Das schien im Moment das Klügste zu sein. Leider bewegte sich der kahlköpfige Riese, der ihn gerade angeredet hatte, trotzdem weiter auf ihn zu. Panik stieg in ihm auf, er begann zu zittern. Die schwarz behaarte Pranke des Riesen schoss vor, packte ihn beim Haarschopf und riss ihn hoch.

»Au!«

---

* Freunde
** super

»Da schau her! Der Baron macht's Mäu auf. Also, warum sagen s' Baron zu dir?«

Der stinkende Atem des Riesen erzeugte bei Heinrich Brechreiz. Er bekam einen Schweißausbruch.

»Lass den Baron in Frieden!«

Ohne Heinrichs Schopf auszulassen, drehte sich der Riese um und fragte: »Was?«

Der Guade stand langsam von der Holzpritsche auf, auf der er gelegen hatte. Er machte zwei Schritte auf den anderen zu. Heinrich sah mit Entsetzen, dass der so kräftig wirkende Guade um gut einen Kopf kleiner als sein Widersacher war.

»Lass ihn in Frieden.«

»Und was krieg i dafür?«

Statt zu antworten, trat Zygmunt Karminsky dem Riesen an die Kniescheibe. Der brüllte vor Schmerz auf und ließ Heinrich los. Karminskys Faust krachte auf die Nase des Riesen. Ein Tritt in dessen Magen folgte. Der Riese knickte ein. Neuerlich krachte die Rechte des Guadn in dessen Gesicht, sodass er umfiel. Statt von seinem Gegner abzulassen, trat Karminsky so lange gegen dessen Kopf, bis dieser nur mehr wimmerte. Keuchend stand er über dem Riesen und sagte leise:

»Huach zua: I bin da Guade und du bist mei Oasch. Du machst ab sofort nur mehr, was i dir sag. Wann net, birn i di, bis du di anscheißt. Hast mi verstanden?«

Statt zu antworten, wimmerte der am Boden Liegende. Ein weiterer Tritt ließ seinen massigen Körper aufbäumen.

»Hast mi verstanden?«

»Ja!«

»Guad. Und jetzt entschuldigst di beim Baron.«

Des Riesen verunstaltetes Gesicht wandte sich Heinrich zu, und aus der blutigen Höhle, die zuvor ein Mund gewesen war, erklang:

»'tschuldigen …«

»Das heißt: Entschuldigen Sie bitte, Herr Baron.«

Der Riese wiederholte stammelnd die Worte. Heinrich, der sich zurück in sein Eck verkrochen hatte, nickte kurz, und der Guade kehrte zu seiner Pritsche zurück. Der Riese kroch in das Zelleneck, das am weitesten vom Guadn entfernt war, und lehnte sich stöhnend an die Wand. Kein Wort fiel mehr, des Barons Anspannung ließ nach, und er döste ein. Plötzlich wurde die Zellentür aufgerissen und ein Aufseher schrie:

»Karminsky, raustreten! Du gehst nach Haus'.«

Karminsky erhob sich langsam. Bevor er die Zelle verließ, wandte er sich an den Riesen:

»Wenn du dem Baron a nur a Haar krümmst, mach' i di maukas*. Die Buam von meiner Platt'n** finden di überall.«

Zu Heinrich gewandt, sagte er:

»Baron, wir sehen uns draußen. Habe die Ehre! Und vergiss net: Du schuldest mir was.«

Heinrich seufzte:

»Ich weiß.«

Karminsky replizierte grinsend:

»Na, dann is' ja guad.«

---

* jemanden umbringen
** Die Mitglieder meiner Gang

Heinrich von Strauch hielt den forschenden Blick des Richters nicht aus. Ihm war gar nicht wohl in seiner Haut, und so rutschte er auf der Anklagebank hin und her. Die Augen immer auf den Boden gerichtet. Himmelherrgott! Dass seine Verhandlung so unangenehm werden würde, hätte er nicht gedacht. Es war entwürdigend, wie er nicht nur vorgeführt und angeklagt, sondern auch angestarrt wurde. Nachdem die Anklage, die auf Diebstahl sowie Störung der Totenruhe lautete, verlesen worden war, räusperte sich der Richter und sagte:

»Wie schau'n denn Sie aus, Herr Baron?«

Wie von einem Peitschenschlag getroffen, zuckte Heinrich zusammen, starrte vor sich auf den Boden und murmelte:

»Wie meinen S' denn das, Herr Rat?«

»Na, werfen S' einen Blick in den Spiegel, dann werden Sie sehen, was ich meine. Sie schau'n wie ein Griasler aus! Herr Baron, ich frage Sie: Wie kann man sich nur so gehen lassen?«

»Ich lass mich nicht gehen. Ich bin obdach- und mittellos.«

»Wie bitte? Auch wenn Ihr Bankhaus in Konkurs gegangen ist, müssen S' doch einiges auf die Seite gelegt haben. Von einem Griasler sind Sie weit entfernt.«

Heinrich lachte bitter und sah dem Richter in die Augen:

»Ich hab' nichts mehr, Herr Rat! Ich schwör's. Einen feuchten Dreck hab' ich. Und sonst nichts.«

»Wie ist es dazu gekommen?«

»Die Strauch & Compagnon Bank-Actiengesellschaft

ist im Zuge des Börsenkrachs finanziell ins Trudeln geraten und schließlich in Konkurs gegangen.«

»Und dann?«

»Dann hab' ich die Nerven verloren und bin vor meinen Gläubigern aufs Land geflüchtet.«

»Nach Mauer bei Wien?«

»Jawohl, Euer Gnaden.«

»Und weiter?«

»Als mich meine Gläubiger in Mauer aufgespürt hatten, bin ich Hals über Kopf in den Wald geflüchtet. Es hat fürchterlich geregnet, und so hab ich dann bei einem Heurigen Unterschlupf gefunden und mich dort schrecklich betrunken.«

»Sie haben also Geld einstecken gehabt?«

»Neun oder zehn Gulden. So genau kann ich mich nicht mehr erinnern. Jedenfalls bin ich am nächsten Tag im Wald aufgewacht.«

»Und dann?«

»Dann hab' ich mir ein billiges Quartier gesucht. Bei einer Witwe. Als mir das Geld ausgegangen ist, hat s' mich rausgeschmissen. Ich bin dann in den Wald und hab' mir dort in einem Graben einen Schlafplatz gebaut. Aus Ästen, Laub und Gras. Da ich meine geringe Barschaft verzehrt hatte, bin ich nächtens durch den Ort geschlichen und habe dort und da etwas Essbares entwendet. Menschen habe ich gemieden.«

»Und wie kam es dazu, dass Sie auf die Frau Lanner getroffen sind?«

»Ich bin eines Morgens aufgewacht und war ganz damisch vor Hunger. Da bin ich aus meinem Versteck gekrochen und hinunter in die Weinberge gegangen.

Dort hat mich die alte Frau erblickt und mit weit aufgerissenen Augen angestarrt. Dann hat sie sich ans Herz gegriffen, ist umgefallen und war tot. Ich hab mich ihr vorsichtig genähert, und als sie keinen Muckser gemacht hat, hab' ich ihr Portemonnaie an mich genommen. Weil als Tote hat sie ja kein Geld mehr gebraucht.«

»Und was haben Sie mit dem gestohlenen Geld gemacht?«

»I hab' mir was zum Essen gekauft.«

Alles um ihn herum versank in Düsternis. Er sprach nichts mehr, zog sich vollständig in sich zurück und schämte sich. Jawohl, erstmals in seinem Leben empfand er bodenlose Scham. Wie war es so weit gekommen, dass er, der Baron von Strauch, so sehr am Sand war? Die zentrale Frage, die er sich aber immer wieder stellte, war: Warum hatte der Ernstl nicht versucht, ihm zu helfen? Dabei hatte er den Ernstl doch immer gefördert. Er hatte ihn zuerst zum Prokuristen und dann zum Teilhaber und Partner gemacht. Der Ernstl und er hatten gemeinsam die Schulbank gedrückt und so manchen Lausbubenstreich ausgeheckt. Sie hatten gemeinsam maturiert* und danach beide das Studium der Jurisprudenz begonnen. Sie waren in der gleichen Studentenverbindung, hatten miteinander gesoffen, was das Zeug hielt, und bei Mensuren bewiesen, dass sie keine Feiglinge waren. Einmal hatte der Ernstl bei einer Mensur eine besonders stark

---

* die Reifeprüfung absolviert

blutende Wunde an der Stirn gehabt. Als das Blut nicht zu rinnen aufhörte, hatte er ihn in einen Fiaker gesetzt und war mit ihm ins Spital gefahren. Dort hatte man die Blutung gestoppt und die Wunde erstklassig vernäht. Und als er erfuhr, dass sein alter Freund die Promotion zum Doktor juris absolviert hatte, mietete Heinrich ein ganzes Bordell am Spittelberg und feierte dort mit dem Ernstl einen zünftigen Mulatschak. Das war was gewesen! Die feschesten Huren von Wien waren zwei Tage lang nackert in dem Etablissement herumgelaufen und hatten die Gäste nach allen Regeln der Kunst verwöhnt. Champagner war in Strömen geflossen und natürlich auch Schnaps. Dazu hatte es Kaviar, Foie gras, gebratene Gänse, Enten, Kapaune und alles, was sonst noch gut und teuer war, gegeben.

Heinrich wurde jäh aus den Erinnerungen an die seligen Jugendtage gerissen. Der Wärter hatte aufgesperrt und ihm und seinem Mitgefangenen, einem Winkeladvokaten namens Dr. Wegner, zwei Blechnäpfe mit grünlich-braunem Inhalt hingestellt. Da Heinrich Hunger hatte, nahm er ohne viel nachzudenken den Löffel und schaufelte die pastose Masse in sich hinein. Allmählich manifestierte sich ein Geschmack auf seinem Gaumen: Erbsenpüree. Nicht schlecht, dachte Heinrich und aß etwas langsamer und mit mehr Aufmerksamkeit weiter. Sie hatten zwar erst vor drei Tagen Erbsenpüree gehabt, doch das war ihm egal. Hauptsache Essen! Das Hungern im Wald hatte ihn gelehrt, dankbar für jegliche Art von Nahrung zu sein.

Als er seinen Napf ausgelöffelt hatte, hörte er Dr. Wegner raunzen:

»Na, dir hat's aber g'schmeckt! Bewundernswert, ich bring' den pappigen Gatsch net hinunter. Ich glaub', ich werd' heut' fasten.«

Heinrich zuckte mit den Achseln, legte sich auf seine Pritsche und schloss die Augen. Wo war er zuvor in seinen Gedanken gewesen? Ach ja! Beim Ernstl und dem Mulatschak. Ja, das waren wunderbare Zeiten gewesen. Er war damals mit einem unglaublich glücklichen Händchen an der Börse gesegnet gewesen. Deshalb hatte ihm sein Herr Papa auch das nötige Startkapital zur Verfügung gestellt, um die H. Strauch Bankgesellschaft zu gründen. Das war damals keinesfalls eine spekulative Geschäftsgründung, sondern eine Bank, die mit ordentlichem Kapital ausgestattet war. Sein großer Fehler allerdings war, dass er nach dem Tod seines Vaters die H. Strauch Bankgesellschaft mit der Strauch'schen Privatbank verschmolzen hatte und dass er in der so entstandenen neuen Großbank den Ernstl zum Generaldirektor und Teilhaber gemacht hatte. Ich Depp, ich depperter Depp, nie hätte ich dem Ernstl so viel Macht und Einfluss gewähren dürfen. Ich blasiertes und oberflächliches Rindvieh hab' mir gedacht, dass er mir als Freund eine Bürde abnimmt, damit ich mich ungestört amüsieren kann. Mein Gott, was wird die Toni ohne mich nur machen? Wahrscheinlich hat sie schon aus der schönen Wohnung in der Josefstadt ausziehen müssen. Das arme Kind ist wahrscheinlich genauso obdachlos wie ich. Dass er sie nun nicht mehr unterstützen konnte, dafür schämte sich Heinrich von Strauch ganz besonders. Und er schämte sich auch dafür, wie er Jean, den alten Kammerdiener, behandelt hatte. Als er ihn gnadenhalber von seinem Vater übernommen hatte, sekkierte* er ihn, wo immer er nur konnte. Er wollte den alten Esel einfach loswerden.

»Aber sich jetzt zu genieren, ist zu spät«, seufzte er.

»Was haben S' gesagt? Was ist zu spät?«, erklang es von der anderen Seite der Zelle. »Wissen Sie, ich denk mir auch oft, dass es für alles zu spät ist. Aber das darf man so nicht sehen. Man muss die Dinge immer andersrum betrachten. Das schafft Klarheit im Kopf. Eine Klarheit, die man sich vor allem unter diesen Umständen hier bewahren muss. Ich gebe Ihnen jetzt ein Beispiel für das, was ich meine. Wissen Sie, als Anwalt lernt man ja unglaublich interessante Menschen kennen. Sie haben gar keine Vorstellung, was man da alles erlebt. Ich hab' einmal einen Klienten gehabt …«

Das eintönige Geschwätz Dr. Wegners schläferte Heinrich ein. Seine Augenlider wurden schwer, und er glitt hinüber ins Land der Träume.

༺༻

Ernst Xaver Huber konnte auf einen erfolgreichen Vormittag zurückblicken. Das Gespräch mit Leopold von Wertheimstein war außerordentlich gut verlaufen. Huber hatte dem Bankier einen detaillierten Plan vorgelegt, wie er die Baugesellschaften Unitis und Wiener Wohnstatt, deren Immobilien und Liegenschaften sowie die Ziegelfabrik weiterführen wolle. Wertheimstein hatte zugestimmt, dass er weiterhin beide Unternehmen als geschäftsführender Direktor leiten solle. Im Speziel-

---

* piesacken

len würden sich die Beamten der Kreditanstalt um die derzeit bestehenden Geschäftsbereiche kümmern, und er hätte Zeit für den Aufbruch zu neuen Ufern. Pläne schmieden, Projekte entwickeln, Neues wagen. Die Idee, etwas Neues zu wagen, hatte ihn dazu gebracht, stante pede hinaus in die Josefstadt zu gehen. Er betrat den Hausflur des prächtigen Hauses, das die Unitis vor nun bald vier Jahren errichtet hatte. Schnurstracks ging er zu der niedrigen Tür im Parterre, auf der »Portier« stand, und klopfte an. Sie wurde geöffnet, und der Geruch von gekochtem und leicht angebranntem Kohl verschlug ihm den Atem. Er musste husten, bevor er der kleinen, schrumpeligen Frau, die in der Tür stand und ihn misstrauisch anstarrte, mit erstickter Stimme befahl:

»Holen Sie Ihren Gatten. Ich brauch ihn!«

»Der sitzt gerade bei seinem Papperl.«

»Wenn er net sofort herkommt, sitzt er nächsten Monatsersten auf der Straße.«

»Uiii! Sie sind heut' schlecht aufg'legt. Hansi, schnell! Komm her! Seine Gnaden, der Herr Direktor, möcht' di sprech'n. Aufessen kannst nochher a no. I wärm' dir den Köch* dann wieder auf.«

Hans Pichler, ein Bär von einem Mann, erschien in der Tür. Huber musterte ihn mit Missvergnügen. Sein unwilliges Gehabe, sein ungepflegtes Äußeres, die dümmliche Visage missfielen ihm.

»Hat die Antonia Kotcheva endlich ihren Zins gezahlt?«

»Nein, Herr Direktor.«

»Und hat Er sie schon auf die Straße gesetzt?«

---
* Kohl

»Nein, Herr Direktor.«
»Dann wird's aber Zeit. Gemma!«
»Dürft i vielleicht noch …?«
»Einen feuchten Dreck darf Er. Essen kann Er später. Es ist ja net so, dass Er ausschaut, wie wenn Er vom Fleisch fallen würde. Jetzt wird gearbeitet!«

Pichler seufzte, griff nach einem dicken Schlüsselbund und ging die Stiegen voran hinauf in den vierten Stock. Oben angekommen, machten beide Männer eine kurze Verschnaufpause, dann gab Huber dem Hausmeister ein Zeichen. Dieser pumperte mit der Faust an die Wohnungstür und rief:

»I bin's, der Hausmaster! Machen S' auf, Fräulein Kotcheva.«

Eine Zeit lang war kein Mucks aus der Wohnung zu hören, dann vernahm Huber trippelnde Schritte, und die Tür wurde geöffnet. Mit schreckgeweiteten Augen blickte Antonia Kotcheva den Hausmeister an. Huber hielt sich im Hintergrund, sodass sie ihn im dunklen Hausflur vorerst nicht sehen konnte.

»Der Hausherr hat g'sagt, es reicht. Ich stell jetzt ihr Klumpert auf den Gang heraus, dann geben S' mir die Wohnungsschlüsseln und pfiat Ihnen.«

Antonia Kotcheva wurde leichenblass und fing zu zittern an. Tränen rannen über ihre Wangen. Der Hausmeister schob sie zur Seite und stapfte ins Vorzimmer.

»Hast an Koffer, Madl?«
»Ja.«
»Na, dann pack dein Klumpert ein.«
»Aber ich bitt Sie! Sie können mich doch net so …«
»Pack den Koffer!«

»Bitte! Bitte! Bitte net!«

Huber, der draußen auf dem Hausflur ausharrte, hatte genug von dem Drama. Er atmete tief durch, streckte sich und betrat mit hocherhobenem Haupt das Vorzimmer.

»Was ist denn hier los? Pichler! Was macht Er denn da mit dem armen jungen Fräulein?«

»Na ... na ... Sie ... weil Sie ...«

»Geh Er! Ich kümmere mich persönlich um diese Angelegenheit.«

»Aber ...«

»Er soll gehen! Jetzt! Auf der Stelle!«

»Jawohl, Herr Direktor. Habe die Ehre, Euer Gnaden.«

»Und schließ Er die Tür hinter sich.«

»Zu Diensten, Herr Direktor Huber.«

Der Hausmeister blieb draußen vor der geschlossenen Wohnungstür stehen, kratzte sich den Schädel und überlegte. Was war das jetzt gewesen? Er hatte doch nur das gemacht, was ihm der Herr Direktor zuvor angeschafft hatte. Pichler kratzte sich neuerlich seinen unfrisierten Schädel. Dann hörte er aus der Wohnung:

»Herr Direktor Huber, ich bitt' Sie!«

»Reg dich net auf, Kinderl. Es wird alles gut werden.«

»Aber Sie ... Sie delogieren mich gerade!«

»Na, vielleicht kannst auch bleiben.«

»Wie meinen S' denn das?«

»Ganz einfach. So wie ich's sag. Dass du unter bestimmten Voraussetzungen weiter hier wohnen darfst.«

»Ist das möglich? Mein Gott! Das wäre schrecklich nett von Ihnen ... Ich ... Aber ... aber was ... was machen Sie da? Herr Direktor Hu... Huuu... Huuhuuuu... ber ...«

Epilog

ALOIS PÖLTL SASS beim Schein einer Petroleumlampe im Dienstbotenkammerl seiner Wohnung. Die Zeiten, als er sich ein Dienstmädel leisten konnte, waren längst vorbei. Seit dem 9. Mai letzten Jahres hatte sich alles zum Schlechteren gewendet. Nach dem großen Börsenkrach und der zeitweisen Schließung der Wiener Börse waren viele seiner Kunden ausgeblieben. All die Börsianer, die zuvor nur einen Sprung über den Schottenring machten, um sich in Meister Pöltls Salon in der Wipplingerstraße rasieren und frisieren zu lassen, waren nun entweder pleite, sparsam oder tot. Etliche hatten den Freitod gewählt, als sich ihre spekulativen Geldanlagen in Luft aufgelöst hatten. Bei diesem Gedanken musste Pöltl bitter lachen. Hektisch kramte er in den rundum aufgeschichteten Zeitungsstößen, bis er auf eine Ausgabe der »Deutschen Zeitung« vom 26. Mai des Vorjahres stieß. Hier hatte er einen Artikel, der die Überschrift »Opfer der Börse« trug, fett angekreuzt:

Der Cassier der Wechselstube des Bankhauses L. Epstein (Stadt, Seilergasse Nr. 2), Adolf Taußig, bewohnte mit seiner gegenwärtig in Petersdorf weilenden Frau und seinem einzigen Kinde den dritten Stock des Schey'schen Hauses in der Kantgasse. Er hatte einen Jahresgehalt von 3.600 fl. und galt als musterhafter Gatte und Vater. Das unbegrenzte Vertrauen, das sein Chef, Gustav R. v. Epstein, in ihn setzte, rechtfertigte er bis zum Hereinbrechen der Börsenkrisis vollkommen, und nichts war ihm heiliger als die genaueste Erfüllung seines Berufes und seiner Pflichten. Vor etwa zwei Jahren wurde Taußig in das Netz der Börsenspeculation gezogen, und rasch vermehrte sich sein

Vermögen. Bei der im vorigen Jahre durch Monate anhaltenden Hausse stieg auch sein Reichthum, aber mit dem bodenlosen Fallen der Kurswerthe ging auch sein Hab und Gut verloren. Die Verzweiflung, die sich seiner durch das hereingebrochene Unglück bemächtigt hatte, trieb den bisher makellosen Mann zu unreellen Handlungen, und in einem schwachen Augenblicke nutzte er die ihm anvertrauten Summen seines Chefs, um sie seinen Privat-Verbindlichkeiten zuzuführen. Wohl wissend, daß dies nicht verborgen bleiben dürfte, beschloß er schon damals, wie aus zurückgelassenen Briefen hervorging, seinem Leben ein Ende zu machen. Die Ausführung dieses Entschlusses wurde durch die Hoffnung verzögert, er könne durch ein eventuelles Steigen der Kurse einen Theil der verlorenen Summen wieder gewinnen und die aus der Kasse seines Chefs entlehnten Beträge mit denselben decken. Diese Hoffnung ging nicht in Erfüllung und keinen anderen Ausweg findend, beschloß er, den Selbstmorde zur Ausführung zu bringen. Samstag Abends suchte er nach den beendigten Bureaustunden seine Wohnung auf, ordnete seine Angelegenheiten und schrieb drei Briefe, einen an seinen Chef, ihn um Verzeihung seiner Fehltritte bittend, einen zweiten an seine Gattin und einen dritten an den Procuristen des Bankhauses, Herrn Fleischmann. Die letzten beiden Briefe waren versiegelt, und auf dem Briefe an seine Gattin war unterhalb der Adresse Folgendes zu lesen: »Empfange dies ruhig und sei gefaßt.« Auf dem Tisch fand man auch nebst diesen Briefen ein Päckchen Bank- und Staatsnoten, auf dessen Schleife die Summe des Inhaltes stand, und einen Chronometer. Taußig machte zunächst, wie die polizei-

lichen Erhebungen constatiren, den Versuch, sich durch Erhängen zu entleiben. Spuren von Strangulirung am Hals bezeugen dies. Der Strick war wahrscheinlich zu schwach und riß, die Schwere des Körpers nicht ertragend. Der Unglückliche stürzte sich hierauf, nur mit Hemd und Unterhose bekleidet, vom Fenster seiner im dritten Stockwerke gelegenen Wohnung auf das Straßenpflaster in der Lothringerstraße hinab. Mit zerschmetterten Gliedern blieb er sofort todt liegen.

Pöltl ließ die Zeitung sinken und murmelte:

»Der Herr von Taußig ... mein Gott ... jede Woche ist er einmal zum Façonieren und Rasieren gekommen.«

Er wischte sich mit dem Handrücken über die Augen, die feucht geworden waren, und begann dann, sich durch die Zeitungsstapel zu wühlen. Immer wieder griff er sich die eine oder andere Zeitung heraus und starrte die von ihm angestrichenen Artikel an. Hin und wieder kritzelte er eine weitere Bemerkung mit einem Bleistiftstumpf dazu. Schließlich stieß er auf eine Ausgabe der Presse vom 11. Februar des laufenden Jahres. Sie war über und über mit Bemerkungen und Notizen beschmiert. Und obgleich dieses Zeitungsexemplar kaum älter als einen Monat war, war es eingerissen und zerknittert. Das kam daher, dass Pöltl es erst unlängst vor Wut zerknüllt hatte. Mit besonders vielen Kritzeleien war folgender Absatz versehen:

War es ein starker dämonischer Geist, eine bestrickende Persönlichkeit, eine bezwingende Ueberredungsgabe, die bestimmend und ausschlaggebend auf den Willen Derje-

nigen einwirkte, die sich mit ihm in Speculationen einließen? Die letzte Frage kann sofort und entschieden verneint werden. Placht besitzt diese Eigenschaften in nur sehr geringem Maße und darin ähnelt er nicht wenig der finanziellen Syrene Adele Spitzeder*, die gegenwärtig in einem bairischen Zuchthaus ihr klägliches Dasein beweint.

Zornesfalten verzerrten Pöltls Gesicht und er murmelte: »Die haben ja keine Ahnung. Diese Zeitungsschmierer.«

Mit unendlicher Wut erinnerte er sich daran, wie er in die Geschäftsstelle der Placht'schen Bank in der Werdertorgasse eingetreten war und wie ihn ein Bankbeamter nach kurzer Zeit ins Bureau des Herrn Direktor gebeten hatte. Dort hatte ihn Placht aufs Allerherzlichste empfangen und war sofort zur Sache gekommen mit der Frage: »Wie viel wollen S' denn verdienen, gnädiger Herr?« Heute war Pöltl bewusst, dass er ihn ganz gezielt nicht danach fragte, wie viel Geld er anlegen, sondern wie viel Geld er gewinnen wollte. Damit war er Placht auf den Leim gegangen und hatte ihm all seine Ersparnisse in den Rachen geworfen. Leise mit sich und seinen Entschlüssen hadernd, las Pöltl weiter:

Oder war es etwa die Marktschreierei, mit welcher sich Placht als den finanziellen Messias proclamirte, welche das Volk angelockt und so blindlings ins Verderben gestürzt haben sollte? Nur oberflächliche Leute werden hierin den Grund finden – nicht der Tiefblickende. Es

---

* bayrische Anlagebetrügerin

muß zum großen Theile wo anders liegen und das war zur zeit als Placht begann, die durch das viele Börsenglück ... bis zum Affect gesteigerte Sucht nach raschem mühelosen Gewinn, die im schönen Gewande »allgemeines Vertrauen« auftrat und in welcher es möglich war, daß der erste beste Mensch nur hinzutreten brauchte vor die Menge, ihr einen Gewinn in Aussicht zu stellen, um sie sofort durch Dick und Dünn mit sich fortzureißen. In einer Zeit, in der täglich die erstaunliche Kunde kam, daß irgend Jemand, der vor wenigen Tagen noch ein armer Mann gewesen, nun in der Equipage fährt und Häuser baut, bedurfte es nur eines Mannes, der einen Funken in die Masse warf, um sie in helle Spielgier aufbrennen zu lassen und so kam es, daß Placht, der im Anfang nur dachte von der Spitze des Berges einen Schneeball ins Rollen zu bringen, sehen mußte, wie dieser Ball zur Lawine anwuchs, die unten sein ganzes Gebäude zertrümmerte und begrub.

»So wie mein Erspartes ... und mein Geschäft ... mein ganzes Lebensglück.«

Pöltl hatte mittlerweile wieder feuchte Augen. Diesmal wischte er die Tränen jedoch nicht ab, sondern ließ sie die Wangen hinunterrinnen.

Adele Spitzeder trägt das goldene Kreuz als Symbol ihrer Wunderthätigkeit, Placht erfindet die »höchste Fructificirung ohne Risico«. Adele Spitzeder hält dem verblendeten gläubigen Volke ein Sinnbild hin, vor dem es in den Staub sinkt, Placht ficht »mit dem Geiste«, und obzwar die Wenigsten verstanden, was eigentlich die »höchste

Fructificirung ohne Risico« bedeute, so glaubten sie an deren Wunderkraft. Beide fanden ihre Commitenten in den Kreisen, in welchen man Wucher und Spiel nicht heimisch finden sollte, nämlich bei ausgedienten Soldaten, Geistlichen, Dienstboten, Beamten etc.

Mit vor Wut bebender Stimme führte er sein zuvor begonnenes Selbstgespräch fort:

»Und die kleinen Handwerker und Gewerbetreibenden? Was ist mit denen? Auch wir, die Friseure, Bäcker, Schlosser, Hufschmiede, Wagner, Besenbinder, auch wir sind diesem Gfraßt auf den Leim gegangen.«

Als dann aber die Katastrophe hereinbrach und sich Alles, was beide unternommen, als falsch und trügerisch erwies, da konnten und wollten beide nicht begreifen, daß sie unrecht gehandelt hatten. Adele Spitzeder meinte, sie habe für das Wohl ihrer Mitmenschen gesorgt, sie habe für sich nichts gethan, alles für die Armen, für das Volk – Placht bricht in Thränen aus, wenn man ihn an seine Thätigkeit erinnert und wirft es der Welt gewiß als Undank vor, daß sie ihn, der sich Tag und Nacht abgemüht, für einen Betrüger hält.

»Was heißt Betrüger? Ein Saurüssel ein dreckiger, ein Gfraßtsackl, ein Hundstuttel*, ein ganz ein mieses! Das ist er, der feine Herr Placht!«

… so rief Placht auch in dem Augenblick, als ein Zeuge seine, Placht geradezu niederschmetternde Aussage,

---
* Hundetitte

beschwor, den Richtern zu, er werde, da er baldigst in die Gesellschaft zurückzukehren hoffe, Alles, was er jetzt verloren, wieder erarbeiten, und in seinem Memorandum, welches er den Proceßacten beigelegt, schrieb er sich selbst bestaunend und bewundernd: »So stehe ich als Ehrenmann da!« Zum Beweise, daß Placht wirklich meinte, er werde aus der Haft entlassen, diene der Umstand, daß er dem Untersuchungsrichter Dr. Zaillner, den er sehr hoch hielt, versicherte: »Sie müssen durch mich noch ein reicher Mann werden. Kaufen Sie, wenn ich herauskomme, alle Kostbriefe ... Jetzt ist eine Hausse, da werden Sie sehr, sehr reich!«

Pöltl wischte sich mit dem Handrücken die Tränen von den Wangen und murmelte:

»Genau das hat mir dieser Falott auch versprochen.«

Nach siebentägiger, vom Präsidenten Landesgerichtsrath Heidenthaler meisterhaft geleiteter Verhandlung wurde Johann Baptist Placht zu sechs Jahren schweren Kerkers verurtheilt. – Das ist das Ende der »höchsten Fructificirung ohne Risico.«

~⊚~

Im Laufe der Monate hatte sich Heinrich in einen Kokon eingesponnen. Ein Gespinst aus Gleichgültigkeit und Gleichmut gepaart mit Schweigsamkeit. Seine Zellengenossen wechselten. Nach dem schwatzhaften Dr. Wegner kam ein alter Griasler, der ebenfalls nichts redete, dafür aber fürchterlich stank. Danach kam ein junger Ganef, der beim Taschendiebstahl erwischt worden war. Der Bub war das erste Mal im Gefängnis und völlig verzweifelt. Rastlos ging er auf und ab, wie ein gefangenes Tier. Immer wieder ergoss sich auch eine Sturzflut von Flüchen und Schreien aus seinem Mund. Heinrich ließ das unberührt. Wenn der andere tobte, drehte er sich einfach mit dem Gesicht zur Wand, betrachtete all die wirren Botschaften, die seine Vorgänger hier eingeritzt hatten, und ließ seine Gedanken schweifen. Er erinnerte sich an die feschen Mädeln, die ihm über den Weg gelaufen waren und von denen so manche in seinem Bett gelandet war. Was heißt hier Bett? Nicht nur im Bett, sondern auch in seiner Kutsche, in den Gebüschen des Praters oder hinter den Pawlatschen von Heurigenlokalen und Ausflugsgasthäusern hatte er es mit den Mädeln lustig gehabt. Manche hatten sich geziert, aber schlussendlich hatte er eine jede um den Finger gewickelt. Mit kleinen Geschenken, mit ein paar Geldscheinen oder nur mit Schmeicheleien. Plötzlich erinnerte er sich daran, wie er die jetzige Heurigenwirtin Lanner als junges Mädel hinter einer Scheune zu tierischem Stöhnen und zur Ekstase gebracht hatte. Damals war er ein junger Geck gewesen und hatte keinerlei Ähnlichkeit mit dem verwahrlosten Gespenst vom Kadoltsberg gehabt, das die erwachsene Frau Lanner viele Jahre später ohrfeigte. Wie verkommen musste er wohl ausgesehen haben, dass die Lanner Mizzi ihn nicht mehr erkannt hatte? Ekel vor sich selbst, Traurigkeit und Scham krochen in ihm hoch. Er seufzte, atmete mehrmals tief durch und versuchte ein bisschen zu schlafen.

Plötzlich klirrten Schlüssel, die Zellentür knarrte beim Öffnen, und eine Stimme befahl:
»Von Strauch, raustreten!«
Heinrich reagierte vorerst nicht, nur sein Zellengefährte sprang auf und schrie:
»I mag auch raustreten. I will raus da!«
»Halt die Goschn und gib a Ruah.«
»Raus! Raus! Raus!«
»Kusch!«
Heinrich, immer noch mit dem Gesicht zur Wand liegend, wendete sich nun den beiden anderen zu, und was er sah, gefiel ihm nicht. Ein Schlagstock sauste solange auf den Buben nieder, bis sich dieser wimmernd in eine Ecke der Zelle verkroch.
»Von Strauch! Muss ich Sie aus der Zelle hinausprügeln? Oder kommen S' freiwillig mit?«
Heinrich stand widerwillig auf und trat hinaus auf den hellen Flur. In Begleitung des Justizwachebeamten durchschritt er endlos scheinende Gänge. Er fühlte sich nackt, ungeschützt, wie aus dem Nest gefallen. Hinausgestoßen aus der dämmrigen Geborgenheit der Zelle. Was war los? Was geschah mit ihm? Sein Weg führte ihn in ein stickiges Bureau. Hinter einem Schreibtisch saß ein Beamter, der ihn mit folgenden Worten empfing: »Es ist so weit. Sie kommen frei, Herr Baron. Unterfertigen S' bitte Ihre Entlassungspapiere.«
Heinrichs Knie wurden weich, ihn schwindelte, und er musste sich am Schreibtisch festhalten. Was? Wieso ließen sie ihn frei? Hatte er seine Strafe schon abgebüßt?
Als er schließlich mit zitternder Hand die Entlassungspapiere unterzeichnete, packte ihn das blanke Entsetzen.

Wohin sollte er gehen, wenn sie ihn jetzt vor die Tür setzten? Er hatte kein Zuhause, er hatte niemanden, an den er sich wenden konnte. Und wo würde er was zum Essen bekommen? Musste er wieder hungern? Eine unglaubliche Hilflosigkeit ergriff Besitz von ihm. Seine Augen wurden feucht, Tränen rannen über die bärtigen Wangen. Der Justizwachebeamte, der ihn in Richtung Freiheit begleitete, registrierte seine Gefühlsaufwallung. Begütigend klopfte er Heinrich von Strauch auf die Schulter und sagte: »Freudentränen. Des kenn' ma. Des geht net nur Ihnen so.«

Dann öffnete der Beamte in dem großen, mit Eisen beschlagenen Haupttor ein kleines Schlüpftürl, durch das Heinrich von Strauch das Graue Haus verließ. Der Justizwachebeamte murmelte noch: »Alles Gute, Herr Baron!«, dann wurde das Türl von innen verriegelt. Kalter Wind blies ihm ins Gesicht, vereinzelte Regentropfen klatschten auf das Pflaster. Der düstere Himmel wirkte abweisend, um nicht zu sagen feindselig. Heinrich von Strauch hatte Gänsehaut. Mit zögernden Schritten ging er voran. Ein Schauer überrieselte ihn, und er sehnte sich nach der Geborgenheit seiner Zelle. Sein Magen knurrte, und er wusste: Die Zeit des Hungerns war wieder da. Er taumelte dahin wie ein im Wind schwankendes Rohr, ohne auch nur die geringste Idee zu haben, wohin er sich wenden sollte. Plötzlich drang durch die Nebelschwaden, die in seinem verwirrten Gehirn wogten, eine Stimme:

»Baron! Da bist du ja endlich.«

Heinrich erschrak, drehte sich um und blickte in das grinsende Gesicht Zygmunt Karminskys.

»Erkennst mi nimmer? I bin's, der Guade!«

»A… aber … woher weißt du, dass ich …?«

Breit grinsend hängte sich der Guade bei Heinrich ein und begann mit ihm in Richtung Josefstädter Straße zu spazieren.

»Komm, i lad di auf ein Gulasch und ein Krügel Bier ein.«

»Aber …«

»Nix aber. Du hast sicher an Hunger.«

»Woher hast du gewusst, dass ich heut' entlassen werd'?«

»Schau: Einer der hohen Herren im Landesgericht pudert regelmäßig eines meiner Baner*. Und weil er net wü, das i des seiner Frau erzähl', erzählt er mir alles, was i so wissen wü. Außerdem hilft er mir a in rechtlichen Angelegenheiten. Was dich betrifft, hat er mir geraten, eine Kaution zu erlegen, damit du ausse kommst. Das hab' i g'macht. Und jetzt bist ein freier Mann.«

»Und warum?«

»Warum, warum, warum – des interessiert doch niemanden. Das Einzige, was mi jetzt interessiert, is: Hast an Hunger oder net?«

»Ja, schon.«

»Na, also. Dann gemma was habern**.«

~~~

In den folgenden Monaten wurde Heinrich von Strauch Zygmunt Karminskys Buchhalter. Der Baron, wie er von der Wiener Galerie*** genannt wurde, verwaltete die Ein-

---

* Huren
** essen
*** Unterwelt

künfte, die der Guade und seine Buam beim Stoß*, mit ihren Banern sowie mit anderen kriminellen Aktivitäten verdienten. Er sorgte dafür, dass die Mitglieder der Platte** nicht die gesamten erzielten Erträge versoffen und verprassten, sondern dass ein Notgroschen für unvorhergesehene Notfälle angelegt wurde. Dies geschah weder mit Aktien noch mit anderen Papieren, sondern einzig und allein mit einem Sparbuch bei der Ersten Österreichischen Sparcasse. Sein Meisterstück lieferte der Baron im Jahr 1901, als er durch geschicktes Verhandeln einem jungen Erben, der beim Stoß ein veritables Vermögen verloren hatte, dessen Zinshaus in der Leopoldstadt abluchste. Seit damals war der Guade Hausherr.

Manchmal, in stillen Momenten, dachte der Baron über sein früheres Leben nach. Über all den Luxus und das viele Geld, das ihm in die Wiege gelegt worden war. Er erinnerte sich an das barocke Palais mit den zahlreichen Dienstboten, an seine Schulzeit im Akademischen Gymnasium, an den Abbruch seiner einjährigen freiwilligen Ausbildung bei der k. k. Armee und auch daran, wie ihn sein Vater vom Militärdienst freigekauft hatte. Auch seine lustlosen Versuche, Jus zu studieren, kamen ihm in den Sinn. All das waren Erinnerungen, die ihn nicht quälten. Ganz im Gegenteil, er dachte an die unbeschwerten Sommer draußen in Mauer, an den Ziguri und dessen Frau und an die vielen süßen Mädeln, die er bereits

---

* illegales Kartenspiel
** Bande

in jungen Jahren vernascht hatte. Er dachte auch an seine geliebte Toni und an seine Kammerdienerin Reserl. Wann immer er in Gedanken bei diesen zwei weiblichen Wesen, die ihn doch aus ganzer Seele gern gehabt hatten, angekommen war, legten sich düstere Nebel über die zuvor im goldenen Licht der Erinnerung leuchtenden Gedanken. Unweigerlich musste er an jene Jahre denken, in denen er von einem Strudel der Gier erfasst worden war, der ihn immer weiter hinabgezogen hatte. Es war ein Sog, dem er sich nicht widersetzen hatte können. Die Gier nach Geld, immer mehr Geld, nach Unternehmen, nach Bauten, nach Bedeutung, nach gesellschaftlichem Ansehen, nach Macht und Einfluss und natürlich auch nach Weibern und Champagner. Nur das Teuerste und Beste waren damals gut genug für ihn. Und dann, als er am Zenit seines Strebens angelangt war, als er die Privatbank seines Vaters mit der eigenen Maklerbank verschmolzen und in eine riesige Aktiengesellschaft umgewandelt hatte, da beschlichen ihn plötzlich Angst und Überdruss.

»Wohin? Heinrich, wohin willst du noch?«, hatte er sich gefragt, und ihm war schmerzlich bewusst geworden, dass mehr kaum noch zu erreichen war. Der absolute Höhepunkt seiner Bestrebungen war aber das gewaltige Bahnprojekt gewesen, in das er eine halbe Million Gulden gesteckt hatte, um Beamte und Entscheidungsträger in allen Regionen, durch die die Bahnlinie führen sollte, zu bestechen. Tatsächlich hatte er die Konzessionen in Österreich und Ungarn erhalten. Damit hatte er die Gesellschaft gründen und deren Aktien an der Börse platzieren können. Was er aber wohlweislich allen verschwiegen hatte, war die Tatsache, dass die neue Bahngesellschaft nach wie vor über keine Konzession im Osmanischen Reich verfügte. Zu diesem und anderen Problemen hatte sich eine seltsame innere Leere gesellt, die ihn nach und nach davon abhielt, aktiv seine Geschäfte zu betreiben. Es war eine Art Ekel, der von ihm Besitz ergriffen hatte und der ihn nur mit Widerwillen die Räumlichkeiten seiner Bank oder der Börse betreten ließ. Nach der Börsenkrise im Herbst 1872 hatten auch die Angstzustände eingesetzt. Sie überfielen ihn immer nachts. Vor dem Einschlafen oder wenn er sich im Schlaf umdrehte und kurze Zeit halbwach war. Dann sickerten sie wie flüssiges Gift in sein Bewusstsein. Mit leiser Stimme flüsterten sie ihm die Unzahl an Risiken und Gefahren in die Ohren, die seinen Unternehmen und seiner Bank drohten. Dies führte meist dazu, dass er hellwach wurde, aus dem Bett sprang und aufgeregt hin und her lief, bis sich sein überhitzter Körper abgekühlt hatte. Auch wischerln* half, denn es verschaffte ihm das angenehme Gefühl, all das Gift, das sich in seinem Herzen angesammelt hatte, auf diesem Weg auszuscheiden. Die miserablen Seelenzustände hatten sich um Weihnachten 1872 massiv verschlimmert, und so hatte er sich im neuen Jahr entschlossen, Verantwortung abzugeben, um den Druck, der auf seiner Seele lastete, zu verringern. Er hatte seinem Weggefährten, dem Ernstl, angeboten, die Geschäftsführung beider Banken zu übernehmen, was dieser überraschenderweise abgelehnt hatte. Einen Tag später war der Ernstl dann mit dem Gegenvorschlag gekommen, die beiden

---

* pinkeln

Banken zu fusionieren, eine Aktiengesellschaft zu gründen und deren Aktien an der Börse zu platzieren. Eine brillante Idee, wie ihm damals schien. Besonders gefiel ihm, dass der Ernstl Generaldirektor des neuen Bankhauses werden würde und er selbst das widerwärtige Alltagsgeschäft loswurde. Mit allen mühseligen Kleinigkeiten würde sich der Ernstl herumschlagen müssen. Dafür war er bereit gewesen, dem Ernstl zehn Prozent der Aktien an der neuen Gesellschaft abzutreten. Den ganzen Jänner über hatten sie fieberhaft an diesem Projekt gearbeitet und Anfang Februar die neue Strauch & Compagnon Bank-Actiengesellschaft gegründet. Doch all das führte nicht zum erhofften Seelenfrieden. Im Gegenteil, ab dem Moment, ab dem er mehr Zeit hatte, begann er auch untertags im Kaffeehaus oder beim Speisen im Restaurant über die Zukunft und deren Gefahren zu sinnieren. Ganz besonders quälten ihn die Weltausstellung und alle damit verbundenen Probleme. Nichts lief wie geplant, alles war im Verzug, und Schwarz-Senborn lockte ihm immer neue Darlehen heraus. Da half nur Ablenkung, und so stürzte er sich in das Abenteuer mit der Meyenburg. Diese Schauspielerin war das erotischste Geschöpf, dem er jemals begegnet war. Sie liebte Luxus über alles und gab sich ihm nur hin, weil er sie mit teuren Geschenken verwöhnte. Die Summen, die er für Schmuckstücke, Juwelen, Kleider, Theater- und Restaurantbesuche ausgab, bedrückten ihn nach und nach. Nicht, dass er sich das nicht hätte leisten können, aber die Frage, wohin das alles führen sollte, stellte er sich des Öfteren. Und so wurden seine Nächte quälender und seine Sehnsucht, irgendwohin zu verschwinden, immer größer. Mittlerweile hatte er im Schlaf mit den Zähnen zu knirschen begonnen. Das Zähneknirschen wurde so heftig, dass er davon aus dem Schlaf gerissen wurde. Sobald er wach war, begann sein Körper zu zittern, ohne dass er diese Zuckungen kontrollieren konnte. Das Zittern hörte mit einem Schlag auf, als er aus seiner Maurer Villa davongelaufen war. Schon während des ersten Monats, als er sich bei einer gewissen Witwe Kadlec um ein paar Kreuzer eingemietet hatte, knirschte er kaum mehr. Später, als ihm das Geld ausgegangen war und die Witwe ihn vor die Tür gesetzt hatte, lösten sich seine seelischen Probleme in Luft auf. Im Wald in einer Grube, die er sich mit Laub ausgelegt und mit ein paar Zweigen überdacht hatte, schlief er wie ein Neugeborenes. Auch wenn ihm am Morgen manchmal Ameisen in der Hose krabbelten oder ihm beim Aufwachen ein Käfer auf der Nase herumtanzte, so war er in dieser Zeit immer ruhig und entspannt. Dazu kam der latent anhaltende Hunger, der seine Kräfte schwinden und die Sinne abstumpfen ließ. Sein ganzes Trachten konzentrierte sich damals nur darauf, irgendwo etwas Essbares und etwas sauberes Wasser zu finden. Als er schließlich im Maurer Gemeindekotter und später in der Zelle im Grauen Haus saß, kehrten weder das Zähneknirschen noch das krampfartige Zittern zurück. Vielleicht auch deshalb, weil er in dieser Zeit voll damit beschäftigt war, unter den übrigen Gefangenen so wenig wie möglich aufzufallen. Es galt, niemandem auf die Zehen zu steigen, sich stets im Hintergrund zu halten sowie die üblen Gerüche, den Schmutz, das Ungeziefer und das hundsmiserable

Essen zu ertragen. Erst später, als er schon gut sechs Monate für den Guadn gearbeitet hatte und in einer kleinen Mietwohnung untergekommen war, kehrten die seltsamen Zustände zurück. Die Angst, dass sein Schutzpatron, der Guade, verhaftet und er plötzlich ohne Einkommen und Essen dastehen würde, nagte an ihm. Er befürchtete, dass sich das bisschen an Sicherheit, das er jetzt genoss, wieder verflüchtigen könnte. Er begann schlecht zu schlafen, war immer müde und oftmals unkonzentriert. Diese Veränderung seines Verhaltens blieb Karminsky natürlich nicht verborgen. Und da das dem Guadn überhaupt nicht gefiel, sprach er den Baron darauf an. Nach längerem Zögern und einigen Ausflüchten erzählte er Zygmunt Karminsky schließlich von seinen schlaflosen Nächten. Der dachte kurz nach und brummte dann:

»Gell, du magst die kleine Roserl?«

Der Baron nickte lächelnd, als er an die Kindfrau Rosalia dachte, die er einst im Prater kennengelernt hatte und die eines von Karminskys Banern war. Seit er zu Karminskys Platte gehörte, durfte er hin und wieder bei der Rosalia umsonst einen Fahrer machen[*].

Der Guade kratzte sich mehrmals am Kopf und entschied schließlich: »Horch zu: Damit's d' mir net narrisch wirst, wird die Roserl bei dir einziehen und auf dich aufpassen.«

Und so war es dann auch. Wann immer er in der Nacht zum Zähneknirschen und Zittern anfing, spürte er Rosalias Hand, die ihn beruhigte. Oft flüsterte sie:

»Heini, hast schon wieder die Fraisen?«

---
[*] mit ihr Geschlechtsverkehr haben

»Nein. Ich hab net die Fraisen. Das ist eine Kinderkrankheit.«

»Aber du bist doch noch ein Kind.«

»Das ist net wahr, ich bin der Baron.«

»Aber geh! Du bist der kleine Heini.«

Der Baron führte als Buchhalter des Guadn ein komfortables Leben. Ja, er konnte sich nach einigen Jahren sogar eine größere Wohnung mit Bad und Water Closet leisten. Rosalia zog mit ihm in diese neue Unterkunft um. Zu seinem 50. Geburtstag schenkte der Guade dem Baron die Kleine. Ab diesem Zeitpunkt musste Rosalia nicht mehr auf den Strich gehen. Sie führte den Haushalt, und ihre nicht zu unterschätzenden Kochkünste behagten dem Baron sehr. Essen war für ihn zum Mittelpunkt seines Sinnens und Trachtens geworden. Die Hungerwochen im Wald hatten dazu geführt, dass er nach seiner Entlassung aus dem Grauen Haus mit unglaublicher Gier alles in sich hineinzustopfen begonnen hatte, dessen er habhaft werden konnte. Unglaublich fett, von Gicht geplagt und auf einen Stock gestützt, starb er kurz vor dem Weihnachtsfest des Jahres 1903 beim Verzehr einer gebratenen Gans.

Ein knappes Jahr vor seinem Tod hatte der Baron noch eine denkwürdige Begegnung, die ihn ein letztes Mal in die Vergangenheit führte. Sie fand in einem Kaffeehaus in der Praterstraße statt, wo der Baron gerade eine kleine Jause, die aus einer Eierspeise* von vier Eiern und zwei Butterbroten bestand, zu sich nahm. Da er sich mit großer Hingabe und voller Konzentration dem Essen widmete, erschrak er, als ihm plötzlich jemand auf die Schulter klopfte. Doch der verstörte Ausdruck seines Gesichtes verwandelte sich in ein erfreutes Grinsen, als er seinen Schulfreund Eduard Strauß vor sich stehen sah.

»Edi, mein Bester! Das ist aber eine Freude. Komm, setz dich her zu mir.«

Die beiden Schulfreunde schüttelten sich die Hände, wobei der Baron, dessen gewaltiger Oberkörper zwischen Sitzbank und marmorner Tischplatte eingezwängt war, sitzen blieb.

Eduard Strauß nahm Platz, musterte den Baron und bemerkte schmunzelnd:

»Gut schaust aus.«

»Ich weiß, ich weiß. Ich bin viel zu blad. Aber mir schmeckt das Papperl halt.«

Strauß bestellte eine Melange, der Ober nickte, und als er gehen wollte, gab der Baron eine Zusatzbestellung auf:

»Geh, Herr Thomas, bringen S' uns zwei Cognac. Aber den guten, den französischen.«

Und zu Strauß gewandt, sagte er:

»Edi, das gehört gefeiert. Dass wir zwei uns nach so langer Zeit wiedersehen. Wann haben wir uns eigentlich das letzte Mal getroffen?«

»Lass mich nachdenken ... Es muss beim Salon gewesen sein, den deine Frau veranstaltet hat. Wie geht's denn deiner Frau?«

---
* Rühreier

»Ich hab' keine Ahnung. Und ehrlich gesagt, es interessiert mich auch nicht.«

»Oh, pardon. Ich wusste nicht, dass du von deiner Frau getrennt lebst.«

Vom Ober wurden die Cognacs serviert, der Baron erhob seinen Schwenker und prostete Eduard Strauß zu.

»Edi, ich sag dir eines: Das ist alles Geschichte. Das war damals eine ganz andere Zeit. Eine Zeit, in der ich nicht mehr ich selbst war. Getrieben von Gier und Größenwahn einerseits und zerfressen von pechschwarzer Melancholie andererseits.«

»Ja, ja … die Gier … die ist ein Hund. Weißt, die Gier meines Sohnes hat mich so sehr in finanzielle Nöte gebracht, dass ich letztes Jahr noch einmal eine Amerikatournee machen musste. Das war kein Honigschlecken. Schließlich bin ich ja nimmer der Jüngste. Aber ich musste noch einmal auf Tournee gehen, weil ich sonst bankrott gegangen wär'.«

»Das Bankrott-Gehen überlebt man.«

Eduard Strauß sah den Baron grinsend an und replizierte:

»Dafür bist du ja das beste Beispiel.«

»So ist es. Ich bin heut' siebenundsechzig Jahre alt und besitze nichts außer einer Riesenwampe[*]. Aber ich bin zufrieden.«

Der Baron nahm einen kräftigen Schluck Cognac, ließ ihn über den Gaumen rollen und lehnte sich entspannt zurück.

»Weil du vorher deine Söhne erwähnt hast: Meine beiden Kinder sind vor mir verstorben. Mein Sohn bei einem

---

[*] riesiger Bauch

Reitunfall und meine Tochter an einer Lungenentzündung. Und wenn ich einmal ein Bankl reiß*, hinterlass' ich nichts. Gar nix. Das ist irgendwie beruhigend.«

Eduard Strauß nippte an seinem Cognac, runzelte die Stirn und sagte nach einiger Zeit:

»Nichts zu hinterlassen, ist ein interessanter Gedanke.«

Neuerlich nahm er einen Schluck, dann klopfte er dem Baron auf die Schulter.

»Du hast mich da auf eine Idee gebracht. Mir ist gerade das umfangreiche Notenarchiv meiner Kapelle mit allen Arrangements von mir, meinem Vater und meinen beiden Brüdern in den Sinn gekommen. Jetzt, wo mit der Kapelle Schluss ist, sollt' ich das eigentlich alles vernichten.«

»Reizt dich das?«

Eduard Strauß spülte den letzten Schluck Cognac hinunter und nickte.

»Das würd' mich sogar sehr reizen.**«

⁓⊛⌒

Des Barons einstiger Freund und späterer Widersacher Ernst Xaver Huber erlebte die Jahrhundertwende nicht. Nachdem er alle verbleibenden Besitztümer Heinrich von Strauchs an sich gerafft hatte, trennte er sich von dessen Ehefrau, die bald danach, wie man munkelte, an gebrochenem Herzen starb. Er selbst blieb mit Antonia Kotcheva liiert, ohne diese Beziehung jemals zu legalisieren. In einer stürmischen Frühlingsnacht des Jahres

---

* sterben
** Im Oktober 1907 ließ Eduard Strauß unter seiner persönlichen Aufsicht den gesamten Notenbestand der Familie Strauß in den Brennöfen zweier Fabriken vernichten.

1879 wurde er, als er nach einem lustigen Herrenabend leicht beschwipst Antonia Kotcheva besuchen wollte, vor deren Haustür von zwei Männern überfallen und niedergestochen. Den Schwerverletzten brachte man ins Allgemeine Krankenhaus, wo er in den frühen Morgenstunden verstarb. Die Täter konnten nie ausgeforscht werden.

Glossar der Wiener Ausdrücke

abschnudeln	liebkosen
Ärar	Staat
alle Stückerln spielen	erstklassig sein
Alzerl	ein Bisschen
Ang'schmierte	der Dumme
Augsburger	Cervelat
abschatzeln	abwimmeln
Ba / Baner	Hure / Huren
Bagasch	Lumpenpack
Bahöö	Wirbel, Krach
Bankl reißen	sterben
barabern	malochen
Beuschel	Lunge / im übertragenen Sinn auch: Bauch bzw. Bauchgefühl
birnen	verprügeln
blad	dick
bozwach	butterweich
Comfortable	Mietdroschke
dalkert	dumm
dastessn vor lauter Arbeit	sich zu Tode rackern
Einbrennte Hund	Kartoffeln in Mehlschwitze
Eierspeis	Rührei
Elegant	modebewusster Mann

Erdäpfel	Kartoffel
Fahrer machen	Geschlechtsverkehr ausüben
Fallot	Halunke
Faschiertes	Hackfleisch
fett wie eine Haubitze	stockbesoffen
Fleischer/Fleischhauer	Metzger
Fleischlaberl	Frikadelle, Bulette
Fratschlerin	Marktfrau
Frnak	Nase
gach	schnell
Galerie	Unterwelt
genant	peinlich
Gfrast	Schimpfwort; wird wie »Arschloch« eingesetzt
G'frett	Ärger, Malheur
Gfrieß	Gesicht
Gilet	Weste
gnädig	eilig
Golatsche	Süßes Hefe- oder Plunderteiggebäck
Grantscherm	grantiger Mensch
Greißler(ei)	Tante-Emma-Laden
Greißlerin	Besitzerin eines Tante-Emma-Ladens
Grätzl	nahe Umgebung, städtisches Viertel
Griasler	Unterstandsloser
Großkopferter	ein besser situierter Mensch
Gschrappn	Kind

G'spusi	Liebschaft
G'spusi	Liebschaft
Haarbeutel	Rausch
Habe die Ehre!/Hawedere!	Altwiener Gruß oder Ausruf der Verwunderung
Haberer	Freund
habern	essen
hackln	arbeiten
Häf'n	Gefängnis
Häusl	WC
Halawachel	Schlingel, unzuverlässiger Mensch
hatschen	mit Mühe gehen / humpeln
herg'richtet auf'n Glanz	aufgedonnert
Hundstuttel	Hundetitte
ins Narrenkastl schaun	sich geistig ausklinken
Kapskutsche	zweirädriges Pferdefuhrwerk zum Transport von Erde etc.
Klumpert	Zeug, Krimskrams
Köch	Kohl
Kohlsprossen	Rosenkohl
Kotzen	Pferdedecke aus grobem Stoff
Krauderer	missmutiger, alter Mann
Kren	Meerrettich
Krügel	großes, offenes Bier
kudern	lachen
Lavoir	Waschschüssel
leiwand	super
maukas machen	jemanden umbringen

Mensch (das)	junges Ding/Mädchen
Mulatschag	ausgelassene Feier
mulattieren	beim Feiern die Sau rauslassen
Nockerln	Spätzle
Packlrass	Gesindel
Palatschinken	Pfannkuchen
Papperl	Essen
patschierlich	fesch, hübsch
päule gehen / päulisieren	abhauen, verschwinden
pempern	Geschlechtsverkehr ausüben
plärren	weinen
Platte	Bande
pflanzen	verkackeiern
Pschorrpackerl	Jausenpaket
Psyche	Ankleidespiegel
Prater	Wiener Erholungs- und Grüngebiet samt Vergnügungspark
pudern	Geschlechtsverkehr ausüben
pumpern	klopfen
Randerl schlafen	Nickerchen machen
Riesenwampe	riesiger Bauch
Rotzpip'n	Rotzbub
Sauhack'n	Schweinearbeit
Schal'n	Kleidung
schiach	hässlich
Schiachperchten	hässliche Menschen
Scherm	Nachttopf

Scherm aufhaben	Arschkarte haben
Schlag'l	Schlaganfall
Schotter	Geld
schurln	laufen
sekkieren	piesacken
speiben	kotzen
Spompanadeln	Mätzchen / Schwierigkeiten
Stoßpartie	illegales Kartenspiel
Strizzi	Zuhälter
Topfen	Quark
Trampel	Mädchen
Tutteln	Brüste
überhaps	übereilt
umadum	herum
Ungustl	unangenehmer Mensch
Untergatte	Unterhose
wischerln	pinkeln
wurscht	egal
Wurzerei	Wucher
zusammenräumen	Ordnung machen
Ziguri	Löwenzahn und/oder Zichorie
Zund	Hinweis, Tipp

Quellen

ANNO – AustriaN Newspapers Online
Der virtuelle Zeitungslesesaal der Österreichischen Nationalbibliothek
http://anno.onb.ac.at/

Das Hoffaktorentum in der deutschen Geschichte
Heinrich Schnee, Musterschmidt-Verlag, Göttingen, 1964

Der »große Börsenkrach« des Jahres 1873.
Dr. Albert Schäffle, Zeitschrift für die gesamte Staatswissenschaft, Mohr Siebeck GmbH & Co. KG, Tübingen, 1874

Der Wiener Kongress in Augenzeugenberichten
Hilde Spiel, Karl Rauch Verlag, Düsseldorf, 1966

Die Salonièren und die Salons in Wien
Helga Peham, Styria Premium in der Verlagsgruppe Styria, Wien-Graz-Klagenfurt, 2013

Die Wiener Börse
Selbstverlag der Wiener Börsekammer, Wien, 1959

Die Wiener Gauner-, Zuhälter- und Dirnensprache
Dr. Albert Petrikovits, Selbstverlag der Öffentlichen Sicherheit, Wien 1922

»Erinnerungen.«
Eduard Strauss, Franz Deuticke, Leipzig und Wien, 1906

Wienerisches.
Friedrich Schlögels's Gesammelte Schriften, A. Hartlebens's Verlag, Wien, Pest und Leipzig, 1893

Ferdinand Kürnberger Feuilletons
Ausgewählt und eingeleitet von Karl Riha, Insel Verlag, Frankfurt am Main, 1967

Geld ..Geld!
Theodor Heinrich Mayer, Verlag von Carl Fromme, Wien 1935

Geschichte der österreichischen Privatbanken, Von Rothschild bis Spängeler
Peter Eigner, Helmut Falschlehner, Andreas Resch, Springer Fachmedien, Wiesbaden, 2018

Illustriertes Gedenkblatt zur Wiener Weltausstellung
Expedition der Illustrierten Zeitung, Leipzig, 1873

Kunde : Kaiser, Die Geschichte der ehemaligen K. u. K. Hoflieferanten
Ingrid Haslinger, Verlag Anton Schroll & Co, Wien

Literatur und Bürgertum
Karlheinz Rossbacher, Böhlau Verlag, Wien-Köln-Weimar, 2003

Praktische Koch-Methode
Katherina Schreder, Verlag der Mechitharisten-Congregations-Buchhandlung, Wien, 1864

Rothschild, Glanz und Untergang des Wiener Welthauses
Roman Sandgruber, Molden Verlag in der Verlagsgruppe Styria, Wien-Graz-Klagenfurt, 2018

Zwischen Bazar und Weltpolitik, Die Wiener Weltausstellung in Feuilletons von Max Nordau im Pester Lloyd
Hedvig Ujvári, Frank & Timme, Verlag für wissenschaftliche Literatur, Berlin 2011

Wienbibliothek Digital
http://www.digital.wienbibliothek.at/

Die Romane der Nechyba-Saga

Die Naschmarkt-Morde (1903)
ISBN 978-3-8392-1006-2

Reigen des Todes (1908)
ISBN 978-3-8392-1068-0

Mord und Brand (1911)
ISBN 978-3-8392-1217-2

Todeswalzer (1914)
ISBN 978-3-8392-1467-1

Der Henker von Wien (1916)
ISBN 978-3-8392-1732-0

Schönbrunner Finale (1918)
ISBN 978-3-8392-2210-2

Die Nechyba-Kurzgeschichten-Bände

Kaiser, Kraut und Kiberer
ISBN 978-3-8392-1577-7

Morphium, Mokka, Mördergeschichten
ISBN 978-3-8392-2502-8

Weitere Bücher von Gerhard Loibelsberger

Quadriga
ISBN 978-3-8392-2247-8

Nechybas Wien
ISBN 978-3-8392-1254-7

Wiener Seele (Hrsg.)
ISBN 978-3-8392-1606-4

Lyrik, Songs & Kurzprosa

Ants & Plants
ISBN 978-3-7349-9459-3

Young Dummies
ISBN 978-3-7349-9461-6

WWW.GMEINER-VERLAG.DE
Wir machen's spannend